Büste

von
Dan Braun

Dan Braun
Büste
ISBN: 978-3-00-053646-5

Lektorat: Anna-Lena Deubel
Korrektorat und Layout: Dirk Richter
Mitarbeit: Janine Morgenstern, Henriette Richter,
Mike Przybylski und Holger Schulze

Kontakt: dan.braun.1999@gmail.com

„Ich frage mich, wie der Tod seine Finger nach mir ausgestreckt hätte, wenn das hier nicht passiert wäre.“

Georg Herkel

Inhalt

1

Das Ritual

Der Himmel war grau. Ein Grau, das selbst jetzt, in der Dunkelheit, erkennbar war. Die große Kälte passte nicht in den Oktober und der Wind fegte durch die leeren Straßen der Stadt, um sich an Hindernissen zu zerteilen und sich schließlich in der Unendlichkeit zu verlieren.

Die Natur vollzog ihren Wechsel der Jahreszeiten diesmal so hart, als wolle sie rebellieren.

Ein Mann ahnte an jenem Abend, dass seine Zeit ablief.

Zusammengekauert, eine farblose, schmutzige Decke um die schmerzenden Beine gewickelt, lag er da und starrte. Ein Ausdruck der Verzweiflung verbarg sich in seinen Augen, die denen eines Haies zum Verwechseln ähnlich waren. Es lag etwas Totes, Unbewegliches in ihnen. Meru Tarbo Roma hatte viel gesehen in den vergangenen dreiundachtzig Jahren.

Als er 1901 im afrikanischen Lesotho zu Welt kam, bedeckte eine dünne Frostschicht den unfruchtbaren Boden. Ein kleines Feuer, das nur schemenhaft die gezeichneten Gesichter der Anwesenden sechs Männer erhellte, war alles, was in jener Nacht ein Farbenspiel darbot.

Die Männer hatten Meru Tarbo Romas Mutter wenige Kilometer entfernt in der Steppe, im trockenen Boden verscharrt. Das Begräbnis war mühsam und hatte die letzten Kräfte der Männer gekostet. Ohne Schaufeln den Boden zu öffnen, um ihm das wiederzugeben, was die Natur einst hervorgebracht hatte, erwies sich als Tortur für die Totengräber.

Meru Tarbo hatte bisher großes Glück gehabt. Seine Mutter war noch in der Lage gewesen, die verwickelte Nabelschnur, die glitschig seinen kleinen Hals umschlang, zu entwirren, um den ersten und einzigen Schrei ihres Neugeborenen zu hören.

Mit schmerzverzerrtem Gesicht hatte sie in ihrem eigenen Blut gelegen, als es schwarz um sie wurde. Ihr rasselnder Atem ging ein letztes Mal und sie starb. Ihr Leben war erloschen, wie eine Kerze, die noch Wachs genug, aber keinen Docht mehr hatte.

Die Männer in Lesotho hatten die Leiche nach drei endlosen Stunden vergraben und versammelten sich, um das Unvermeidliche zu tun.

Der Geruch von verbranntem Holz lag in der Luft und das Knistern des Feuers erschien lauter als sonst. Dies lag an der Totenstille, die die schwer atmenden Männer umgab.

Die sechs saßen in einem ovalen Kreis um die Feuerstelle herum, in deren Mitte der orangefarbene Schein der Flammen tanzte.

Nahe am Feuer, aber sicher vor den Flammen hatten Sie das Kind platziert. Es schrie nicht. Eingewickelt in Stofffetzen lag es und lauschte dem unbekannten und doch beruhigenden Knistern.

Meru Tarbo Roma sollte in jener Nacht eine unglaubliche Verantwortung mitgegeben werden.

Die Männer blickten auf ihn nieder. Sie waren voller Hoffnung, das Neugeborene könne die Aufgaben bewältigen und die Menschheit vor der ewigen Finsternis bewahren.

Zwei der Männer nickten sich zu und standen auf. Ein kleiner Faltiger mit einer Haut wie aus Leder, der sich auf einen Stock stützte, hatte sich zuerst erhoben. Ein klappriger Alter, der aussah wie sein eigener Schatten, brauchte etwas länger. Er war mager und zitterte vor Kälte und Angst.

Viele Menschen starben hier in diesem Teil der Welt schon bevor sie ihr 25. Lebensjahr erreicht hatten. Die beiden Männer hatten dieses Alter aber schon lange überschritten und es schien, als habe der Tod seine Geduld verloren und es auf den Klapprigen abgesehen. Der Mann hustete und spuckte aus.

Mit kleinen Schritten gingen die Männer langsam zu einer Erhöhung auf dem Erdboden. Die verbleibenden vier Körper, die um das Baby am Feuer saßen, begannen ein Lied zu summen, das keine vorgeschriebene Melodie zu haben schien, aber dennoch von allen beherrscht wurde. Es klang wie das Jaulen von Tieren oder das Heulen des Windes. Und mit den ersten Tönen, die sie summten, nahm das Knacken des Feuers augenblicklich zu.

Die sitzenden Männer wippten mit ihren ausgemergelten Körpern und sahen die beiden anderen aus dem Schein des Feuers heraus in die Dunkelheit gehen.

Es dauerte nicht lange und der Klapprige kam mit seinem Begleiter zurück. Bei sich hatten sie etwas in der Form eines mittelgroßen Baumstumpfes. Sie konnten das hölzerne Ding tragen. Es war in Leinentücher eingewickelt. Langsam gingen die Zwei auf das Baby zu. Der ältere Mann hatte seinen Stock offensichtlich in der Dunkelheit liegen lassen. Er bemühte sich redlich, nicht zu stürzen und das Gleichgewicht zu halten.

Meru Tarbo begann sich unruhig unter den Lumpen zu bewegen, mit denen man ihm nach der Geburt das Blut vom Körper gewischt und ihn daraufhin darin eingewickelt hatte.

Er versuchte vergeblich die Arme auszubreiten und gab klägliche Töne von sich. Es machte den Anschein, als wisse er, dass der Zeitpunkt gekommen war, an dem sein noch so frisches Leben in eine unvorhergesehene Bahn gelenkt würde.

Die Männer kamen dem Kind näher und das Feuer erhellte sich, obwohl niemand Holz nachgelegt hatte und auch kein stärkeres Lüftchen über die afrikanische Steppe wehte, als zuvor.

Das Kind lag so nahe am Feuer, dass die Funken, die aufstoben, auf den Tüchern landeten, in die es gewickelt war. In kürzester Zeit durchsiebten unzählige stecknadelkopfgroße Brandlöcher die Lumpen. Wie wilde kleine Fliegen sausten die Glutpunkte umher. Sie stoben auf, als wäre das

Feuer zu neuem Leben erwacht. Und während das seltsame Summen der Männer immer lauter wurde, wickelten die zwei Auserwählten den Gegenstand aus.

Er war aus Holz, ganz sicher. Der abgerundete Klotz bot einen erschreckenden Anblick. Er sah aus wie der Kopf eines brutalen menschenähnlichen Wesens, den man abgeschlagen und im Moment des Todes eingefroren hatte. Hass und Wut lag in den hölzernen Gesichtszügen der abgebildeten Kreatur. Ganz offensichtlich handelte es sich um eine Art Büste.

Dieses Relikt, das konnte Meru nicht ahnen, wurde von Generation zu Generation weitergegeben. Der langgezogene Kopf, der weder in einen Hals noch in Schultern mündete, war schmaler und größer als ein Menschlicher. Das Holz aus dem er bestand war alt, aber sehr stabil. In einem modrigen Grün schimmerten die aus zwei Löchern bestehenden Augen. Sonst war dieses Bild eines teuflischen Wesens fast schwarz wie das abgestorbene, faule Fleisch eines Leprakranken.

Die zwei Männer setzten die Büste auf einen Sockel, der vor dem Feuer nahe des Babys stand und nicht größer war als ein Teller. Dann ließen sich die beiden in den Staub nieder und schlossen damit den Kreis um das Feuer, Meru Tarbo und die Büste.

Das Summen hatte jetzt an zwei Stimmen gewonnen. Es erfüllte die kalte Luft mit der sich nicht wiederholenden, endlosen unbekannten Melodie.

Die Männer wippten stärker, ihre Augen hatten sich nach oben in die Höhlen gedreht und die Lider gaben die weißen Augäpfel überdeutlich frei. Die Lautstärke nahm zu und das Feuer streckte seine orangeroten Finger zum Himmel aus. Seine Farbe wurde kräftiger und das Licht schmiss grobe Schatten auf die Gesichter der Männer, die darauf wie dunkle Wolken tanzten. Der Rauchgeruch verstärkte sich und das Wippen gipfelte in einem Zucken der Körper, das ohne jeglichen Einklang zum Nebenmann war. Die abnormen Bewegungen gipfelten in ein unerträgliches Ausmaß und ein Mann schrie auf, als ihm beim Überstrecken seines Körpers nach hinten ein Wirbel brach.

Plötzlich, mit einem heftigen Windstoß, erlosch das Feuer augenblicklich. Kein Qualm, keine Glut. Dem Feuer war buchstäblich die Existenz entzogen worden. Die physikalischen Gesetze der Natur hatten keine Chance gegen die dämonischen Kräfte, die sich im Zentrum der Büste manifestiert hatten.

Das rituelle Summen der Männer verstummte in derselben Sekunde und mit dem abrupten Abbruch des Gesangs und dem Erlöschen des Feuers verschwanden die Gesichter der Anwesenden in der Dunkelheit. Und als habe Normalität Einzug gehalten durchfloss ein Glimmen das noch nicht verbrannte Holz am Boden und der so schnell erloschenen Glut wieder. Ohnmächtig kippten die Männer nach hinten weg, als hätte der Wind auch sie umgeblasen. Stille.

Die Büste war jetzt der höchste Punkt. Düster erhob sie sich im Qualm des kohlenden Holzes. Gleich neben ihr lag der Säugling. Ihm hatte man nun das Schicksal so Vieler anvertraut. Er begann leise zu wimmern und sah an der Büste hoch; und doch sah er nichts mit seinen wenige Stunden alten Augen. Die Büste, hätte er sie wahrnehmen können, wäre aus seiner Sicht unendlich groß gewesen. Das Unbehagen, das Meru Tarbo Roma als noch so unbekanntes Gefühl in sich spürte, sollte ihn von nun an sein ganzes Leben lang verfolgen.

2

Augenblicke

Nun waren dreiundachtzig Jahre vergangen. Meru Tarbo hatte sein Land längst verlassen. Mit gemischten Gefühlen erinnerte er sich an die Zeit in seiner Heimat und wie alles so gekommen war.

Sein längst nicht mehr existierender Stamm war damals einer der friedlichsten und anspruchslosesten in ganz Afrika. Es gab keine Feindschaft unter Familienoberhäuptern und die Frauen hatten mehr Rechte, als es die der anderen Stämme sich jemals zu träumen gewagt hätten.

Beschlüsse wurde immer im Rahmen des Kollektivs gefällt, und die fast zweihundert Stammesmitglieder lebten in dieser Harmonie schon über drei Jahrzehnte.

So trostlos die Steppe Afrikas auf einen Fremden wirken mochte, wer hier aufgewachsen war, hatte sich mit der Natur arrangiert und wusste sein Land zu schätzen. Es gab zwar wenig Nahrung, aber die Fürsorge eines Jeden in dieser Gemeinschaft gewährleistete, dass niemand verhungern musste. Es wurde geteilt, was da war.

Merus Stamm hatte zwar eine große Last zu tragen, doch für die Menschheit erwies es sich zunächst als großes Glück, dass gerade sein Stamm, der keinerlei kriegerische Gedanken hegte, über die Büste wachte. Andere hätten mit ihr schlimmes Unheil herbeiführen können.

Die Oberhäupter sahen diese Verantwortung als Schicksal und gottgewollt an. Sie waren mit ihren friedlichen Vorhaben die risikoloseste Gruppe, die eine Patenschaft mit dem Bösen hätte eingehen können.

Der bisherige Verlauf Merus Leben war ungewöhnlich. Als sich Krankheiten auf seinem Kontinent verbreiteten, starben fast alle seiner Angehörigen an den Windpocken. Er selbst war auch erkrankt. Auf alten Leintüchern hatte er gelegen und in seinen Augenwinkeln stand der hässliche Gegenstand, den ihm die Männer am Lagerfeuer vor Jahren anvertraut hatten.

Viele Menschen kamen durch Krankheiten um, die nicht irdisch erschienen, weil sie keiner verstand. Aber gerade Meru, der darauf wartete, in sich zu spüren, wenn ihn die Kräfte verließen und der Tod hätte kommen sollen, spürte nur, wie die Lebensenergie in ihn zurückkehrte. Er erholte sich völlig.

Dann kam die mutmaßliche Todeswelle ein zweites Mal. Diesmal aber nicht in Form einer Krankheit. Das Geheimnis, wo die Büste zu finden war, wurde von einer unbekannten Person aus Merus Stamm gelüftet und verbreitete sich in der Steppe wie ein Lauffeuer. Nun begannen die Probleme. Die ungewöhnliche und als gut verkannte Macht, die die Büste in sich barg, brachte die Familien der anderen Stämme fast um den Verstand. Mord und Todschlag folgten. Jeder bekämpfte jeden und ging über Leichen, nur um vielleicht in den Besitz dieser Skulptur zu kommen.

Meru Tarbo Roma wollte sich der Gefahr, die Büste könne in die falschen Hände fallen, bewusst entziehen. Er versteckte sich und schmiedete Pläne, um dem sich ankündigenden Schicksal zu entgehen.

Die raffgierigen und bösen Außenseiter anderer Stämme bekamen immer genauere Hinweise über den Aufbewahrungsort der Büste. Die undichte Stelle in Merus Umfeld wurde niemals gefunden. Meru wurde klar, ein Geheimnis ist nur ein Geheimnis, wenn nur eine Person es kannte. Es war absurd zu glauben ein Geheimnis mit einer anderen Person teilen und es weiter als solches bezeichnen zu können.

Die Suchenden töteten sogar ihre Familienangehörigen. Alles nur mit dem Hintergrund, dieses „Ding“ bald in ihren eigenen Händen halten zu können - ohne es jemals teilen zu müssen.

Meru hatte nur eine Möglichkeit. Er musste sein Land verlassen, um die gefährliche Büste von allen Wissenden zu entfernen. Ungeduldig wartete er auf die Chance entkommen zu können. Und hoffte, nicht entdeckt zu werden.

Der Erste Weltkrieg hinterließ seine Spuren auch in Afrika. Seltsame Menschen, wie er damals dachte, kamen in sein Land. Doch so schrecklich die Ereignisse um 1914 und 1915 waren, so brachten sie doch die einzige Fluchtmöglichkeit für Meru mit sich.

Schon 1871 war Basutoland von den Briten aus finanziellen Gründen der Kapkolonie in Südafrika unterstellt worden. Die Sotho, Einwohner von Lesotho unter dem damaligen Herrscher Moshoeshoe, lehnten es ab, von weißen Kolonisten regiert zu werden. Nach kriegerischen Auseinandersetzungen übernahm Großbritannien 1884 wieder direkt die Macht. Die britische Regierung überließ die Sotho sich selbst, da sie überzeugt war, dass das Basutoland letztendlich in Südafrika integriert würde, wie es der Südafrikanische Unionsvertrag von 1910 vorsah.

Die Situation hatte sich 1914, als Meru seine Fluchtpläne schmiedete, nicht erheblich verändert. Lesotho schien weiterhin ohne Kontakt zur Außenwelt zu bestehen. Zwar kamen Reisende in das Land, die mit unerklärlich funktionierenden Geräten den Tod brachten - Tieren und zuweilen auch Menschen – dennoch betrachtete sich sein Stamm als unangetastet und willensfrei.

Vierzehn Jahre nach dem er erstmals den Duft der Flammen gerochen hatte, saß Meru Tarbo Roma mit dem Mann an einem Feuer, der als einziger von den sechs Menschen übrig war, die ihm damals die Büste übergeben und die damit verbundene Bürde auferlegt hatten.

Drei von ihnen waren gestorben, einen hatte man nie mehr gesehen und ein weiterer hatte Selbstmord begangen, indem er scheinbar geistesverwirrt mit einer Pfeilspitze einen Skorpion aufgespießt und sich das noch zappelnde, im Todeskampf befindliche Tier in seinen Mund gesteckt hatte. Er war auf der Stelle tot.

Der letzte Überlebende der Männer, die einst Merus Mutter begraben hatten, war ausgesprochen alt für die damaligen Verhältnisse, etwa 30 Jahre. Er blickte Meru an, ohne etwas sehen zu können. Zwischen den beiden Männern, denn Meru war mit seinen 14 Jahren vom Geiste her längst ein Mann, stand die Statue auf einem Sockel.

Während Meru gewachsen war, hatte sie sich äußerlich kaum verändert. Nur das Grün der Augenhöhlen schien noch giftiger zu schimmern. Was keiner wusste: Die Macht, die sich im Inneren dieses Kopfes befand, hatte mit den Jahren an Stärke zugenommen.

Meru hatte von Preti, dem Mann am Feuer, von einem kleinen Schiff erfahren, das an der Küste der Stadt Durban vor Anker lag und in siebzehn Monden wieder in See stechen würde. Die sich damit ergebende Fluchtmöglichkeit war gewagt, aber in seiner Heimat wäre Meru in noch größerer Gefahr gewesen. Er fällte einen Entschluss.

Die Büste hatte ihre Regeln, das wusste er, und deshalb musste das Unheil unter allen Umständen abgewandt werden. Das Schiff vor Durban zum Entkommen zu nutzen, war die einzige realistische Chance, die er hatte.

Preti war 1913 auf seltsame Art und Weise erblindet. Keiner konnte es sich so recht erklären, aber es hing mit der Büste zusammen.

Viele Dinge über sie hatte man erst durch schmerzhafte Erfahrungen herausgefunden: Wickelte man die Büste zu einer Tageszeit aus, in der die Sonne im Zenit stand und sah sie an, so verkrustete die oberste Schicht der Augen des Betrachters im selben Moment. Es war schon anderen vor Preti widerfahren, aber die Angst darüber zu sprechen und sich damit mit noch mehr Unheil zu beladen, hatte diese Menschen schweigen lassen.

Ungern erinnerten sich die Freunde und Bekannten aus Merus Stamm an diesen schwarzen Tag in Pretis Leben: Meru war an jenem Tag am Fluss, da hörte er die schrillen Schreie seiner Freunde. Er rannte zu ihnen und konnte die Büste nicht sehen. Um Meru zu schützen, hatte sich Preti, sein engster Freund, mit seinem Körper über sie gelegt. Sequen, ein weiterer Freund Merus, wälzte sich noch mit schmerzverzerrtem Gesicht, die Augen zu Schlitzen verengt, im Staub und stöhnte.

„Geh weg!“, rief Preti, als er Meru kommen hörte.

Aus Angst, ihm könne das Gleiche widerfahren, rannte Meru zurück zum Fluss.

Von einigen mutigen Männern wurden die Erblindeten nach dem Sonnenuntergang aufgelesen und zurück ins Dorf gebracht.

Obwohl die Besiedlung 1913 noch viel geringer war als 1914, sprach sich die schreckliche Nachricht sofort herum. Am selben Abend, im Haus von Sequen, berichtete einer der Gepeinigten von den schrecklichen Erlebnissen dieses Tages.

Derweil kühlten zwei Frauen die geschwollenen Augenlieder der Männer mit nassen Tüchern. Preti saß mit offenem Mund da. Er hatte kaum noch Kleidungsstücke an, doch das schien niemanden zu interessieren. Er konnte es noch immer nicht begreifen, dass er erblindet war.

Sequen lag auf einem mit Pflanzen gepolsterten Brett. Er atmete schwer und sein linker Arm, der stark geschwollen war, wurde ebenfalls von einer Frau mit Tüchern gekühlt. Der muffige Geruch des aus einem Zimmer bestehenden Hauses wurde durch den schlechten Atem der vielen Anwesenden noch verstärkt.

Preti nahm der Frau, die versuchte ihm zu helfen, das Tuch aus der Hand, da er die Schmerzen des ewigen Wischens an seinen Augen nicht mehr ertrug. Meru Tarbo stand unter Schock. Ängstlich hatte er den ganzen Tag am Flussufer gewartet, bis ihn einige Frauen, die zum Wäschewaschen gekommen waren, gefunden und in Sequens Haus gebracht hatten.

Es habe sich am Tage wie folgt zugetragen, begann Preti mit der Schilderung seiner grausamen Erfahrungen und die Anwesenden hörten sich die Geschichte mit Entsetzen an: Beim Transport der Büste von einem Feuerplatz zum anderen war Sequen unachtsam gewesen. Er trug die Büste eingehüllt in Stoff in beiden Händen. Eine Stelle der Büste wurde vom Stoff nicht richtig bedeckt und Sequen spürte einen stechenden Schmerz, als sich ein Holzsplitter in die Handfläche gestochen hatte. Erschrocken zog er eine Hand zurück und mit der anderen nur den Stoff festhaltend, entglitt ihm die Büste und wickelte sich beim Herunterfallen aus. Sequen beugte sich schnell vor, doch als er den im Staub aufgeschlagenen hölzernen Kopf anblickte, schmerzten seine Augen so stark, dass er sich abwandte und schrie.

„Ich kam dazu", berichtete Preti und sein Gesicht entfärbte sich so stark, dass es fast grau wirkte, „Die Büste lag vor meinen Füßen. Wie der abgeschlagene Kopf eines Feindes. Ich sah erst Sequen, doch als ich auf das Teufelsding am Boden schaute, zog sich ein Schleier vor meine Augen. Ich spürte wie die Flüssigkeit in meinen Augen verschwand. Es brannte und als ich versuchte zu blinzeln, kratzten meine Augenlider an meinen Augäpfeln", Preti sagt das, als könne er es selbst nicht glauben.

Meru sah ihn nicht an. Er konnte das alles nicht fassen und ertrug es kaum, seinen Freund so leiden zu sehen.

Pretis Augen schienen aus ihren Höhlen springen zu wollen und doch konnten sie es nicht, weil die Lider zugeschwollen waren. Schleim lief Preti aus der Nase und die Anwesenden im Haus begannen leise zu murmeln.

Sequen lag noch immer bewegungslos da. Der Holzsplitter, den er sich eingerissen hatte, wanderte offenbar in seinem Arm. Die Schmerzen wurden unerträglich. Als er laut jammerte, bildete sich ein Kreis um ihn - wie damals, als Meru geboren wurde - nur empfing man hier kein Leben, sondern es wurde eines entrissen: Ein dunkelroter Streifen kroch Sequens Arm hinauf. Durch die dunkle Haut konnte man ihn fast gar nicht erkennen.

Es war der Wettlauf des Todes, der das Rennen gewinnen würde, wenn er Sequens Herz erreicht hatte. Der Splitter war am Oberarm angekommen und die Schmerzen, die Sequen plagten, benebelten seine Sinne. Einer der Anwesenden erkannte den wandernden Tod. Er wies die anderen darauf hin, doch keiner konnte sich den Ablauf erklären. Viel zu schnell ging alles.

Die dunkle Verfärbung folgte der Lymphbahn, die dicht unter der fast schwarzen Haut lag. Das Rennen war für Sequen verloren.

Seine Frau schrie laut auf und ihr Flehen zum Himmel wurde von den Tränen erstickt, als ihr Mann starb. Der Kopf des Toten sackte leicht zur Seite und die Angst vor dem gleichen Schicksal bewog einige Anwesenden, fluchtartig die Unterkunft des Verstorbenen zuverlassen.

Die Büste lag im Haus auf dem Boden. Preti hatte sie unter Schmerzen am Mittag mit seinen Kleidern umwickelt - das erklärte auch, warum er kaum etwas anhatte.

Meru Tarbo Roma schuldete ihm sein Augenlicht, vielleicht sogar sein Leben und ihm wurde in diesem Moment klar, dass schnell etwas passieren musste. Die Büste war an diesem schrecklichen Tage nur transportiert worden, weil es zu riskant war, sie jede Nacht an der gleichen Stelle zu lagern. Zu viele waren hinter ihr her und die vielen Geschichten, in die dieser Gegenstand verstrickt war, ließen die Menschen an Magie glauben. Solange sich diese Büste in Lesotho befand, war niemand sicher. Wenn sie in falsche Hände geriet, könnte das Tausende töten. Sie musste an einem Ort, wo niemand um ihr Geheimnis wusste, unter Verschluss gehalten werden.

Meru war vor vierzehn Jahren die Verantwortung übertragen worden und er wuchs, so schwierig und gefährlich es auch war, in diese Aufgabe hinein. Jetzt war der Zeitpunkt gekommen, die Gefahr außer Landes zu bringen und darauf zu achten, dass er keine Nachkommen zeugen würde.

„Wenn es dir nicht gelingt, die Büste sicher aus unserer Welt zu schaffen, wird man dich hier töten. Das weißt du doch, oder?“ fragte Preti.

Meru nickte. Er wusste es nur zu gut. Blieb die Büste wo sie war, wuchs die Gefahr. Versuchte er sie verschwinden zu lassen und kam ohne sie zurück, dann hatte er eine wichtige Regel seines Stammes gebrochen und den Willen der Stammesoberhäupter verletzt, auch dann würde es schlimm mit ihm enden. So beschloss er um seinetwillen und aus Gehorsam den Auftrag bestmöglich auszuführen. Eine tödliche Ehre, die ihn vielleicht hätte mit Stolz erfüllen sollen.

Meru war ganz in diese Jahrhunderte alte Geschichte mit all ihren Geheimnissen und Gefahren eingeweiht, genau wie die anderen sechs Männer, die bei seiner Geburt anwesend waren. Es waren die einzigen, die so tief mit ihrem Wissen in die dunklen Sphären der Büste vorgedrungen waren. Auch die beiden letzten Überlebenden – er und Preti – würden ihr Wissen mit ins Grab nehmen. Würde Meru einen Nachfahren zeugen, so müsste, nach dem Gesetz des Stammes, die Büste an diesen weitervererbt werden, wie es bei ihm selbst der Fall gewesen war. Blieb er aber kinderlos, so nahm diese Geschichte ihr Ende. Als Besitzer der Büste würde sie mit ihm sterben, wie man es ihm so oft prophezeit hatte.

3

Die Erde tut sich auf

Die Verabschiedung von Meru fiel Preti nicht leicht. Ein ganzes Jahr hatte es gedauert, bis sich die Möglichkeit bot, Merus Entscheidung in die Tat umzusetzen.

„17 Monde", hatte Preti in Erfahrung gebracht, dann würde das Schiff Durban verlassen und Meru musste mit, koste es, was es wolle.

Durban lag etwa 300 km in östlicher Richtung. Dorthin zu gelangen würde nicht einfach werden. Vom Fluss Oranje, der nahe Merus Heimatort lag, waren es mindestens fünfzig Kilometer bis zur Landesgrenze. Das ganze Gebiet wurde von den Grakensbergen durchsetzt. Nach Osten hin stieg das Land stark an. An der Ostgrenze zu Südafrika erreichte es bis zu 3.350 Meter. So weit war Meru Tarbo Roma noch nie gekommen. In seinen vierzehn Jahren noch nicht einmal bis zur Landesgrenze. Jetzt wurde viel von ihm abverlangt.

Er hatte zwei Möglichkeiten: Entweder er würde dem Fluss folgen und dann an der Küste südwärts in Richtung Durban wandern, was die Route aber erheblich verlängerte, oder aber, er versuchte es auf dem kürzesten, aber weitaus gefährlicheren Weg.

Das Risiko sich zu verirren war groß. Aber noch Schlimmer wäre es, zwar in Durban anzukommen, jedoch das Schiff durch den langen Fußmarsch wegen eines vermeidbaren Umweges verpasst zu haben.

Nachdem sich Meru bestmöglich vorbereitet und gestärkt hatte, stand er mit starrem Blick im Sand und sog die Luft ein.

Preti trat von hinten an ihn heran und wünschte ihm viel Glück.

Es waren gerade zwei Tage nach dem Gespräch am Lagerfeuer vergangen, als sich Meru Tarbo auf den langen und beschwerlichen Weg machte. Es blieben ihm 15 Tage. 15 Tage, um das Schicksal der Menschheit zu verändern. 15 Tage für einen Weg, der eine Art Vorhölle für den Afrikaner mit der Büste werden sollte.

Das Gelände war so unwegsam, dass er teilweise nur 15 km täglich schaffte. Er wanderte, wann immer er konnte. Bei größter Hitze und auch, wenn er starke Schmerzen hatte; wie es sich zutrug, als seine rechte Hacke durch die ungewöhnlichen Strapazen eine große Blase gebildet hatte, die zu allem Überfluss noch aufplatzte und eine durchsichtige Flüssigkeit freigab.

Die offene Wunde schmerzte nun umso mehr und war gleichzeitig eine hohe Gefahrenquelle für Infektionen.

Meru hatte einen Packesel dabei, obwohl seine Gepäckmenge recht gering war. Sie bestand hauptsächlich aus seiner totbringenden, ungewollten Erbschaft, einigen Kleidungsstücken und Getränken sowie Fladenbrot, das er täglich in geringen Mengen zu sich nahm.

Die Schweißperlen sammelten sich an Merus Kinn zu großen Tropfen, um in unregelmäßigen Abständen zu Boden zu fallen und bei den hohen Temperaturen im Nu zu verdunsten.

Wollte Meru die Strecke schaffen, musste er im Schnitt fast zwanzig Kilometer pro Tag zurücklegen. Der auf ihm lastende psychische Druck wurde mit jeder Stunde, die verrann, größer und das machte die unangenehme Reise nicht gerade leichter.

Drei Tage waren vergangen, da geschah ein erstes Unglück: Der Packesel befand sich an einer Wasserstelle, die sie unerwartet gefunden hatten, und trank, indes Meru unter einem Baum Schatten suchte. Meru beobachtete das Tier, damit es sich nicht zu weit von ihm entfernte und wurde dabei eher zufällig auf den seltsamen Untergrund aufmerksam, auf dem sein Esel stand. Wie ein Uhrglas gewölbt und moosig gespickt erstreckte sich ein Bereich, auf dem das Tier sich befand, über mehrere Meter an einer großen Wasserlache.

Der Esel hielt beim Trinken inne und hob den Kopf. Er wankte und urplötzlich, als hätte sich der Erdboden aufgetan, um das Tier zu verschlucken, sackten die Vorderbeine des Esels fast bis zum Anschlag ein. Er gab sein urtümliches "Iiiiaaaa" von sich und versuchte zu springen und mit wilden Zuckungen dieser Todesfalle zu entkommen. Doch durch die starken Bewegungen sanken nun auch die Hinterbeine weg und das Tier kippte leicht zur Seite. Meru sprang auf. Die Büste hing in einer Tasche am Esel! Sollte sie mit ihm versinken, so bedeutete das Merus sicheren Tod. Die Büste würde vielleicht Jahre später gefunden werden, er aber nicht...

So schnell er konnte, rannte er auf den Packesel zu. Voller Angst, auch selbst versinken zu können, betrat er den gierigen Boden. Die Büste befand sich auf der linken Seite des Esels in einer Ledertasche, jetzt in Merus Reichweite. Er griff zu. Im selben Moment passierte das Unvermeidliche: Auch unter seinen Füßen wurde der Boden zu weichem Schlamm, das Moor gab nach und er glitt schnell bis zur Hüfte, die tödliche Tasche vom Esel weggerissen und weit nach oben gestreckt, in den glitschigen Untergrund.

Der Esel strampelte nun so stark, dass Meru es gar nicht verhindern konnte, weiter zu sinken. Ehe er einen ersten Hilfeschrei ausstieß, war er schon bis zur Brust in dem modrigen, nach Verwesung stinkenden Brei eingetaucht. Er warf die Büste nach vorn. Der Ruck beim Werfen ließ ihn erneut ein Stück sinken. Sein Hals war jetzt schon mit braunem Dreck beschmiert. Die Situation hatte sich zwar geändert, aber im Endeffekt blieb alles beim Alten: Meru würde sterben. Nicht durch die Büste, die, wenn sie versunken wäre die todbringende Energie über ihm ausgeschüttet hätte, sondern durch das Moor selbst, aus dem er die Büste gerettet hatte und in dem er nun genau wie sein Tier zu versinken drohte.

Mit einem Blubbern war der Esel weg und sein Geschrei klang sehr gedämpft - er erstickte langsam unter der Oberfläche, bewegte sich aber noch so heftig, dass Meru keine Chance hatte, eine Baumwurzel, die er sah, mit seinen schleimigen Händen zu greifen. Er schluckte saures Wasser und begann mit den Beinen zu rudern, obwohl er wusste, dass das sein buchstäblicher Untergang war. Für einen kurzen Augenblick war das Moor halbwegs ruhig. Entweder war der Esel zu tief gesunken, so dass Meru seine Bewegungen nicht mehr spüren konnte, oder das arme Tier hatte das schlimmste hinter sich.

Er griff nach der Wurzel. Ja! Eine feste Form in seinen Fingern, die die Gelegenheit bot, sich zu retten. Er zog fest an dem Holz. Es war ein mühsamer Versuch, aber es schien ihn vor dem Untergang zu bewahren. Immer weiter, bis er seinen Oberkörper bis zum Bauchnabel aus dem mörderischen Morast gezogen hatte, kämpfte sich Meru aus der Falle. Das Gefühl von Erleichterung stieg in ihm auf, doch zu früh. Mit einem lauten Knacken brach die poröse Wurzel aus dem Boden und Meru wurde durch das eigene Gewicht nach hinten geschleudert. Jetzt war er ganz unter der Oberfläche, schluckte Wasser und Schleim und Matsch und hatte dieses abscheuliche Gefühl, sein Leben in den nächsten Sekunden zu Ende gelebt zu haben. Ein letztes verzweifeltes Austreten mit seinen beim Brechen der Wurzel angewinkelten Beinen und dann wäre es vorbei. Aber das Wunder geschah. Als er austrat, spürte er den Körper des toten Esels unter sich und stieß sich mit voller Kraft nach oben. Sein Kopf kam heraus und er atmete, sah jedoch nichts, da sein ganzes Gesicht von der braunen, dickflüssigen Brühe der zersetzten Pflanzenreste überzogen war. Seine Hände tasteten und er fühlte erneut etwas Hartes. War das eine fremde harte Hand, die er ergriff? Seine mit Schlamm gefüllten Augen öffneten sich und im Gegenlicht der Sonne sah er etwas, das wie ein schwarzer Hut aussah und sich zu ihm nach vorne zu beugen schien. Seine Kraft war fast verbraucht, doch mit einem unglaublichen Überlebensdrang zog er sich an dem undefinierbaren Etwas an den Rand des Moores, wo sein geschwächter Körper auf fast trockenem Untergrund zwei Meter weiter liegen blieb.

Er verweilte kurz und es gelang ihm mit einigen Anstrengungen auf einen ganz trockenen Abschnitt, nicht weit von dem Baum, wo er zuvor Schatten gesucht hatte, zu kriechen.

Von der Anstrengung und dem Schock völlig geschwächt blieb er liegen und erwachte erst Stunden später aus einem furchtbaren Albtraum, der ihm vorgaukelte, dass auch er beim Anblick der Büste, wie zuvor seine Freunde, blind geworden war.

Sein Körper stank bestialisch. Fliegen summten um ihn herum und abgesehen von den Schweißtropfen, die sein Gesicht bedeckten, war sein ganzer Körper heiß. Die Kleider waren von der Sonne getrocknet worden und als er sich bewegte, knackte die Kleidung durch den darin festgewordenen Schlamm.

Meru ließ die Geschehnisse noch einmal Revue passieren. Er erkannte jetzt die Trostlosigkeit seiner Situation: Der Esel war verloren und ohne ihn war der Weg zum Schiff nicht mehr zu schaffen. Zwölf Tage Zeit reichten zu Fuß nicht aus, da er auch teilweise, besonders seit ihm seine rechte Ferse zu schaffen machte, auf dem Esel geritten war.

Geschafft und enttäuscht, versagt zu haben, machte er sich auf den Rückweg. Er hegte die Hoffnung, Gott würde ihn behüten und die Mächte der Finsternis, die durch die Büste in die reale Welt hätten gelangen können, würden zurückgehalten werden.

Nach drei weiteren Tagen und völlig ermattet, durstig und hungrig – der Esel war mit den Wasserreserven versunken – erreichte Meru wieder die Nähe seines Geburtsortes in Lesotho.

Er trank aus dem Fluss, erholte sich kurz, um dann zu dem Haus von Preti zu gelangen.

Weit und breit war niemand zu sehen. Keine Geräusche, keine Menschen.

Als Meru die hölzerne, undichte Tür von Pretis schiefem Haus öffnete, traf ihn fast der Schlag. Pretis Familie lag im Raum. Man hatte sie scheinbar alle erstochen. Der Boden war voller Blut und die Spuren von unmenschlichen Taten waren überall an den Wänden unübersehbar. Merus Herz übersprang einen Schlag. Pretis Körper befand sich nicht im Haus. Von ihm gab es keine Spur.

Was war hier passiert? Wer war zu so einer grausamen Tat fähig? Meru beeilte sich, aus dem nach Tod stinkenden Haus zu gelangen, ohne sich das genaue Bild einzuprägen, obgleich er es niemals vergessen würde. Weder den Anblick noch das damit verbundene Gefühl, das ihn ergriff, würde er niemals wieder vergessen.

Er rannte ziellos in der Steppe umher. Völlig verzweifelt bemächtigte er sich seiner Sinne. Er rief immer wieder den Namen seines Freundes, doch keiner antwortete.

In einer Bodensenke mehrere Meter hinter dem Haus sah Meru durch Zufall einen Körper. Es war Preti! Er lag dort blutverschmiert in der Steppe und lebte offensichtlich noch. Anscheinend hatte er sich auf der Suche nach Hilfe hierhergeschleppt.

„Preti! Was ist passiert?", schrie Meru.

„Sie haben alle umgebracht... Suchen die Büste!", sagte Preti mit schwacher Stimme. „Wo... wo ist sie? Sie ist doch nicht etwa...?"

Meru schluckte: „Doch, ich habe sie wieder hier. Der Esel ist tot, ich hätte es nicht bis nach Durban geschafft. Das Schiff fährt in neun Tagen, es ist zu spät!"

Petri versuchte sich aufzubäumen, als wolle er selbst nach Durban laufen, aber er kam nicht auf die Beine. „Sie haben die Büste gesucht. Kommen wieder..." Seine Stimme wurde leiser. „Du musst weg, nach Durban aufs Schiff..."

Meru schüttelte seinen Kopf. Mit dem Ausdruck der Verzweiflung: „Es ist zu spät, das schaffe ich nie mehr! Es bleiben nur noch elf Tage! Ich brauche mindestens 15!"

Petri verzog das Gesicht, legte den Kopf schief, als spreche er mit einem kleinen Kind, dabei war es der Schmerz, der ihn so seltsam aussehen ließ: „Die Pläne sind geändert, das Schiff verlässt Durban erst in 16 Tagen...“, sagte er und starb.

4

Der Indische Ozean

Meru zögerte nicht. Er stärkte sich, nahm den Packesel von Preti, die Büste und ritt erneut los. Er ritt in die Ungewissheit, dies jedoch mit einem Funken Hoffnung. Das Schiff würde erst in 16 Tagen ablegen. Mit etwas Glück konnte man es schaffen. Meru glaubte, Gott habe das Schiff für ihn aufgehalten, doch hierfür gab es viel realistischere Gründe, die ihm aber verborgen blieben.

Im Ersten Weltkrieg stellten die deutschen Unterseeboote eine Bedrohung für die Lebensader der Alliierten quer über den Atlantik dar. Im Pazifik spielten Unterseeboote der US-Kriegsmarine der japanischen Schifffahrt übel mit, indem sie Japan von seinen dringend benötigten Rohstoffquellen abschnitten. Auch in diesem Teil der Welt machte sich dies bemerkbar: Ankommende Seereisende hatten die Besatzung der „Willford", so hieß das Schiff, das nun im Hafen von Durban lag, wegen der anhaltenden Unruhen und potenziellen Gefahren dazu geraten, erst zwei Wochen später in See zu stechen.

Zwar wusste keiner, ob man damit der Gefahr entgehen konnte, aber der Kapitän der „Willford", ein vorsichtiger, aber leider allzu oft betrunkener, weißbärtiger Mann, hatte die Abreise dennoch um sieben Tage verschoben. Vor dem Verderben, das sich nun in Form eines grauenerregenden, aus Holz bestehenden Dämonenabbildes auf die

„Willford“ zubewegte, warnte den Kapitän niemand...

Meru ritt unentwegt und gönnte dem Esel kaum Pausen. Das Tier war völlig überstrapaziert. Meru orientierte sich an der Vegetation, die sich veränderte, je höher er sich in der Gebirgskette befand.

Er passierte die Stelle, wo er beinahe ums Leben gekommen war. Ein Schauder ergriff ihn und er blickte auf die eingewickelte, hässliche Büste, die zur Rechten des Esels festgebunden baumelte.

Nachdem er zwölf Tage unterwegs war und sein Reiseproviant sich langsam dem Ende entgegen neigte – er hatte sicherheitshalber mehr Wasser und weniger Nahrung mitgenommen - glaubte er, sich verirrt zu haben.

Beschreibungen der Reiseroute, die Merus ermordeter Freund vor seiner ersten Abreise eingeholt und an ihn weitergegeben hatte, schienen völlig wertlos. Er kam sich vor wie in einer anderen Welt. Nachts war es so kalt, dass er sich an den Esel legte, die Büste auswickelte und sich die Tücher, die diese zuvor umgeben hatten, um den eigenen Kopf wickelte. Es machte ihm Angst, alleine in der Wildnis zu sein und das Unglück im Gepäck zu haben.

Eines Nachts hatte er den Rest seines letzten Brotes neben die Büste gelegt. Am nächsten Morgen traute er seinen Augen kaum: Sein Wegproviant war gänzlich verdorben. Grünweißliche Pilze zeichneten sich deutlich ab.

Die Büste stand genau da, wo er sie in der Nacht zuvor aufgestellt hatte. Nun nahm er jedoch wahr, dass sie das Brot berührt hatte. Schnell und ängstlich wickelte er sie wieder ein und bestieg seinen Esel.

Voller Unverständnis über dieses durchweg Schlechte, was der zwei Kilo schwere schwarze Kopf ausstrahlte, der sein Leben zu bestimmen begann, sah er noch ein letztes Mal auf das verdorbene Brot. Plötzlich, er nahm die Bewegung wahr, als etwas vom Baum her auf die Erde zuflog, landete ein kleiner Vogel, der sich durch den Abstand zu Meru sicher fühlte und nur auf die Gelegenheit gewartet hatte, neben dem Brot, um etwas davon aufzupicken. Er bewegte sich am Boden mit hektischem Hüpfen und begann gleich darauf mit schnellen Kopfbewegungen zu Picken. Meru wollte sich grade abwenden, da blieb der Vogel plötzlich wie versteinert sitzen. Im nächsten Moment flog er unkoordiniert auf, flatterte wie toll umher, verlor wegen der ungewöhnlichen Schnelligkeit seines Flügelschlages mehrere Federn und rammte mit einem kaum wahrnehmbaren Geräusch gegen einen nahestehenden Baumstamm. Tot fiel das Tier auf den Boden und blieb liegen.

Meru konnte sich nicht aufhalten lassen. Die Gefahr war allgegenwärtig und er hatte keine Gewissheit darüber, was Schlimmes passieren würde, wenn die Büste, die er aus dem Land schaffen wollte, ihn tötete, wie diesen kleinen unschuldigen Vogel. Er wusste nur eines: Die

Gefahr, die giftgrünen Augen unkontrolliert ihr böses Werk verrichten zu lassen, bestand darin, dass sie in falsche Hände geriet. Jemand, der nicht eingeweiht wäre, würde im Höllenfeuer schmoren und alle anderen mit sich reißen!

Am sechzehnten Tag endlich entdeckte Meru die Küste und konnte es sich nicht verkneifen laut zu schreien, um seiner Freude Ausdruck zu verleihen.

Die „Willford" war im Begriff auszulaufen. Er ließ den Esel stehen. Der machte ein langes Gesicht und Meru schlich sich an das Schiff heran. Niemand bemerkte ihn und er versteckte sich zwischen den Ladungen vor dem offensichtlich unbewachten und leicht zugänglichen Schiff. Am Hafen wuselten Menschen durcheinander, letzte Vorbereitungen wurden getroffen, letzte Geschäfte geschlossen und Güter getauscht. Der größte Bevölkerungsanteil in Durban bestand aus Indern.

Die Besatzung der „Willford" war an Land mit dem Verschnüren von weiteren Frachtpaketen beschäftigt und Meru konnte unbemerkt an Bord gehen. Durch einen Schlitz blickte er auf das weite Meer hinaus. Die Wellen waren ruhig, er sah sie symbolisch als gute Vorboten, was seinen neuen Lebensabschnitt anging.

Die Mannschaft der „Willford" war nicht sehr groß. Genau wie das Schiff, wenn man es überhaupt so nennen konnte. Im Schiffbau wird jedes Wasserfahrzeug, das weniger als 20 Meter lang ist, als Boot bezeichnet. Dies maß etwa 19 bis 21 Meter. Die Masten waren hoch, Meru konnte nicht schätzen wie hoch, weil er über solche Dinge keinerlei Wissen hatte. Er nahm es einfach als riesig war. Zwölf Personen befanden sich an Bord - mit ihm würde es eine mehr sein.

Auffällig sein, um unauffällig zu wirken. So in etwa war Merus Plan. Er ging schnurstracks auf die hölzerne Brücke zu, die das Schiff mit dem Ufer verband. Vor ihm schulterte ein anderes Besatzungsmitglied einen unhandlichen Gegenstand und hatte nicht die Möglichkeit, sich umzudrehen. Es dauerte keine zehn Sekunden und Meru war an Bord. Sein Herz schlug so schnell, dass ihm der Schweiß auf die Stirn getreten wäre, wenn er aufgrund der Hitze nicht ohnehin schon geschwitzt hätte. Der Mann vor ihm bog nach links ab. Meru ging nach rechts und jetzt versuchte er so schnell es ging, ein geeignetes Versteck zu finden. Er war zwar auf dem Schiff, aber noch lange nicht unterwegs.

Es war schwül und die Luft flirrte, als der Kapitän an Bord kam. Zunächst stand er nur da, mit einer seltsamen Pfeife im Mund. Dann setzte er sich in Bewegung, ging an Deck wichtig auf und ab, rückte seine zu klein wirkende Mütze zurecht und rief dem schwarzen Mann am Ufer etwas in einer für Meru fremden Sprache zu. Die Taue wurden gelöst, der Anker eingeholt. Die Bohlen des Schiffbodens vibrierten, als die Ankerkette in das Loch gezogen wurde. Die Kette erinnerte an eine Schlange, mit einem Doppelstachel anstelle einer Klapper am Schwanz, die in ein tiefes Loch kroch. Das Schiff verließ den Hafen.

Meru sah zurück zum Ufer. Sein Heimatland wurde immer kleiner. Er hatte sich weiter hinten an Deck versteckt. In Fahrtrichtung konnte er nicht sehen. Die Küste entfernte sich immer mehr. Es war das Land, in dem er geboren worden war und in dem er nun nicht sterben würde. Erst noch eine braune Erhöhung am Horizont, dann flacher und matter, verschwand schließlich wie ein Strich der Kontinent Afrika aus seinem Blickfeld.

Das Meer war noch ruhig, als die Dämmerung eintrat. Meru hatte sein Gefühl für die Zeit völlig verloren. Er war hungrig und vor allem durstig, doch seine Müdigkeit verbot es ihm, in der Fracht nach Nahrung zu suchen. In den Kajüten, von denen sich fünf auf dem Boot befanden, saßen die Matrosen ohne zu ahnen, dass sie das Übel der Menschheit über das Meer transportierten.

Meru traute sich aus seinem Versteck. Er ging zur Reling und schaute hinab ins tiefe schwarze Wasser. Er fragte sich, was wohl unter ihnen war, als er in der fast vollkommenen Finsternis über die Brüstung blickte. Am wolkenfreien Himmel stand der große, runde Mond wie ein helles Loch in tiefschwarzem Samt. Er spiegelte sich im Wasser und man konnte deutlich wahrnehmen, dass die Bewegung des Meeres zunahm. Was war unter ihnen? Wie tief war das Meer?

Meru spielte mit dem Gedanken sich den Männern an Bord zu zeigen und somit der Gefahr zu unterlaufen, seine ganzen Pläne aufzugeben, nur um nicht mehr alleine zu sein. Die Angst allein in der Dunkelheit auf dem fremden Schiff, unter ihm die Tiefe, das machte ihm nervlich zu schaffen.

Die Nacht nahm kein Ende und obwohl er für mehrere Stunden nach dem Sonnenuntergang, der nur vier Minuten gedauert hatte, in einem schaurigen Traumreich verschwunden war, fühlte er sich kein bisschen erholt.

Zwei Albträume und ein sich immer wiederholender Traum hatten die wenigen Stunden, in denen er schlief, so anstrengend gemacht.

Im ersten Traum, in dem er schimmliges Brot aß, flog er plötzlich wie ein Vogel durch die Luft und spürte förmlich den Schmerz seiner Kehle. Als er in seinem Traum auf einen Baum zuraste und diesen mit voller Wucht traf, schreckte er auf. Schweißperlen hatten sich auf seiner vom Meerwind kalten Stirn gebildet. Er atmete tief durch und entschwand ein zweites Mal in der Welt des Unwirklichen. Diesmal tauchte sein Freund Preti im Traum auf. Preti ging darin an ihm vorbei, bis Meru ihn nur noch von hinten sah und sagte etwas. Meru verstand jedoch nichts und fragte verwundert nach, da er die Stimme als seltsam fremd empfand. Als Preti sich in diesem Traum umdrehte, erschrak Meru so stark, dass er im Schlaf einmal laut aufschrie. Preti hatte ein entstelltes Gesicht, das den groben, schrecklichen Zügen der Büste so stark glich, als wäre sie zu Pretis fleischigem Kopf geworden.

Hätten die Männer auf dem Schiff nicht so laut gesungen, hätte sie der Schrei vermutlich auf den blinden Passagier aufmerksam gemacht. Meru jedenfalls wurde durch seinen eigenen Schrei wach.

Schlapp schlief er nach zwanzig Minuten des ängstlichen Grübelns und der Erinnerung an seine verstorbenen Freunde erneut ein. Nun träumte er mehrere Male, er wäre hinter einen Strauch gegangen, um seine Blase zu entleeren, aber immer, wenn er wieder hervorkam, musste er erneut. Als er schließlich aufgewacht war, merkte er, dass er tatsächlich musste und urinierte, halb liegend, rechts neben sich.

Die Büste hatte er seit dem Vorfall mit dem Vogel nicht mehr ausgewickelt, obwohl er im Gesicht so stark fror, dass er die Tücher, in die sie verpackt war, gerne noch zusätzlich zum Wärmen benutzt hätte.

Die Nacht zog sich, als wolle sie nie mehr vergehen. Langsam bahnte sich das Schiff seinen Weg. Die Wellen wurden höher und Merus Gleichgewichtssinn und sein leerer Magen ließen ihn dies allzu deutlich spüren.

Zwanzig Minuten später war es schon so schlimm, dass er zweimal begann zu würgen. Sein verkrampfter Magen brachte aber nichts außer ein wenig von dieser sauer schmeckenden Flüssigkeit hervor, von der er nicht wusste, was sie in ihm zu suchen hatte.

Kurze Zeit später tobte das Meer. Die Besatzung kam an Deck. Alle zwölf Mann. Nun schlugen Wellen über die Reling und die Schreie der Männer, die das im Verhältnis zum Meer winzige

Boot manövrierten, verhallten im lichtleeren Raum. Wolken hatten den Mond umhüllt und die geringe Helligkeit, die ihn umgab, noch matter wirken lassen. An Bord konnte man kaum die Umrisse des Schiffes erkennen. Alles war in ein Schwarz getaucht.

Meru klammerte sich an den Tauen fest, die zum Sichern der Fracht da waren. Das Schreien der Männer, die sich gegenseitig Anweisungen zuriefen, wurde lauter, der Wellenschlag höher und Merus Übelkeit schlimmer. Als ihn die erste Welle überspült hatte, war das wie ein Schlag ins Gesicht. Sein ganzer Körper war augenblicklich hart vor Unbehagen. Die zweite Welle brachte die Kälte mit sich, die dritte den Schmerz. Meru wusste nicht, wo oben und unten war. Das Schiff, dem Meer gänzlich ausgeliefert, hätte schon längst sinken können. Die Qual, gleich mit dem Tod zu rechnen, ja förmlich auf ihn zu warten, zerfraß das Innere eines jeden, der sich in dieser Situation befand. Für einen Moment hatten die dunklen Wolken den Mond freigegeben und das wenige Licht kam den an die Finsternis gewöhnten Augen wie Sonnenstrahlen vor.

Plötzlich schrie ein Mann laut. Der Schrei war so nah, als könne nur Meru gemeint sein und der fuhr zusammen. Ein tropfender, muskulöser schwarzer Kerl stand vor ihm. Da Meru kniete erschien ihm der Fremde übermäßig groß. Er faselte etwas auf Afrikanisch, was sich nicht sehr freundlich anhörte. Dann griff er mit der linken Hand nach einem Tau, das von oben herab hing, um sich einen sicheren Stand zu verschaffen. Die rechte Hand packte nur Bruchteile von Sekunden später Merus Haare und zog ihn aus seinem Versteck zwischen der Ladung hervor.

Meru schrie und wollte sich aufrichten, doch seine Glieder kamen ihm vom kalten Wasser wie erfroren vor. Er dachte an die Büste und versuchte nach ihr zu greifen, was der Mann, der ihn gepackt hatte, natürlich sah.

Eine Welle ließ beide für mehrere Sekunden in ihrem Inneren verschwinden. Und nicht nur sie: Von ihr erfasst fiel ein Besatzungsmitglied über Bord und im nächsten Augenblick verstummte der Schrei dieses unbekannten Seemanns, der verloren war.

Der Gorilla vor Meru vermutete Merus Griff zur Büste galt einer Waffe, denn blitzschnell ließ er die Haare los und riss ihm den Sack mit der Büste darin aus den Händen.

Die nächste große Welle überspülte schäumend das Deck und ihr Aufschlagen forderte zwei weitere Besatzungsmitglieder. Würde die Büste mit dem fremden Mann über Bord gehen, war das auch Merus Untergang. Er sprang entschlossen nach vorn und versuchte seinen Besitz wieder zurückzubekommen, doch sein Gegner drehte sich weg. Die Seile, die den Stoff verschnürten, der die Büste umgab, waren von den harten Schlägen des kalten Wassers locker und lösten sich im Augenblick der nächsten großen Welle. Meru wurde von ihr gepackt und spürte, wie sein ganzer

Körper in den Besitz dieser wirbelnden Strömung überging, die ihn über das raue Deck schleifte.

Ohne Atem und die Schläge von herumfliegenden Ladungsstücken schmerzhaft am Körper spürend, hielt sich Meru an einem Geländer fest. Die Welle gab ihn frei und sauste vorüber.

Der Bug des Schiffes bäumte sich auf und am Horizont erhellte ein Blitz die Umgebung. Schwarz waren die Umrisse des Mannes zu sehen, der die versehentlich ausgewickelte Büste in seinen Händen hielt. Von hinten spritzte Wasser im hohen Bogen über das Deck. Der Mann konnte vermutlich gar nicht wahrnehmen, was nun geschah, doch Meru sah alles wie in Zeitlupe: Der Mast brach unter lautem Krachen und bevor der Gorilla nach oben sehen konnte, zerschmettere ihm das fallende Stück des Mastes mit voller Wucht den Schädel. Die Büste flog durch die Luft und landete ganz am anderen Ende des Decks. Meru sprang auf. Wieder griff eine Welle an.

Er robbte vorwärts und sah die Büste mit seinen vom Salzwasser brennenden Augen. Kraftlos hechtete er hinüber und schaffte es, sie vor dem nächsten nassen Schlag in seine Arme zu schließen. Der tote Matrose mit dem gespaltenen Schädel wurde von der nächsten Welle erfasst. Sein Körper bewegte sich wie eine Marionette, deren Glieder schlaff im Wasser schwammen. Sein Körper wurde über das Deck geschoben und er plumpste ins Meer. Es donnerte noch einmal heftig und alles schien vorüber.

Zwar war der Wellengang noch beträchtlich, aber im Vergleich zu dem, was Meru in den letzten Minuten erlebt hatte, gaukelten ihm seine Sinne nur noch ein gemütliches Schaukeln vor.

Da kamen sie von allen Seiten. Die Mannschaft, die überlebt hatte, sah ihn und baute sich um ihn herum auf. Mit getrübter Stimmung, was durch den Verlust der anderen zu begründen war, führten sie ihn unter Deck.

Es roch nach Holz und abgestandener Luft. Meru leckte das Salz von seinen Lippen, während er nicht wusste, was auf ihn zukam. Ohne sich dafür zu interessieren, wer ihn von hinten vorwärts schubste, wurde er in eine kleine Kammer gestoßen, die sofort von außen verschlossen wurde.

Die Büste hatte man ihm gelassen.

5

Die Zukunft wird deutlich

Sorgfältig, mit der Angst, es könnte ihn allein ein Splitter töten, so wie es Sequen ergangen war, wickelte Meru die Büste in alte Segelreste, die zusammen mit anderen ihm unbekannten Dingen hier unten in diesem engen Raum gelagert wurden. Er wartete. Mehr konnte er auch nicht tun.

Mit einem lauten Knarren ging die Tür auf und zwei Männer packten ihn an den Armen. Sie brachten ihn zum Kapitän. Der eine Mann nahm die Büste mit. Meru ließ sie nicht aus den Augen, denn er ahnte böses. Im Schiff roch es nach morschem Holz. Meru erkannte den Kapitän im flackernden Licht einer Petroleumlampe.

Der bärtige Mann, dem das Unwetter Teile seiner notwendigen Besatzung entrissen hatte, blickte mürrisch drein. Seine Nase war geschwollen, da er bei dem Unwetter mit voller Wucht gegen eine Wand geschleudert worden war und sie sich mehrfach gebrochen hatte.

„Wer sind Sie? Was wollen Sie hier an Bord?", fragte der etwa 40-jährige Brite.

Meru musste auf die Übersetzung eines schwarzen Crewmitgliedes warten.

„Ich bin kein Dieb, Sir. Ich muss Afrika verlassen, um weit weg meinem Schicksal zu folgen!" antwortete er.

„Dein Schicksal wird es sein, über Bord zu gehen... und zwar bevor wir anlegen!“ brüllte der Kapitän.

Der Aushilfsdolmetscher übersetzte ohne jegliche Regung in seiner Stimme. Das Gespräch wurde damit für beide Seiten absurd, denn die Übersetzung nahm der Konversation jegliche Emotion.

„Bitte...“, sagte Meru, „...Sie haben mehrere Männer verloren. Ich könnte mich hier nützlich machen. Ich kenne mich mit Schiffen aus. Ich muss meinem Land...“

Er warf einen Blick auf die verschnürte Büste.

Noch bevor dem Kapitän alles übersetzt wurde, unterbrach er: „Was haben Sie da?“ fragte er, während er angestrengt versuchte durch die Nase Luft zu atmen. Er deutete auf die Büste.

Ein dritter anwesender Mann entriss der Wache neben Meru das Paket und wickelte die Büste aus.

„Was ist das für ein Quatsch?“, fragte der Kapitän, nahm seine zu kleine Mütze ab und holte aus ihr ein blutiges Stofftaschentuch hervor, mit dem er sich die Nase zu putzen versuchte. Mit schmerzverzerrtem Gesicht und einer nun etwas seltsam klingenden Stimme fragte er Meru, worum es sich bei dem Gegenstand handelte und ob es etwas Wertvolles sei.

„Für meinen Stamm hat es einen großen religiösen Wert. Ich bringe diese Büste an einen sicheren Platz, da bevorstehende Aufstände in Lesotho und Südafrika zu ihrem Schaden seien könnten!“ sagte Meru mit rauer Stimme.

„So ein Unsinn“, murmelte der Kapitän. „Deine Kehle ist trocken...“, stellte er fest. „Trink etwas!“.

Der Dolmetscher nahm eine Karaffe vom Tisch des Kapitäns, goss Wasser in einen danebenstehenden Holzbecher, führte ihn zu seinem Mund und trank.

„Du doch nicht! Du Idiot! Ich meine ihn!“ brüllte der Kapitän, als er das sah und deutete auf Meru, der es kaum erwarten konnte, seine Zunge mit einer fast salzlosen Flüssigkeit zu benetzen. Der Dolmetscher erschrak, verschluckte sich, hustete zweimal bellend auf und reichte den Becher an Meru weiter. Dieser leerte ihn in einem Zug.

„Du kannst an Bord bleiben. Deine Essensration wird gering ausfallen und du musst hart arbeiten“, fuhr der Kapitän fort. Meru nickte fast bei jedem Wort, das ihm der Übersetzter zuspielte. Eine weitere Hürde war genommen.

„Wohin fahren wir?“ fragte er den Kapitän, als die beiden Männer ihn auf Anweisung hin wieder herausführen sollten.

„Wir machen an unterschiedlichen Häfen an der Ostküste Afrikas halt, aber unser letztendliches Ziel ist Jemen“, sagte ihm der Dolmetscher ohne dem Kapitän eine Übersetzung der Frage Merus zu liefern. Damit konnte Meru, der jetzt nicht mehr blinder Passagier war, zwar nichts anfangen, aber er akzeptierte die Reiseroute regungslos.

Eine kräftezehrende Zeit, in der er zwar ernährt und mit Wasser versorgt wurde, jedoch viele Nächte Wache halten und tagsüber oft stundenlang das Deck schrubben musste, kam auf ihn zu. Er fügte sich gut in die ausgedünnte Mannschaft ein, so dass er bald wie einer von ihnen behandelt wurde.

Der Dolmetscher hatte sich bereits mit ihm unterhalten und es war nicht so schwer eine Brücke zu ihm zu schlagen. Das dunkelhäutige Sprachgenie hörte auf den seltsamen Namen „Tel Z“, wobei er großen Wert darauf legte, dass das „Z“ weich wie „set“ ausgesprochen wurde.

„Was bedeutet „Tel Z“, hatte Meru verwundert gefragt.

„Ich wurde als Waisenkind anders genannt, habe meinen richtigen Namen aber vergessen. Später habe ich in Durban am Hafen und auf Schiffen gearbeitet. Ganz zu Beginn musste ich Frachtgut, das am Hafen zur Abholung bereit stand, mit den Worten „Tel Z“ beschriften. Ein Bootsbesitzer, der mich damals anheuerte und bei dem ich viele Jahre arbeitete, nannte mich, weil er es witzig fand, nach den Worten, die ich hundertfach auf die Kisten geschrieben hatte. „Tel Z“ eben!“

Der Kontakt zu „Tel Z“ war aber ein Lichtblick. Meru mochte den Fremden. Aber er vermisste den festen Boden unter seinen Füßen.

Einige Wochen nach dem Sturm lief die „Willford“ ihren ersten, nicht auf dem Plan stehenden Hafen an, um dort die entstandenen Schäden reparieren zu lassen. Einen ganzen Monat dauerte dies, dann ging es weiter an der Küste entlang nach Norden in Richtung Jemen. Ein unbekanntes Land. Meru war gespannt.

Ihm wurde verboten, wenn das Schiff einen Hafen anlief, von Bord zu gehen. Dies geschah in den nächsten Monaten drei Mal; jedes Mal mit einem Aufenthalt.

Der Kapitän, ein wie sich herausstellte erfahrener Seemann, der nicht nur das Sagen hatte, sondern auch Besitzer des Schiffes war, hatte geplant, Meru, sobald er einen geeigneteren Schiffsjungen anheuern konnte, an Land zu schicken und dann in See zu stechen, aber ein glücklicher, jedoch für Meru grauenhafter Zwischenfall wendete das Blatt noch einmal.

Eines Nachts, sie waren am Hafen von Somalia angelangt, schlich sich ein fremder Mann an Bord. Er wollte etwas stehlen und hatte die Gelegenheit genutzt, das scheinbar unbewachte Boot zu betreten. Während die Besatzung sich an Land den alkoholischen Genüssen hingab und der Kapitän sich im Suff mit einer ausgemergelten Prostituierten vergnügte, döste Meru an Deck und bemerkte den Eindringling erst gar nicht.

Ein Schlag traf ihn und er wurde augenblicklich wach.

Der stoppelbärtige, nach Urin riechende Dieb brach in die Kajüten ein und stahl alles, was er in einen ebenfalls gestohlenen Sack stecken konnte. Schuhe, einen Dolch, ein Kreuz, das sich ein Matrose an die Wand gehängt hatte, viele absolut wertlose Dinge und etwas Nahrung, die die Crew am gleichen Tage eingekauft und auf dem Schiff, das Meru ja nicht verlassen durfte, deponiert hatte.

Als der schmierige Mann sein Werk fast vollendet hatte und wieder an Land gehen wollte, um die Beute in Sicherheit zu bringen und vielleicht noch einmal wiederzukommen, sah er die Büste zu Merus Füßen. Neugierig wickelte er sie aus.

Er betrachtete sie und wendete sie mehrmals in seinen Händen. Seine dreckigen, abgekauten Fingernägel passten gut zum Allgemeinbild des Diebes. Er glaubte die Büste sei wertvoll und wog sie skeptisch in seinen Händen, bevor er sie raffgierig in seinem Sack verschwinden ließ. Ein Fehler!

Die Büste lag nun direkt neben dem gestohlenen Kreuz. Das Teuflische und das Symbol Jesu Christis Kreuzigung befanden sich unmittelbar nebeneinander.

Leise bewegte sich der Dieb auf den Steg zu, der das Schiff mit dem Hafen verband, kam jedoch nicht bis dorthin. Sein rechtes Bein verfing sich in einem auf dem Schiff herumliegenden Tau und er stürzte nach vorn. Dumpf schlug er auf dem Sack auf, den er unbemerkt wegschaffen wollte, und ein überdimensional schlimmer Schmerz fuhr wie ein brennender Pfeil durch seinen Bauch. Stöhnend richtete er sich auf. Mit einer Hand tastete er seinen Bauch ab und er sah das Blut in seiner Handfläche: Beim Sturz auf den Sack war er so unglücklich gefallen, dass der gestohlene Dolch sich durch den Stoff gebohrt und ihm in den Bauch gestochen hatte. Die Gedärme waren durchtrennt und eine blutige, kotdurchsetzte Flüssigkeit bahnte sich nun den Weg aus seinem Unterbauch. Der Mann stöhnte laut auf, quälte sich in Richtung Steg, ohne noch einmal auf die im Sack befindlichen Dinge zurückzublicken. Dann fiel er plötzlich erneut! Das Tau war noch immer um seinen Fuß gewickelt und hatte sich so verschlungen, als wäre diese tödliche Falle von einem Genie konstruiert.

Gequält stand der Mann wieder auf und wollte sich losreißen. Dabei verlor er auf dem Steg das Gleichgewicht und fiel mit weit aufgerissenen Augen, einen schrillen Schrei ausstoßend über die Taue, die den Steg begrenzten. Das Platschen des Wassers war kaum wahrnehmbar. Der Dieb war nur mit dem Kopf eingetaucht, da er mit seinem Bein noch im Tau hing. Man hörte nichts mehr. Der Fremdling hing kopfüber und sein eigenes Blut lief an ihm hinunter.

Kaum eine Minute dauerte es, dann starb er seinen ungewöhnlichen Tod. Die Leiche hing am Schiff herunter wie geschlachtetes Vieh. Der Abend hatte sich für ihn nicht gelohnt...

Am nächsten Morgen, die Sonne war gerade aufgegangen, kam die Mannschaft von ihrem Saufgelage zurück. Der Kapitän, etwas frustriert, da seine Männlichkeit ihn in der letzten Nacht durch Inaktivität lächerlich gemacht hatte, erschrak so sehr, dass seine seltsame Pfeife aus dem Mund fiel, als er die Leiche am Schiff baumeln sah.

Man fand Meru - noch immer bewusstlos - und die Besatzung machte sich ihren eigenen Reim auf die Gegebenheiten: Der Dieb wollte scheinbar entkommen. Meru musste ihn gestellt und in einen Kampf verwickelt haben. Als Meru ihn dann fesseln wollte, hatte er wohl versucht zu fliehen und Meru ihm scheinbar einen Dolch in den Bauch gerammt. Bei der handfesten Auseinandersetzung, so glaubten die Männer, müsse der Mann über Bord gestürzt und verblutet oder ertrunken sein. Nach den harten Schlägen, die Meru sicher habe einstecken müssen, sei er kurz darauf ohnmächtig geworden.

Der Kapitän - überglücklich, dass nichts abhanden gekommen war und dass er das Schiff in recht gutem Zustand wiedersah - verwarf alle Pläne den „Beschützer" Meru gegen einen anderen Jungen auszutauschen.

„Tel Z" schnitt die seltsamerweise bereits sehr stark stinkende Leiche vom Schiff ab. Sie tauchte wie ein guter Turmspringer gerade ins Wasser ein und es spritzte kaum. Der Dieb versank augenblicklich. Der Kapitän wollte kein Aufsehen erregen und das Schiff legte vom recht ruhigen, menschenleeren Hafen ab, als wäre nie etwas gewesen.

Als Meru zu sich kam, wurde er den Verhältnissen entsprechend medizinisch versorgt und durfte den Tag in seiner Kabine verbringen. Er teilte sie nachts mit „Tel Z".

Gegen Abend klopfte es viermal laut an die Tür. Ein anderer Mann, der breit grinste, brachte Meru seine Büste. Glücklicherweise war niemandem an Deck etwas zugestoßen.

Meru verstand zwar die Sprache des Matrosen nicht, bedankte sich jedoch in seiner eigenen. Der Mann ließ ihn wieder allein.

Ein Funkeln von der Büste her machte Meru in der folgenden Nacht nervös. Trotz seiner Kopfschmerzen stand er auf und es fuhr ihm ein Schreck durch die Glieder, als er seine Habe betrachtete: Ein daumengroßer Klumpen Gold war in die Büste eingebrannt - das Kruzifix! Es war ins Holz hineingeschmolzen. Meru versuchte es abzubekommen. Mit einem Knacken, fast als bräche das Holz, bekam er den Goldklumpen heraus. Aus der Stelle, in der dieser gesteckt hatte, lief eine zähe, harzige Flüssigkeit, die wie Eiter aussah. Kurzentschlossen warf Meru das Gold aus dem Bullauge. Nur der Mond sah alles mit an, „Tel Z" schlief fest und tief.

Erleichtert warf sich Meru auf seine Pritsche. Die Büste stand auf dem Tisch vor ihm. Lange blickte er hinüber und fragte sich immer wieder: „Was hatte der Satan bezweckt, als er sie den Menschen sandte?"

Meru hatte sich wohl damit abgefunden, keine Vorstellung von der Unendlichkeit zu haben, obwohl es sie zweifelsohne gab. Die Menschen glaubten ja auch an Gott, obwohl sie ihn nicht sehen konnten. Wer aber an Gott glaubte, der sollte sich immer vor Augen führen, dass es auch etwas Gegenteiliges geben musste. Meru schloss seine Augen und tauchte in tiefschwarzen Nebel ein.

6

Drei Büsten

Viele hundert Jahre bevor Meru Tarbo Romas Wettlauf gegen das Böse begann, bündelten sich Hass und Dunkelheit, wie nie zuvor.

In einem abgelegenen Winkel in Afrika hatten sich zwei Stämme von großem Einfluss ausgebreitet: die Targo und die Buue. Ihr Glaube unterschied sich deutlich.

Während die Buue Götter anbeteten, die für positive irdische Abläufe, wie Ernte, Regen oder Sonnenaufgänge, verantwortlich sein sollten, beschworen die Targo seit mehreren Generationen die Mächte der Finsternis.

Sie praktizierten grausame Rituale, bei denen Jungfrauen aufgeschlitzt und ihre Innereien roh verzehrt wurden.

Die Buue fürchteten sich vor diesen abartigen Menschen und deren Praktiken und sie versuchten die Targo zu meiden, wo immer sie konnten. Sie wuschen ihre Kleidung an anderen Stellen am Fluss, jagten in anderen Revieren und begruben ihre Toten in anderer Erde.

Der Targo-Häuptling, ein Ungetüm von einem Mann, schickte nicht selten seine vielen Töchter auf die Suche nach Opfern, die man bekehren könnte, um den Targos Zuwachs zu bescheren, denn der Häuptling war der einzige im Stamm, der sich fortpflanzte. Alle anderen Männer, auch seine Söhne, waren unfruchtbar. Unfassbare 37 Jahre existierte der bösartige Anführer der Targo bereits. Ein beachtliches Alter für die damalige Zeit.

Am Tag, als er geboren worden war, hatte sich die Sonne verdunkelt und die Hyänen gejault. Dass er einst der Anführer des brutalen Stamms werden sollte, zeigte sich schon in jener Nacht.

Eine verabscheuenswerte Epoche war angebrochen. Sie brachte Tod und Verderben. Der Häuptling verkörperte das leibhaftige Böse und er hatte sehr schnell die Stammesmitglieder in seinen Bann gezogen. Mit jedem Jahr, das er alterte, nahm seine Brutalität zu. Sie forderte Opfer um Opfer.

Nachdem vom Stamm der Buue im Laufe der Jahre 666 Männer verschwunden waren, weil sie von den Targo gefangen genommen und geopfert wurden, beschloss man, etwas gegen den bösen Herrscher der Targo zu unternehmen. Die Buue wollten ausziehen, um den fleischgewordenen Satan unter den Menschen hinzurichten.

Durch ihre Angst vor der Zukunft angetrieben, machte sich eine große Gruppe von starken Kriegern der Buue auf den Weg.

In der Steppe fanden sie ausgenommene Leichen der ihren, deren Körper so vertrocknet waren, dass selbst die Geier kein Interesse mehr daran zeigten. Es bestärkte die Buue in ihrem Vorhaben, dem Grauen ein Ende zu setzen.

In einer Nacht, in der ein sichelförmiger Mond wie eine Waffe am Himmel stand, fanden die Buue das Lager der Targo und schlichen sich heran.

Aus Rache für die Getöteten hatten die Buue geschworen, keinen Targo den nächsten Morgen erleben zu lassen. Der komplette Stamm sollte ausgerottet werden und so begannen sie ihr Werk.

Es dauerte nicht lange und das Blut tränkte den kargen Steppenboden und das leise, rasselnde Gurgeln der durchschnittenen Kehlen, die nicht mehr schreien konnten, weckten den Häuptling nicht, der in einem aus Tierhäuten gefertigten Zelt lag.

Er hatte sich der verwirrenden Wirkung von Rauschmitteln hingegeben und lag unruhig auf einem nach Tier und Schweiß stinkenden Fell.

Die beiden Targo, die vor dem Zelt Wache hielten, starben schneller, als sie es merken konnten. Die Buue hatten ein vorzügliches Pfeilgift, das so stark war - eine Mischung aus Couraare und dem Gift einer seltenen Schlange - dass die Männer vermutlich schon im Jenseits waren, bevor sie den Einstich der Pfeilspitzen in ihren Körpern spürten.

Die Luft im Zelt war stickig. Leise sammelten sich vier Buue vor dem Schlaflager ihres Feindes. Mit einem mehr tierischen als menschlichen Schrei richtete sich der Häuptling auf, doch er konnte nicht mehr reagieren. Die Drogen lähmten seine Glieder.

Mit Fackeln in den Händen und schrecklichen Gesängen zerrten sie den am ganzen Körper gräulich beharrten Teufel aus seinem Zelt.

Wie in Trance ließen sie dann den Hass von sich Gewalt ergreifen und zogen dem Häuptling mit brennenden Scheiten die Haut bei lebendigem

Leibe vom Körper ab. Sein unnatürliches Brüllen ließ kilometerweit die Löwen aufschrecken und als die schreckliche Prozedur endlich beendet war und die blutverschmierten Buue den größten ihrer Gegner überlegen umlagerten, da war ihnen klar, dass dieses Geschöpf nicht von dieser Welt war und ihr ganzes Volk sterben würde: Der gemarterte Körper lebte noch!

Ängstlich sahen sich die Männer an. Sie entschieden trotz ihrer Furcht, dem Wesen ein Ende zu setzen. So griffen sie den verstümmelten Leib und schleppten ihn zu einem großen Baum.

Sie riefen sich gegenseitig Anweisungen zu und es dauerte nicht lange, bis ein geflochtenes Seil über einen der starken Äste geworfen wurde.

Dem hautlosen Körper wurde nun eine Schlinge um die Kehle gelegt und ruckartig zogen drei schwarze Männer am Ende des Seiles. Ihre Gesichter waren wutverzerrt. Die Schlinge zog sich zu und der schwere Körper des Häuptlings hob sich in die Luft. Augenblicklich begann der zum Tode Verurteilte beängstigend zu zappeln. Das Zucken des kämpfenden Wesens brachte Baum und Seil zum Vibrieren.

Schmerzhaft schnitt der Strick in die schweißnassen Hände der staubigen drei Männer.

Blut tropfte von oben herab, doch das Genick der Bestie brach nicht. Qualvoll kam der Erstickungstod. Der hautlose Kopf wirkte, als schwelle er an und würde jeden Moment platzen. Ein Schwall Blut aus Mund und Nase des Monsters deutete sein Ende an. Die klauengleichen Hände des Sterbenden griffen wild um sich, als wollten sie einen der Henker zu fassen kriegen und ihn mit in die Hölle reißen - doch alles was er griff, waren Samenkapseln des alten Baumes.

Mit einem Zittern in beiden über und über verhornten Füßen wich die Energie aus dem Opfer. Im Moment des Todes entblößte er die Zähne und das Gesicht verkrampfte sich zu einer Fratze.

Man stieß einen Pfahl in den Boden und das Ende des Stricks wurde daran befestigt. Die Buue ließen den Leichnam als Siegessymbol und Beweis ihrer Stärke einen ganzen Monat am Baum hängen.

Die Luft in der Nähe des Toten schürte ihnen die Kehlen zu. Es roch so erbärmlich nach Verwesung, dass der Leichnam von keinem Insekt und keinem Tier auch nur im Entferntesten als Nahrungsquelle oder zum Eierablegen in Frage kam.

Nach diesem Monat, in dem der Leichnam unter freiem Himmel hing, waren bereits erschreckende Dinge bei den Buues vorgefallen. Eine schwere Epidemie hatte den Stamm um die Hälfte schrumpfen lassen. Unter den Toten waren alle Männer, die an der Tötung des Targo-Häuptlings beteiligt gewesen waren. Die Überlebenden fassten einen weiteren Entschluss: Einige Frauen banden sich weiße, feuchte Tücher vor Mund und Nase, lösten den Strick, an der die Leiche baumelte, und begannen ein tiefes Loch für den Erhängten zu graben.

Der Anblick war grauenerregend: Der stark schimmelnde Körper war ausgetrocknet und rundum verschorft. Die linke Hand war zu einer

Faust geballt, in deren Innern sich noch immer die Samen des Baumes befanden, unter dem er hingerichtet worden war.

Die Frauen gruben ohne Pause, bis sich Blasen in ihren Handinnenflächen bildeten. Zum Einbruch der Dunkelheit stießen sie die sterblichen Überreste in das entstandene Loch.

Der Boden war so trocken, dass es stark staubte, als man den Sand wieder über die Leiche schob, die nun, eingeschlossen für die Ewigkeit, anderthalb Meter unter der Erde lag.

Die Frauen gingen weinend zurück in die Richtung ihres Lagers. Es war nur wenige Stunden vom Grab entfernt. Keine kam jemals an.

Zwanzig Jahre später.

Die Stämme der Buue und Targo existierten nicht einmal mehr als Geschichte, da wurde ein großer Teil Afrikas von einer starken und niemals wieder so heftig auftretenden Regenzeit heimgesucht. Als diese vorüber war und sich die Pflanzenwelt mit ihrem Grün auszubreiten begann, tat sich auch etwas tief unter der Erde in einem längst vergessenen Grab.

Die knöcherne Hand des Skeletts begann sich, unter dem Druck einer in ihr wachsenden Pflanze, zu öffnen. Die Tiefe schien keinerlei Beeinträchtigung darzustellen. Gewaltig schnell bildeten sich Wurzeln, die die gesamte Rippenpartie des Toten durchwucherten. Das Gewächs zog seine Energie aus dem verwesenden

Körper und brach nach einiger Zeit durch den Boden, um mit jedem Jahr, das es älter wurde, stärker und größer zu werden.

Bald konnte man von einem kleinen Baum sprechen. Die Form des Baumes war seltsam; das Holz so stark, dass man es kaum einritzen konnte, und als in der Nähe eine Gruppe von Menschen siedelte, sprach man dort bald vom „Baum der drei Gesichter". Der Grund dafür war unübersehbar: Der Baumstamm bildete an drei Stellen die hässlichen Gesichtsformen des Targo-Häuptlings, auf dem er wuchs. Ganz unten am Boden, knapp über den verschlungenen Wurzeln, die zum Teil an der Erdoberfläche saßen, erschien das Gesicht wie das eines bösen Jungen, der seine Augenbrauen herunterzog und den Mund öffnete. Weiter oben, an einer Stelle, die sich erst lange Zeit nach der ersten Erscheinung gebildet hatte, sah die Form des Stammes aus wie der Kopf eines erwachsenen Mannes, der den großen Mund aufriss, um einen gewaltigen Schrei auszustoßen.

Vögel, die sich in der Aushöhlung des „Mundes" niederließen und Nester bauen wollten, starben, noch bevor sie ihr Werk fertigstellen konnten. Ihre Skelette mit den hohlen Knochen und das Gestrüpp der begonnenen Nester füllte bald das Loch, so dass das Gesicht den Eindruck erweckte, es würde die Knochen hervorwürgen.

Noch weiter oben, vor der Baumkrone, bildete sich das Abbild des bösen Häuptlings, so wie er in der Nacht seines Todes ausgesehen hatte, als er von den Buue aus seinem Zelt geschliffen wurde:

wulstige Wangenknochen, wildes Haar und spitze, von den bösartig verzogenen Lippen entblößte Zähne. Ein Raubtiergebiss.

Der Baum stand weitab von allen anderen.

Die Menschen des in der Nähe siedelnden Stammes hatten einen sehr gläubigen Anführer. Es war ein unwissender Mann und er schien besessen von diesem Baum. So befahl er eines Tages seinen stärksten Männern, den Baum zu fällen und die drei Gesichter herauszuschlagen. Er wollte diese in seiner Nähe haben, um sie anbeten zu können.

Die Männer, geblendet von der Idee, der Baum sei ein göttliches Zeichen, befolgten die Anweisungen ihres Stammesoberhauptes.

Sie arbeiteten drei ganze Tage, um mit ihren Werkzeugen den Stamm zu durchschlagen und die Gesichter zu trennen.

Drei Büsten von ekelhafter Hässlichkeit befanden sich nun im Besitz eines Mannes, der nicht wusste, was er getan hatte, und wie dieses Handeln das Leben der Menschen auf ganz unterschiedlichen Kontinenten in ferner Zukunft verändern würde. Das Böse hatte seinen Weg gefunden.

Eines Nachts, die Zelte und Unterkünfte waren ganz dicht gestellt, brach nach einer rituellen Feier ein Feuer im Lager aus. Viele Stammesmitglieder verbrannten und am nächsten Morgen erschraken die überlebenden Männer. Sie befahlen den Frauen und Kindern weit weg in den Süden zu wandern. Der Grund waren die Büsten, vor denen sie plötzlich Furcht bekamen, denn diese waren vom

Feuer völlig unangetastet geblieben. Holz, das nicht brennt, so war man sich sicher, könne nur aus der Hölle stammen.

Man schmiedete Pläne zur Vernichtung der Büsten. Ein tapferer Mann, dem die Aufsicht für eines der Schreckensgesichter übertragen wurde, nahm eine Axt und schlug damit mehrmals mit aller Kraft auf eine Büste ein.

Das Werk war fast vollbracht. Er holte ein letztes Mal aus, um das Holz zu spalten, da löste sich das Eisenstück seiner Axt und schnellte in den Himmel. Das verbleibende Axtende in seiner Hand war so leicht, dass er verwundert nach oben blickte. Mit einem dumpfen Schlag landete der Keil mitten im Gesicht des Verdutzten und teilte es wie eine Melone. Er fiel mit seinem Körper auf die Büste und sie zerbrach an der dünnsten Stelle. Der Himmel verdunkelte sich augenblicklich. Zwar war dieses Teufelsgesicht aus Holz nun vernichtet, aber zwei weitere existierten noch.

Voller Furcht ließen die anderen Stammesmitglieder ihren Freund liegen. Er verblutete, während sie das Weite suchten.

Die Vernichtung der zwei verbleibenden Büsten war längst beschlossen, jedoch wollte keiner der ängstlichen Männer sein Leben freiwillig riskieren und so wurde gelost. Neben einer Büste stehend hielt einer der Anwesenden vier trockene Grashalme in der Hand. Wer den Kürzeren zog sollte sich der tödlichen Aufgabe annehmen.

Die drei Männer versammelten sich um die Faust des ersten und ein jeder griff nach einem

Halm. Gleichzeitig zogen sie sie aus der geschlossenen Hand. Der Mann, der sie gehalten hatte, verzerrte seinen Mund. Die drei Halme, die ihm aus der Faust gezogen wurden, hatten ihm in die Handfläche geschnitten. Ein letzter Grashalm ragte noch aus ihr hervor. Bluttropfen fielen zu Boden und als der Mann seine Hand öffnete, da waren die drei Schnitte in seiner Handfläche das geringste Problem, denn in ihr lag der kürzeste Halm.

Traurig nahm er innerlich Abschied und widmete sich sogleich seiner Aufgabe. Er wollte es vermeiden mit Werkzeugen gegen den hölzernen Kopf vorzugehen, weil er mit Angst an den Tod seines Freundes dachte.

So fand er eine andere Lösung und beschwerte die Büste mit einem Stein. In seinem Kajak ruderte der Mann sie in die Mitte des Flusses. Kurzentschlossen warf er sie über Bord und der Kopf versank augenblicklich im trüben Wasser.

Sekunden später tauchte an derselben Stelle ein riesiges Krokodil auf und riss den schreienden Mann unter lautem Knacken und Brechen des Bootes und der Knochen ins Wasser. Das Tier fraß ihn knapp unter der Oberfläche des Flusses. Das ockergelbe Wasser verfärbte sich durch das viele Blut für einen Moment rotbraun.

Nun war es umso sicherer: Wer die letzte Büste zerstören wollte, der würde ebenfalls sterben.

Es war das Abbild des Häuptlings, das noch existierte, das ganz oben unter der Baumkrone gewachsen war.

Die Männer trugen diese letzte Büste von diesem Tag an mit sich und verkündeten ihren verängstigten Frauen und den Witwen, dass man das teuflische Stück niemals zerstören oder zurücklassen könnte. Es müsste, da war man sich einig, von Generation zu Generation weitergeben werden.

Die Zukunft war für den noch lange nicht geborenen Meru Tarbo Roma vorherbestimmt – sie würde ihn als ersten Mann aus seinem Stamm aufs Meer führen.

7

Afiyet Olsum

Merus Schiffsreise führte ihn von Somalia aus an der Küste entlang. Es ging weiter gen Norden. Langsam entpuppte sich die Reise als eine, die für seinen Verstand ein ganzes Leben anzudauern schien. Tag und Nacht war er auf dem Schiff. Der Rhythmus der Sonnenauf- und Untergänge war seine Uhr auf dem Weg zum eigenen Tod.

„Man lebt um zu sterben", hatte ein Mann auf dem Schiff gesagt, den sie von Somalia durch den Golf von Aden nach Saudi-Arabien gegen Bezahlung mitgenommen hatten. Eines Nachts war er, obwohl das Boot nicht angelegt hatte, verschwunden.

Da Meru der Einzige war, dem die Ehre zuteilwurde, mit dem Mitreisenden zu sprechen, übernahm er die geringe Gepäckmenge des Verschwundenen. Meru zog sich Kleidungstücke des Verschollenen über und fühlte sich wie ein anderer Mensch. Keinerlei Gewissensbisse plagten ihn, ob das Verschwinden des Mannes mit der Büste zu tun hatte.

Meru wusste, dass er sein ganzes Leben bereits dafür aufgegeben hatte, um die Gefahr so gering wie möglich zu halten, Opfer, die sich nicht verhindern ließen waren unumgänglich. Außerdem, ein größeres Opfer, als die Büste sein Leben leiten zu lassen, hätte er aus seiner Sicht kaum bringen können.

Was Meru nicht ahnte: Er hatte nichts verhindert, war jedoch im Begriff, alles zu verschlimmern.

Am Hafen der Stadt Janbu al-Bahr legte die „Willford" an. Proviant und andere Dinge wurden zum x-ten Mal herbeigeschafft und Meru überlegte allen Ernstes, ob er nicht hier an diesem Ort bleiben sollte. Er war des Reisens müde, aber seine Angst, alles, was er sich vorgenommen hatte, wäre wegen der mangelnden Entfernung zu Lesotho zwecklos gewesen, ließ ihn am folgenden Abend wieder an Bord gehen.

Diese Reise verlief, abgesehen von seiner Angst, ohne weitere Zwischenfälle, doch je näher er seinem Ziel kam, umso unruhiger schlief Meru.

Endstation des Schiffes war nach einiger Zeit die Stadt Al Wadjh in Saudi-Arabien. Nach so langer Zeit auf See hatte Meru beim Verlassen des Schiffes das Gefühl, als würde der Boden wanken; auch den anderen ging das so.

Ihre Körper waren so angepasst an das ständige Schwanken des Schiffes auf den Wellen, dass sie ohne auf und ab kaum stehen konnten. Die Männer torkelten, als wären sie angetrunken – einige waren das wohl auch - und das Gefühl des starren Untergrundes kam allen seltsam vor.

Meru hatte vergessen, wann er Geburtstag hatte und da es für ihn sowieso kein glorreicher Tag war, machte er sich um solche Daten seines Lebens keine Gedanken mehr. Er wusste nicht einmal mehr welches Jahr man schrieb, wie viele Tage seit seiner Abreise vergangen waren und wo er sich überhaupt befand.

In Al Wadjh traf er auf einen Mann, der seine Sprache beherrschte und sich sehr löblich über den „Norden der Welt“ äußerte. Er sei geschäftlich in Finnland und Dänemark gewesen und schwärmte davon, dass dies die göttlichsten, reichsten und traumhaftesten Plätze der Erde seien.

Meru ließ sich blenden. Seine Menschenkenntnis war gering und so gab er viel darauf, was der angetrunkene Mann von sich gegeben hatte.

„Bleib bloß nicht hier!“, hatte der Mann gesagt. „Hier hat man das Leben schnell satt. Wovon kommt das? Liegt es daran, dass man hier nie akzeptiert wird? Nein, ach nein! Vom Terror ist es. Durch den Terror ist die ganze Blüte der Männer tot und die Faulen, Untauglichen sind geblieben.“

Meru wurde unsicher und fasste den Entschluss, nicht in Al Wadjh zu bleiben. Er erfuhr allerdings nie, dass der Kerl aus Al Wadjh Finnland und Dänemark nie zu Gesicht bekommen hatte.

Die Nacht brachte viel Unvorhergesehenes. Es wurde ungewöhnlich kalt für die Jahreszeit. Ein Sprühregen ging nieder, so luftig, dass er die Erde nicht zu erreichen und wie eine Dunstwolke aus Wasserstaub in der Luft zu schweben schien. Aber das trog. Der Boden wurde matschig und Merus Schritte machten schmatzende Geräusche im Schlamm.

Seine Reise ging also weiter nach Norden. Sollte das nun sein Ziel bleiben? Falten gruben sich bereits in Merus Gesicht. Der Weg nahm kein Ende. Nach jedem Berg kam ein weiterer, nach jeder Kurve kam die nächste.

Die Reise, so stellte es sich Meru vor, als er nach unglaublich langer Zeit, in der er zu Fuß und mit Karawanen, zum Teil auch mit Vieh, durch Jordanien gereist war, würde wohl nur an einem ganz bestimmten Punkt enden: an einem toten Punkt.

Im Verlauf seiner sich selbst auferlegten Mission lernte der Afrikaner viele Sitten und Bräuche anderer Kulturen kennen und eines Nachts, als er über den Sinn des Lebens nachdachte, begriff er, was zu tun war: Bevor er sterben würde, wenn das Zeichen zu gehen gekommen war, dann musste er die Büste zerstören. Zweifelsohne würde er durch dieses Vorhaben ums Leben kommen, deshalb war es das Beste den Versuch dann vorzunehmen, wenn er sowieso von dieser Erde gehen musste.

Das Leben, das ihm so kostbar war, hätte er dann gelebt und den Tod würde er dann so spät wie möglich sterben. Der Mensch durchläuft fünf Stadien, wenn er den Tod gewiss vor Augen hat: Zuerst will er ihn nicht wahrhaben, dann packt ihn Zorn, später verhandelt er mit sich selbst, Gott und allen anderen, nur um einen Aufschub zu erhalten, schließlich fällt er in eine depressive Phase bevor er schlussendlich seinem Schicksal zustimmt. Meru war an diesem Punkt angekommen. Er stimmte dem Schicksal zu – aber er war noch nicht am Ziel, denn Jordanien war ein schreckliches Land. Hier wollte er niemals bleiben.

In der Hoffnung die Routen, die man ihm immer wieder beschrieb, würden stimmen, wanderte er weiter in Richtung Norden.

Die Türkei lag vor ihm. Das Land, in dem die Küstenregionen von Ölbäumen nur so strotzten. Die Bevölkerung hatte ihren Stolz und war ebenso gastfreundlich wie auch misstrauisch einem Fremden und noch dazu schwarzen Mann gegenüber.

Meru wusste nichts über die Geschichte dieses Volkes, dessen Temperament überzusprudeln drohte. Er versuchte die Gewohnheiten der Türken beim Durchwandern ihres Landes so gut wie möglich zu „studieren".

In den Jahren 1914 bis 1918, nach Eintritt in den Ersten Weltkrieg an der Seite der Mittelmächte, musste das einstmals Osmanische Reich im Waffenstillstand von Mudros kapitulieren. Das zur Geburtszeit Merus einst riesige Reich wurde geteilt; nur das Kernland Anatolien blieb übrig. 1922 dann, als Mohammed VI. abgesetzt wurde, war das unwiderrufliche Ende des Osmanischen Reiches gekommen. Ein Jahr später rief Mustafa Kemal - der viele Jahre später als Atatürk bekannt werden sollte - die Türkische Republik aus, in der sich Meru nun befand.

Die Hitze wirkte sich nicht nur auf die Menschen aus. Es war feucht und warm. Meru hatte die Büste viele Wochen in Tücher gehüllt und niemals Tageslicht an sie herangelassen, doch heute, nach einem langen Aufenthalt in der Stadt Istanbul, passierte etwas Unerwartetes: Übler Gestank drang aus den Leinen, in die die Büste gehüllt war. Es roch modrig und alt.

Als Meru die Büste auswickelte, zuckte er kurz: Fast hätte er dies in der Mittagssonne getan, doch es war schon nach 14 Uhr, er besann sich und fuhr fort. Die fast schwarze Büste hatte an der Vorderseite plötzlich einen weißlichen aufgedunsenen Pilz ausgebildet, als quölle Gehirn aus ihr hervor. Was war nun zu tun? Hatte dieser Pilz eine Bedeutung? Sollte er eine Botschaft übermitteln?

Aus heiterem Himmel sprang Meru plötzlich auf, denn ein Kribbeln und Brennen umschloss seine Fußknöchel. Er befürchtete das Schlimmste, aber zu seiner Erleichterung sah er, dass er am Rande eines Ameisenhaufens stand. Die Biester hatten sich auf seine Füße gestürzt und begannen, ihn mit ihrer Säure zu attackieren. Er klopfte die Insekten kurzerhand ab. Dann wandte er sich wieder dem Gestank zu, den er nicht mehr ertragen konnte. Entschlossen nahm er sich ein Taschenmesser und versuchte, den seltsamen Pilz abzuscheiden.

Weiße Bröckchen fielen zu Boden. Nachdem er sein Werk vollendet hatte, wurde ihm plötzlich übel. Alles drehte sich und die Schleimhäute in Nase und Mund schienen sich abzulösen. Unter schrecklichen Schmerzen brach er zusammen. In der Glut der Nachmittagssonne, weit ab vom Schuss auf einer trockenen Ebene, lag er da und plötzlich wurde es schwarz um ihn.

Eine Nacht ohne Traum brach über ihn herein. Totale Finsternis.

Irgendwann, nach einer Ewigkeit, hörte er die Worte einer männlichen Person „Afiyet Olsum!"

Meru merkte, wie Wasser in seinen Mund eindrang, wusste aber erst nicht wie er schlucken sollte. „Afiyet Olsum!", wiederholte die Männerstimme. Beim Aufschlagen der Augen kamen die Schmerzen wieder. Seine Pupillen wollten scheinbar reißen.

Die Sonne schien schon wieder. Er hatte eine ganze Nacht und einen halben Tag im Sand gelegen. Die Sonne stand im Zenit. Aus der Erfahrung mit seinen Freunden wusste er, dass er sich in tödlicher Gefahr befand.

Der barfüßige Mann, der vor Meru kniete und ihm Wasser eingeflößt hatte, sprang jetzt auf. Merus Schreien hatte ihn beunruhigt.

Er schimpfte etwas auf Türkisch und ging, wobei er sich noch ein paar Mal zu Meru umdrehte. Sein Schimpfen verschwand in der Ferne.

Die Büste lag direkt neben Meru, er sah sie an während über beiden die Sonne als orangegelber Feuerball leuchtete.

Merus Schmerzen verschlimmerten sich nicht, auch erblindete er nicht und es dauerte nur wenige Sekunden, bevor er sich wieder klar fühlte.

Verwirrt akzeptierte er seine momentane Immunität und blickte seinen bösen Wegbegleiter gezielt an.

Die Stellen, an denen der abgeschälte Pilz lag, waren von kleinen Pilzen übersät. Dieses teuflische

Gewächs hatte sich innerhalb von vielleicht zwanzig Stunden bei Temperaturen um die 30°C auf unfruchtbarem Boden ausgebreitet. Die Büste war also nicht nur in der Lage Unheil auszusenden, sondern ebenso auch todbringende Ableger als Frucht des Zorns zu setzen. Diese Pilze waren mit ziemlicher Sicherheit so teuflisch wie das, aus dem sie hervorgegangen waren.

Der gesamte Ameisenhaufen, der tags zuvor noch von Tausenden und Abertausenden dieser fleißigen Insekten bevölkert gewesen war, lag wie eine tote Stadt vor Merus Füßen. Er erblickte keinerlei Regung. Das Pilzfeld grenzte bereits an diesen Bereich und bei genauerem Hinsehen erkannte Meru, dass alle Ameisen mit gekrümmten Beinen wie schwarze Krümel auf dem Sand lagen.

Es war höchste Zeit, die Reise fortzusetzen.

Istanbul lag südlich von ihm, er konnte diese aufstrebende Stadt deutlich sehen. Der Pilzteppich, der sich auf ungefähr einem Quadratmeter ausgebreitet hatte, musste aufgehalten werden. Genug trockenes Stroh und Äste befanden sich in der Nähe. Meru überhäufte die Pilzkolonie damit, wickelte zum Schluss die Büste ein, klemmte sie sich unter den linken Arm und legte ein Feuer. Streichhölzer hatte er einst im Nachlass des Mannes erhalten, der während der Fahrt der „Willford“ verschwunden war.

Noch von Weitem konnte Meru den weißen Rauch sehen. Das Feuer war auf seiner Seite.

Die Reise ging weiter und nicht umsonst wollte er alle Strapazen in Kauf nehmen. Es war die Suche nach einem Land, in dem man untertauchen konnte, in dem man leben und sterben konnte und ein Land, das die Möglichkeit gab, sich aufzuhalten ohne andere Menschen in die Gefahr mit hineinzureißen. Vor allem aber ging es darum, bei niemandem Interesse an der Macht der Büste zu wecken.

Die weißen Häuser in Istanbuls Mitte wirkten freundlich. Er ging in Richtung Nordwesten und wollte das Marmarenmeer hinter sich lassen, da begegnete er ihm ein zweites Mal. Der Mann, der ihm auf dem Hügel das Wasser hatte in den Mund laufen lassen, war direkt vor seinen Augen. Und da war die Angst wieder: Zwei Türken trugen den alten Mann über die staubige Straße. Sie legten ihn auf einen Karren. Die Füße des Mannes waren rot, geschwollen, teilweise aufgeplatzt und mit eitrigen Stippen besetzt. Natürlich! Er war auf dem Hügel barfuß in die Pilze getreten und hatte sich mit dem Tod infiziert.

Aus Merus Reise wurde einmal mehr eine Flucht. In Gedanken verabschiedete er sich vom Bosporus und versuchte schnell weiterzukommen.

8

Prediger

Es waren Prediger und Pilger, die missionierten, aufklären und leben wollten. Sie hatten sich ihrem Gott versprochen und reisten durch verschiedene Länder, ohne sich davon berühren zu lassen, dass die Menschen, denen sie Geschichten ihres Glaubens erzählten, gar nicht verstanden, wovon sie sprachen.

Ihre braunen Gewänder hatten einen eigenwilligen Schnitt und die Sandalen an ihren Füßen sahen aus, als hätten sie lange, beschwerliche Wege hinter sich.

Das Gepäck der drei Prediger bestand aus drei Büchern der Heiligen Schrift, etwas Geld und einer Karte. Sie hatten ein Gelübde abgelegt, ihren Glauben zu verbreiten.

Sie gehörten einer seltsamen, friedlichen Sekte an und die Distanzen, die sie bisher zurückgelegt hatten, spiegelten nur ihren Willen wieder, die Aufgabe, der sie sich selbst unterworfen hatten, bestmöglich zu erfüllen.

Meru wusste nicht, was das für eine Sprache war. Er konnte ja nicht ahnen, dass er sie später, fast am Ende seiner Reise, wieder hören würde. Das Deutsch klang wie ein weiches Brabbeln eines Babys. Die Männer redeten unentwegt auf ihn ein.

In dem Gasthaus, in dem Meru seit über drei Monaten Unterschlupf gefunden hatte, war die Hölle los. Er selbst half und arbeitete für Nahrung und Unterkunft. Jetzt saß er an einem unhygienischen Holztisch, aß Bohnen und Speck und ließ das Brabbeln wie einen Regen auf sich hinab prasseln.

Die drei Prediger, die unerwartet vor seinem Tisch aufgetaucht waren, ließen nicht locker. Sie redeten auf ihn ein. Dann sprach einer zu den anderen, dann wieder redeten alle gleichzeitig. Meru konnte nur vermuten, worauf sie es abgesehen hatten. Die Blicke der Prediger schienen die Büste, die Meru nicht sorgsam eingewickelt hatte, immer wieder zu treffen. Er griff zu ihr hinüber und stellte sie neben seinen Stuhl, so dass er sie mit einem Bein berührte. Durch den leichten Druck nahm er wahr, dass sie noch neben ihm stand.

Die drei Prediger bauten sich um ihn herum auf und sie redeten unentwegt weiter. Obwohl alle gleichzeitig und durcheinander auf ihn einsprachen, konnte er doch heraushören, dass jeder das gleiche erzählte.

Der Geräuschpegel der anderen Gäste in der billigen Spelunke wurde kurz leiser, als wollte man neugierig zuhören.

Eine am anderen Ende des Raumes aufgestellte Öllampe ging im selben Moment aus. Die Männer an dem betreffenden Tisch sahen sich verdutzt an, denn das Öl war noch zur Hälfte vorhanden und der Docht schien auch noch eine ausreichende Länge zu haben. Man ignorierte das Problem. Eine andere Lampe war schnell zu Stelle.

Das Sprechen der Prediger wurde synchroner. Zwei der drei Männer wurden zudem lauter und Meru fühlte sich belagert. Er war unsicher. Zwar verschlang ihn noch das Gefühl des Hungers, doch er nahm die Büste, stand auf und bahnte sich den Weg an den drei eine Mauer bildenden Heiligen vorbei.

Die Holzstufen der alten Treppe bogen sich unter seinem Gewicht, als er nach oben ging. Sein Zimmer lag am Ende eines kurzen Ganges. Die Dielen knarrten. Der Raum war unkomfortabel. Bevor er die Tür hinter sich schloss, drehte er sich noch einmal um. Meru fühlte sich verfolgt, doch hinter ihm war es menschenleer. War er sie los? Wenn ja, war das gut und das unwohle Gefühl in ihm würde sicher wieder weichen. Es konnte nämlich nicht gut sein, den Teufel im Gepäck und Prediger, die Kreuze um ihre Hälse trugen, im Genick zu haben.

Meru stellte die Büste vor einen Spiegel, der als einziger „Luxus“ in seinem muffigen Zimmer vorhanden war, und zog seine schmutzige, löchrige Kleidung aus. Nackt ging er durch den dunklen Raum. Sein Körper juckte vor Dreck, seine Haare hatte er über drei Monate nicht mehr gewaschen.

Jetzt packte ihn eine Müdigkeit und er legte das strohgefüllte, sackartige Behältnis, das am Kopfende seines Bettes lag, in eine Position, die er als günstig empfand, um im Notfall beim Aufschlagen der Augen in der Nacht oder am nächsten Morgen gleich die Tür im Visier zu haben.

Unten in der Kneipe war noch das Leben am Toben. Billige Frauen boten sich den Männern an. Es war mehr ein Bordell mit Gasthaus als ein Gasthaus mit Bordell.

Meru ging noch einmal zur Tür, um zu kontrollieren, ob sie geschlossen war. Er drückte die Klinke herunter und zog. Sie war offen. Er zog weiter, wollte noch einmal einen Blick auf den Flur werfen, doch da zuckte ein Schrecken durch seinen Körper wie ein Stromschlag durch einen Zitteraal. Die drei Prediger waren ihm gefolgt und standen mit großen Augen vor seiner Tür. Er war nackt und doch scherte er sich nicht darum.

Wie jedes schlaue Tier würde er nur angreifen, wenn er angegriffen wurde. So war es zumindest immer. Doch jetzt fühlte er sich irgendwie bedroht. Mit Wucht sprang er auf die erschrockenen Männer zu und wollte sie überwältigen. Danach, so fiel ihm in dieser Sekunde ein, hätte er das Gasthaus sofort fluchtartig verlassen müssen. Das Schicksal hatte einen anderen Plan: ein Schlag traf ihn auf dem Kopf. Ein vierter, ebenso wie die drei anderen gekleideter Mann, hatte ihm einen Knüppel über den Schädel geschlagen. Es wurde wieder Nacht um Meru. Doch diese Nacht war finsterer als andere und spielte sich nur in seinem Geiste ab.

Die Decke drehte sich über ihm, als er am nächsten Morgen die Augen aufschlug. Tot war er nicht, soviel stand fest, die Schmerzen am Kopf waren dafür viel zu groß. Doch der Tod war mit im Zimmer. Mit Entsetzen sah er sich um und versuchte zu begreifen. Der Tod war überall, im ganzen Raum.

Die vier Prediger lagen in den Scherben des Spiegels; die Büste ebenfalls auf dem Boden. Alle vier waren leblos. Sie hatten sich aus irgendeinem Grund selbst umgebracht. Einer von ihnen schien sich zur Tür geschleppt zu haben, denn die Leiche war weit von den anderen entfernt. Sie lag am anderen Ende des rechteckigen Zimmers.

Der Fußboden war voller Blut, das bereits eingezogen war. Wie die Schleimspur einer Weinbergschnecke führte das Blut zum Körper des abseits liegenden Mannes.

Seine Hand war ausgestreckt und geöffnet, als hätte er versucht die Klinke zu erreichen und wäre dabei verstorben. Auf ihm und einer weiteren Leiche lag ein Gesichtsausdruck der Panik, die beiden anderen Leichen hatten etwas Grimmiges, Böses in ihren Zügen. Auch wirkten sie weniger menschlich, als wären sie aus Wachs. Die Adern schienen durch die dünne Haut der Gesichter und das Weiße in ihren offenen Augen hatte eine Nuance blau in sich.

Meru bekam es mit der Angst zu tun. Was war hier vor sich gegangen.

Alle vier Prediger waren an den Spiegelscherben umgekommen. Sie mussten sich gegenseitig erstochen haben. Aber warum?

Wollte jeder für sich Merus Besitz haben und nicht teilen? Wann ja, wieso? In derartiger Weise handelten doch keine Prediger.

Sein einziger Besitz, abgesehen von ein paar Münzen und etwas Krempel, war die Büste. Warum sollten Heilige, Prediger, Verehrer Gottes Interesse am symbolischen Satan haben?

Meru packte so schnell es ging seine Sachen. Er musste weiter. Das Gasthaus war also noch nicht seine Endstation.

Was sich genau zugetragen hatte, blieb für ihn im Dunkeln. Er konnte nicht ahnen, dass viele Jahre später das Geheimnis durch Menschen gelüftet werden würde, die durch die Hölle gegangen sein mussten.

9

Jugoslawische Verhältnisse

Eine sehr lange Zeit war vergangen. 22 Jahre, die Meru nicht gezählt hatte. Er war erheblich gealtert. Nach der langen Reise mit vielen Zwischenstopps an Orten, die ihn schließlich wieder vertrieben, sehnte er sich nach einem festen Heim.

Während er Schritt für Schritt weiterwanderte, dachte er immer öfter daran. Und dann geschah es tatsächlich: Als habe jemand seine Träume erhört, fand er etwas Geeignetes in einem ihm unbekannten Land. Das Haus war schäbig, verfallen und alt, aber es schien keinem zu gehören und es lag weit ab von der nächsten Stadt. Die hölzernen Fensterläden waren geschlossen und vernagelt. Die Dachlatten hingen krumm und schief in den unmöglichsten Positionen, dass man glaubte, sie würden jeden Moment herunterfallen und die ebenfalls aus Holz bestehende Tür hatte die besten Tage hinter sich. Der Eingang war geschlossen, aber war er auch verschlossen?

„Hier werde ich bleiben", sagte er sich und blickte die Ziege an, die vor einigen Tagen zu seinem unfreiwilligen Wegbegleiter geworden war.

Ein Feld umgab das heruntergekommene „Grundstück".

Doch so einfach konnte sich Meru nicht niederlassen. Auch wenn der Ort den Anschein machte, als wäre er verlassen worden, so musste er auf Nummer sicher gehen.

Zwei Wochen beobachtete er das Haus. Hier schien in der Tat niemand mehr zu wohnen. Eine glückliche Fügung des Schicksals. Freude stieg in Meru auf.

Er fand hinter dem Haus einen kleinen Acker vor, der zwar nicht sonderlich gut bepflanzt war, aber einige Wassermelonen und andere Dinge hervorgebracht hatte.

Aufgeregt trat Meru am 15. Tag, den er in der Umgebung dieses Ortes verbracht hatte, durch die unverschlossene Tür ein. Im ersten der zwei Räume im Haus befand sich mittig ein steinerner Kreis, auf dem, wie es aussah, schon öfter ein Feuer gebrannt hatte. Was wollte man mehr?

Nachdem die Unterkunft für den Afrikaner feststand und sein Kopf frei war, übernahm sein Hunger die Kontrolle über den Körper. Die Ziege, die Meru draußen festgebunden hatte, überlebte die Entscheidung seines Magens daraufhin nicht. Auch wenn es ihm leid tat, tötete er das Tier. Er schnitt es in Stücke und trennte fachmännisch nach essbar und nicht essbar. Das Fleisch wälzte er in Salz, das er im Haus gefunden hatte, um es haltbarer zu machen. Den Rest grillte er über einem Feuer, das er in der hinteren Ecke des Ackers angezündet hatte, als es dunkel war.

Die Feuerstelle im Haus hatte er nicht in Erwägung gezogen, weil er Angst hatte, das Feuer könnte Schaden anrichten.

Meru stellte fest, dass Ziegenfleisch köstlich schmeckte. Er hatte es beim Grillen mit Kräutern bestrichen, die er in den letzten zwei Wochen in der Umgebung hier gesammelt hatte. Seit Jahren war sein Magen nicht mehr so gefüllt wie jetzt.

Wie weit er von der Zivilisation in Jugoslawien entfernt war, konnte er nur vermuten, aber es reichte aus, um ungesehen in dem abgelegenen Haus wohnen zu können.

In der Nähe des Hauses hatte Meru in mehreren Wochen nur drei Personen gesehen. Sie waren aber nicht zu nahe herangekommen, schienen also weder Besitzer noch Aufpasser zu sein. Es war jetzt sein Haus. Sein Unterschlupf.

Nach langer Zeit brachen für ihn endlich wieder Nächte ohne Sternenhimmel an. Er hatte ein Dach über dem Kopf.

Auf Stroh gebettet dachte er darüber nach, ob er sein Leben in dieser schlichten Form hier fristen sollte.

Die eine Mauer, die das alte Haus in zwei Räume teilte, hatte auf jeder Zimmerseite eine Stufe, die Meru als Abstellplatz für die Büste benutzte. Er stellte sie auf der Stufe im Nachbarraum ab und musste den Anblick nun nicht ständig ertragen. Dennoch wusste er vor dem Einschlafen immer ganz genau, wo sein teuflisches Erbe war und das beruhigte ihn.

Der 1. Juli 1945 sollte wieder Veränderungen im Leben von Meru Tarbo Roma bringen. Nicht nur, dass der Zweite Weltkrieg, der an Meru eher spurlos vorbeigegangen war, mit der Kapitulation Deutschlands endete, nein, auch im Inneren der Büste tat sich etwas. Ausschlaggebend war das Datum: die Zahl des Teufels in einer verschlüsselten Form! Der 1.7.1945! Die ersten drei Zahlen ergaben zusammen eine Neun, die zweite Neun war vorhanden und die Jahreszahl 45 fügte sich ebenfalls zu dieser Ziffer. Neunhundertneunundneunzig. Auf den ersten Blick gab das keinen Bezug zu Satan und Meru war an diesem Tag die Ruhe selbst. Schlimmer noch, er kannte ja nicht einmal das Datum...

Ein Knallen im Nachbarraum ließ ihn aus seinen Gedanken schrecken.

Die Büste war umgekippt und heruntergefallen. Sie stand jetzt kopfüber auf dem Boden. Das Mondlicht erhellte das Zimmer leicht. Meru kam hereingestürzt. Wie war die Bewegung zustande gekommen? Was bedeutete sie? Die Büste stand nun verkehrt herum auf den groben Planken des Fußbodens. In ihr ergab sich eine viel bedeutendere Zahl für das Böse: Es war die 666 – die auf dem Kopf stehende, verschlüsselte Zahl des Datums. Das Unheil hatte wieder einen Weg gefunden um seine Kräfte zu verstärken.

Die Finsternis war innerhalb von Sekunden zu einer Schwärze geworden, die man kaum mit dem Begriff „Dunkelheit“ beschreiben konnte. Es war schwärzer als in allen Nächten zuvor.

In der Bibel, die schon vor Hunderten von Jahren geschrieben worden war, war alles prophezeit worden: Die Offenbarung des Johannes gab Aufschluss, aber Meru hatte nie eine Bibel in der Hand und kannte nicht Gut und Böse wie es dort beschrieben worden war. Er unterschied eher zwischen Mensch und Monster und sich selbst und der Büste. Mehr nicht.

„Und ich sah ein Tier aus dem Meer steigen, das hatte zehn Hörner und sieben Häupter und auf seinen Hörnern zehn Kronen und auf seinen Häuptern lästerliche Namen“, stand in der Bibel. Doch davon wusste er nichts.

Die Wände knarrten. Meru spürte die Kälte. Und es wurde noch kälter. Etwas war hinter der Tür zum Nachbarraum. Ganz eindeutig. Etwas war im Haus. Es befand sich hinter der Tür zu Merus Schlafraum, in dem Raum also, in dem sich auch die Büste befand.

Er glaubte, einen rasselnden Atem zu hören. Langsam wurde die Holztür zu ihm aufgedrückt und gab den Blick auf die verformte Silhouette eines Körpers frei. Meru stand bewegungsunfähig vor seinem Schlafplatz. Der schwache Schatten an der Wand neben ihm zeigte ein Wesen, das zur Mitte hin etwas breiter wurde. Die Arme hingen schlaff herunter, ein Bein war deutlich sichtbar, das andere schien dicker und unbeweglicher zu sein.

War dies die Fleischwerdung der widergöttlichen Macht, die Meru einmal als ein gehörntes Wesen mit Pferdefüßen beschrieben worden war?

Er wusste in diesem Moment, in dem sich Schweißperlen auf seiner Stirn bildeten, nicht, ob er schreien sollte. Sein gesamter Brustkorb bebte und sein Herz pumpte wie wild.

Zwei funkelnde Augen im kaum wahrnehmbaren Licht des Mondes gaben dem nun hinter der Tür hervorschauenden Kopf etwas Unmenschliches.

Kam ein Monster aus der Hölle, um Meru Tarbo Roma die Seele zu rauben? Sollte der Teufel auf der Erde wiedergeboren sein und suchte nun einen passenderen Körper?

Merus Fragen beantworteten sich innerhalb von Sekunden. Die Frau schrie laut auf. Meru schüttelte sich und zog ruckartig die Schultern nach oben. Einen so lauten Ton hatte er in dieser Stille nicht erwartet. Seine Nackenhaare richteten sich auf wie die Stacheln eines Igels bei Gefahr.

Ehe er begriff, was geschehen war, blickte er in die offene, leere Tür und die Frau die dort eben noch gestanden hatte, hatte nur einen Windhauch hinterlassen. Sie schrie noch immer, als sie schon mehrere Meter vom Haus entfernt war.

Meru rannte ihr hinterher und holte sie schnell ein.

Ihr linkes Bein war in Binden gewickelt, die Blut aufgesogen hatten, das nun verkrustet einen braunen Ton in den Bandagen hinterließ.

Ihre Arme waren zerkratzt und das Gesicht schien unförmig geschwollen zu sein. Die Frau war nur nach Hause gekommen. In ihr Zuhause – nicht in Merus. Er holte sie ein, packte sie am Arm und hielt sie fest. Laut redete er in seiner Sprache auf sie ein. Seine Versuche sie zu beruhigen bewirkten das Gegenteil. Sie verstand nichts und wurde hysterischer, je fester er sie am Arm hielt.

Auch sie fing an laut zu reden. Ihre Worte klangen besorgt und ängstlich bevor sie in der Dunkelheit verhallten. Im selben Augenblick, als es still wurde, sank ihr schlaffer Körper im Merus Arme.

Was war nun zu tun? Wenn er nur das Vertrauen der Frau gewinnen könnte...

Dann hatte er vielleicht die Chance, sein Leben in diesem Land zu beenden.

Er schaffte sie ins Haus.

Die ohnmächtige Frau war um die dreißig, aber ihr geschundener Körper schien älter zu wirken. Meru blieb verborgen, dass sich ein deutscher Offizier an ihr vergangen hatte. Vielmehr glaubte er, sie sei mit einem Monstrum zusammengestoßen – ihren Wunden nach zu urteilen musste es so gewesen sein.

Nun brach eine Nacht ohne Schlaf an. Ständig beobachtete er die Frau. Sie tat ihm leid, andererseits hatte er auch Angst vor ihr. Meru wusste nicht, ob es sich hierbei um einen Menschen oder um eine vorgespiegelte, menschliche Gestalt handelte.

Ein Tier heulte in der Nähe des Hauses. Ein Kojote? Oder vielleicht... Er beschloss, lieber nicht darüber nachzudenken.

„Ich darf nicht einschlafen!", murmelte Meru. „Nicht einschlafen..."

Durch die Ritzen des Hauses drang das Mondlicht hinein. Mit dem Erscheinen der Frau war es ein wenig heller geworden, doch konnte man im Haus noch immer kaum die Hand vor Augen sehen.

Ab und an knarrte es verdächtig. Meru versuchte dann leiser zu Atmen, um den bösen Mächten nicht einen Hinweis auf seine Gegenwart zu bieten. Er atmete so flach wie möglich. Da war es wieder: dieses tierische Heulen – nur war es jetzt näher. Bildete er sich das ein? War es ihm nur lauter erschienen, weil er seine Körpergeräusche auf ein Minimum reduzierte?

Die Frau stöhnte kurz, als hätte sie in einer Traumwelt mit etwas Kontakt. Wieder erinnerte er sich daran nicht einzuschlafen. Die Müdigkeit legte sich wie ein schweres Tuch über ihn. Man konnte sie nicht so einfach wegwischen.

„Nicht einschlafen“

Er war verzweifelt. Innerlich betete er, es sollte Tag werden, die Sonne sollte scheinen. Aber je mehr er sich klarmachte, dass es Nacht war, umso unwohler fühlte er sich. Voller Angst lauschte er auf das dritte Heulen, eine Minute, zwei Minuten. Nichts. Er nahm sich vor, sich nicht zu erschrecken, wenn es wieder erklang. Zehn Minuten vergingen, aber es tat sich nichts. Jetzt musste das Tier gleich Heulen, fast bettelte er darum, weil ihn die Ungewissheit noch nervöser machte, als er es ohnehin schon war. Er lauschte.

Da plötzlich! Es war zwar kein Geräusch zu hören, aber das einfallende Mondlicht, das durch die Ritzen der Tür drang, verschwand kurz. So, als hätte etwas mit seinem Körper die Rille verdeckt und würde nun um das Haus schleichen. Jetzt knackte es.

Meru hielt die Luft an. Da war der Beweis: Etwas stand jetzt vor der Tür und kratzte am Holz...

Wie mit langen Krallen gleichmäßig hin und her. Als würde man versuchen etwas vom Holz abzuschaben oder etwas einzuritzen. Es war keine langsame Bewegung, aber sie war relativ ruhig.

Meru nahm allen Mut zusammen und traf den Entschluss aufzustehen, zur Tür zu gehen und diese aufzureißen. Egal, was da draußen auf ihn wartete.

Das Kratzen wurde stärker und nahm mit dem Wind zu, der jetzt zu pfeifen begann. Die Frau stöhnte wieder leise. Durchlebte sie in ihren Albträumen die gleichen dermaßen gruseligen Momente wie Meru in wachem Zustand?

Er wollte keine Geräusche verursachen, aber als er seine Muskeln anspannte, um sich von seiner unbequemen Unterlage zu erheben, da kam ihm das Knarren der Bodenbretter wie eine gewaltige Explosion vor. Dann herrschte absolute Stille. Kein Wind, kein Kratzen, selbst die fremde Frau schlief in ihrer Ohnmacht total ruhig.

Er konnte ihr Gesicht nicht mehr richtig erkennen, denn als er sich erhoben hatte, verdeckte der Schatten seines eigenen Körpers das Angesicht der Frau. Er näherte sich mit der Perfektion einer Katze, um sie anzusehen. Nur einen lautlosen Schritt machte er auf sie zu, dann beugte er sich vor. Ihr Hauch war zu spüren: ein übler, abgestandener Geruch. Geronnenes Blut oder ähnliches roch so.

Meru konnte noch immer nichts vom Gesicht der Frau sehen. Er drehte seinen Körper leicht, um einem winzigen Strahl des Mondlichtes Platz zu machen. Der fahle Schein ließ das Gesicht in Lichtgeschwindigkeit schemenhaft Konturen annehmen. Er konnte ihre Zähne erkennen, die der Mond im geöffneten Mund zum Blitzen brachte.

Da war wieder das Kratzen an der Eingangstür!

„Jetzt oder nie!", dachte Meru.

Mit Todesängsten schlich er sich auf die Tür zu. Er umklammerte mit der rechten schweißnassen Hand den Holzknauf, löste mit der Linken den Riegel und riss die Tür mit aller Kraft zu sich.

Sein Schreien ließ die Frau hinter ihm zur Besinnung kommen. Er konnte es nicht fassen und hatte nur geschrien, weil sich eine solche Spannung in ihm aufgebaut hatte: Vor der Tür war nichts!

Der einzige Grund für das Kratzen von außen war eine Latte, die am Dach nicht richtig befestigt worden war und bei dem Wind halb herunter geweht wurde. Sie pendelte hin und her und durch die Berührung mit dem Haus entstand das Schaben.

Die Frau hinter Meru war jetzt ganz zu sich gekommen. Sie richtete sich schnell auf und taumelte rückwärts in eine Zimmerecke. Dort angekommen, rutschte sie an der Wand herunter und blieb zusammengekauert in der Ecke sitzen.

Resignation. Meru riss die Latte vom Dach, schloss die Tür und kam etwas beruhigter wieder herein.

Er nahm einen dicken Ast, den er schon drei Abende zuvor zum Brennen gebracht hatte, und entzündete gekonnt auf der steinernen Feuerstelle in der Mitte des Raumes die Flammen. Das Feuer brannte etwa einen Meter von der Frau entfernt. Rauch breitete sich im Zimmer aus. Entflammen konnte das Hausdach nicht, dafür war das Feuer zu klein.

Als es sicher brannte und nicht drohte wieder zu erlöschen, setzte sich Meru auf die andere Seite des Feuers. Die Frau hatte ihn die ganze Zeit ängstlich beobachtet.

Nun saß er da und sah sie an. Auch sie ließ ihn noch immer nicht aus den Augen – bis die ersten Sonnenstrahlen von außen eindrangen und den Tanz des weißen Qualms im Haus sichtbar machten.

10

Gemeinsame Zeit

Er war 44 Jahre alt, als sich sein Weg mit der fremden Frau kreuzte. Sie benötigte mehrere Tage Zeit, um sein Vertrauen zu finden. Als Besitzerin des Hauses, in das er ohne Voranmeldung eingedrungen war, hätte sie auch ganz anders reagieren können. Doch sie duldete ihn. Vielleicht aus Angst, der Offizier würde wiederkehren und erneut ihren Körper schänden.

In Meru sah die Frau eine Art Schutz. Er hatte sie ins Haus gebracht, ihr nichts getan und sich später sogar um ihre Wunden gekümmert. Eine solche Fürsorge hatte sie nie zuvor erfahren. Das Leben der Jugoslawin war sicher nicht problemlos verlaufen und doch konnte man ihre Last nicht mit der Merus vergleichen.

Eine gemeinsame Zeit war in jener Nacht angebrochen und Meru begann, sich an die Frau zu gewöhnen. Eine innigere Verbindung zwischen den beiden schien ihm aber ausgeschlossen. Das war ihm schon in den ersten Wochen klar.

„Niemals Nachkommen zeugen", darum ging es, das war ihm als Dogma mitgegeben worden.

Die Frau, die er nun ständig in seiner Nähe hatte, war also ein Tabu. Und gleichzeitig war sie ihm so nahe, dass er oft das Bedürfnis spürte, sie einfach zu berühren.

Sie zog aus Meru und er aus ihr erheblichen Nutzen. Er wusste nichts über die Familie der Frau und dass diese im Zweiten Weltkrieg getötet worden war. Beide sprachen unterschiedliche Sprachen und so konnte er auch nichts von der Vergangenheit seiner neuen Bekanntschaft erfahren. Und wenn nun auch alles zum Stillstand gekommen war - die Reise, die Gefahr und die Ungewissheit – so lief etwas unentwegt weiter: die Zeit.

Fast zwei Jahre verbrachten sie beisammen und ihr Vertrauen zueinander stärkte sich, sodass eine Freundschaft entstand.

Bevor sie mit Meru aufeinander getroffen war, hatte die Unbekannte einen Angriff überlebt, bei dem ihre gesamte Familie ausgelöscht worden war.

Nach diesem Schock war sie in deutsche Hände geraten und man hatte sie unter mehreren Männern herumgereicht.

Sie hatten die Jugoslawin ohne Skrupel missbraucht und jegliche Form der Sexualität erschien ihr ab diesem demütigenden Erlebnis als das Abscheulichste der Welt.

Als sie merkte, dass Meru sich ihr nicht auf diese Art näherte, war sie umso erleichterter und ihr Umgang mit ihm gewann an Freundlichkeit und Vertrauen.

Meru empfand es als eine Qual, durch die Büste keusch leben zu müssen. Er lenkte sich so gut es ging mit der Bestellung des Feldes ab. Enthaltsamkeit war nun mal sein Schicksal.

„MIKU I MIRË NJIHET NË DITË TË VËSHTIRA“, hatte die Frau ihm in den zwei Jahren so oft gesagt, dass er es auswendig konnte. Er wusste nicht, was es bedeutete, aber es klang freundlich. Es hieß etwa: „Ein Freund in der Not ist ein wirklicher Freund" - ein albanisches Sprichwort. Dieser Wortlaut war Meru absolut vertraut und er war sich sicher, der Frau niemals Schaden zufügen zu können. Ebenso war er fest davon überzeugt, nicht weiter nach Norden zu reisen und hier zu bleiben.

Die nächsten vier Jahre vergingen rasend schnell. Und auch, wenn sie für Meru nicht in Vergessenheit geraten war, so hatte die Büste ewig keine schlimmen Dinge ausgelöst. Mit nun 50 Jahren war Meru im Vergleich zu all seinen Verwandten in seiner Heimat sehr alt geworden und doch fürchtete er sich vor dem Tod.

Es gab sicher keinen Menschen mehr, den er kannte. Sie waren alle längst Staub und er fragte sich, wann er ihnen folgen müsste.

Die Tage waren für Meru unproblematisch, denn wenn er arbeitete, musste er sich keine solchen Gedanken machen, doch in den Nächten plagten ihn schlimme Träume.

Die Büste stand seit einigen Jahren in dem Raum, in dem Meru schlief, auf der Stufe an der Wand. Es tat sich aber nichts. Zumindest nicht in der Büste. Jedoch in Meru selbst: Es war die Erkenntnis, die er durch seine Träume erlangte.

Als lese er ein Buch über die Büste, so offenbarte sich in seiner Traumwelt die böse Realität. Er sah immer wieder Menschen, die er nie zuvor getroffen hatte, und dennoch konnte er die Zusammenhänge sofort begreifen.

Meru spürte im Traum die Schmerzen der Personen, fühlte das Entstehen der Büste. Ja, er sah sogar alle drei Büsten, die einst existiert hatten, und auch den Baum des Todes, wie er damals in der Steppe stand. Er sah Dinge, die er nie in Wirklichkeit gesehen hatte und dies so plastisch, dass er davor erschrak.

Er erlebte in seinen Träumen die Versuche, die unterschiedlichen Büsten zu vernichten und begegnete den Toten.

Einige der so seltsam verstorbenen Menschen erschienen in seinen Träumen und redeten mit ihm in einer Sprache, die er nicht kannte, die ihm aber kein Geheimnis war. Er verstand, was sie sagten, ohne dass er sie verstehen konnte.

Ein Mann mit gespaltenem Schädel jammerte kläglich über sein Irren zwischen den Dimensionen. Ein anderer, völlig zerfleischt und halb verwest, warnte Meru davor, die Büste zu zerstören – das würde ihm die Möglichkeit nehmen, Frieden im Reich der Toten zu finden. Eine Frau erschien in einer anderen Nacht, deren wehender, weißer Umhang durch seine Löcher den Blick auf die blanken Knochen freigab. Sie kniete vor seinem Schlaflager nieder und schrieb mit der knöchernen Hand etwas auf den staubigen Boden des Hauses: Es war das Wort „Tod". Dann löste sie sich in Nichts auf.

Meru war zwar morgens immer von den Nächten geschafft, ließ sich aber nichts anmerken. Die Frau, bei der er untergekommen war, verhielt sich auch undurchschaubar, obwohl sie ihm vertraute.

Als beide an einem Nachmittag einen Hasen aßen, erschrak Meru plötzlich wie lange nicht mehr.

Eije, so hieß die Frau, hatte ein weißes Gewand an, das der toten Frau in seinem Traum so verblüffend ähnlich sah, dass Meru sein Stück Fleisch ausspucken musste. Eije sah ihn verwundert an. Er sammelte sich wieder und versuchte erfolglos, das Zeichen zu deuten.

Dann kam die Nacht, in der etwas völlig Unerwartetes geschah: Die dunkle Seite, die in jedem Menschen steckt, wuchs bei Meru ins Unermessliche.

Er war zornig und ärgerte sich plötzlich über alles. Eije schlief schon und Meru war bei seiner letzten Runde um das Haus, die sicherstellen sollte, dass mit keiner Gefahr zu rechnen war, mit wuchtigen Schritten unterwegs.

Er blickte zum Himmel. Der Mond stand groß über ihm. Und wie ein dunkles Tuch schob sich der Schatten der Erde langsam davor. Meru beobachtete angespannt das Ereignis. Er war wütend über den Verlust des letzten Lichtes. Die Trennlinie zwischen beleuchtetem und unbeleuchtetem Teil des Mondes, der Terminator, wanderte wie eine Pest über den ganzen Planeten. Der Mond war über 350.000 km entfernt und doch konnte ihn und das, was mit ihm geschah, jeder Mensch wahrnehmen.

Wenn ein Himmelskörper dieser Masse es schaffte, ganze Weltmeere den Gezeiten zu unterwerfen, war es da nicht ein Leichtes, die menschliche Psyche zu verwirren? Warum diese vielen Morde bei Vollmond? Zufall?

Meru schwitzte plötzlich vor Hass, obwohl er keinen Grund hatte. Jetzt war das seltene Naturschauspiel fast vollzogen und der Rest des von der Sonne angestrahlten Mondes stand wie eine Sichel am Himmel.

Merus Kopf drohte zu zerplatzen und er hörte ein Hämmern im Haus. Es war Eije. Sie schlief zwar, aber sie war wie in Trance durch den Raum geschlafwandelt und hatte sich kontinuierlich auf die Büste zubewegt. Eije hatte jahrelang jeden Morgen in diese hässlichen Augen gestarrt und nun hatte sie wie eingeübt den Weg dorthin gefunden, während sie selbst ihre Augen geschlossen hatte.

Meru wälzte sich draußen im Dreck. Er biss sich auf die Zunge, sodass Blut in seinen Mund schoss.

Eije hielt drinnen die Büste und klopfte mit ihr auf den Sockel, auf dem sie sonst stand. Meru machte vor dem Haus eine unglaubliche Veränderung durch. Was hatte von ihm Besitz ergriffen? Er war nicht mehr er selbst.

Zu jeder besonderen Konstellation der Himmelskörper wurde die Macht der Büste wieder spürbar. Das letzte Mal war dies vor mehreren Jahren passiert – nun hatte die Mondfinsternis das Ereignis hervorgerufen.

Meru konnte nicht mehr klar denken. Der Dämon, der seinen Körper nahm, hatte nur ein Ziel und so stand er auf, wankte auf das Haus zu und stolperte grunzend, blind vor Zorn ins Zimmer. Das Letzte, woran sich Meru erinnerte, waren die Hände, die er nach Eije ausstreckte.

Durstig schlug er am Morgen die Augen auf. Es war bereits hell und es summte in seinen Ohren. Alles war voller Fliegen. Dicke Brummer mit grünlich schimmernden Körpern, deren behaarte Beine nach Nahrung tasteten, liefen über seine Brust, sein Gesicht, den Boden und die Wände.

Kaum hatten sie etwas mit den Beinen erschmeckt, so sogen sie es begierig mit ihren rüsselartigen Mundwerkzeugen auf.

Meru sah sich um und traute seinen Augen kaum. Er konnte es nicht fassen und rannte augenblicklich aus dem Haus. Erst, als er nach einem kurzen Sprint nicht mehr konnte und weinend zu Boden sank, fiel sein Blick auf die eigenen Hände: Hautfetzen und geronnenes Blut waren unter seinen Fingernägeln als Zeichen der Nacht verblieben.

Die schrecklichen Bilder, die er im Haus gesehen hatte, würde er nie mehr vergessen. Eije... oder viel mehr das, was von ihr übrig war, hatte jemand im ganzen Raum verteilt: Braune Gedärme waren überall, die Wände, voller Blut, sahen wie ein modernes, gruseliges Kunstwerk aus.

Meru konnte sich nicht erinnern und er wollte das nicht gewesen sein. Er redete sich ein, er sei es wirklich nicht gewesen. Doch es war niemand anderes da, der zu solchen Taten fähig war. Überall im Haus summten die Fliegen, die vom Geruch der Leichenteile angelockt worden waren. Sie labten sich nun an den Überresten von einem einst lebendigen Wesen, das Meru Vertrauen geschenkt und sich bis zur letzten Nacht bei ihm hatte sicher fühlen können. Nun war sie nicht mehr bei ihm.

Er schwankte zwischen Wahnsinn und Ohnmacht, wollte sich selbst töten, dann wieder doch nicht. Nachdem er unentschlossen schreiend hin und her gerannt war, erinnerte er sich plötzlich an seinen Traum. Die Skelettfrau: Es war Eije. Ein Vorbote des Todes. Ihre Leiche war ihm in diesem Traum erschienen und hatte die Zukunft gezeigt.

Jetzt war er wieder ein Flüchtender. Auf der Flucht vor seinen Träumen und vor seinem Ich, der Bestie, dem Mörder ohne Skrupel.

Nach langem Ringen mit sich selbst rannte er zurück ins Haus, schnappte sich seinen todbringenden Ballast und rannte damit davon.

Erst als er weit weg war von dem Ort, an dem er sich einst sicher gefühlt hatte, und seine Füße ihn nicht mehr tragen wollten, da kam er zufällig an einen kleinen Fluss, den er noch nicht kannte. Er wusch hektisch seine Hände und trank sich satt. Seine kaputt gebissene Zunge brannte und der Schmerz breitete sich auf den ganzen Mund aus, doch er ignorierte die Gefahr, sich zu infizieren.

Das schlechte Gewissen ein Mörder zu sein, das ihn nun auffraß, verleitete ihn dazu, sein eigenes

Spiegelbild zu hassen. Er sah sich im Wasser an. Tropfen, die von seinem Kinn abfielen und beim zurückplatschen in den Fluss kleine Wellen erzeugten, brachten dieses Spiegelbild zum Schwingen. Er war sich eines sicher: Dieses Wesen, das er dort sah, war nicht er! Denn er hätte es nicht vollbracht, das Leben eines Menschen zu nehmen. Er schaffte es ja nicht einmal, sich das eigene Leben zu nehmen. Wäre er entschlossen dazu und mutig genug, dann hätte er schon längst Schluss gemacht. Doch Meru wollte leben. Es war ihm zu viel wert. Vielleicht auch, weil er sich vor dem Jenseits fürchtete – zu Recht, wenn schon im Diesseits die Mächte der Finsternis umherirrten.

Er wollte Kämpfen bis ans Ende. Und wenn es an der Zeit war, den letzten Atemzug zu tun, dann würde er die Büste mit in das Totenreich nehmen. Die Zeit würde kommen, aber den eigenen Todeszeitpunkt gewollt zu bestimmen, das hieß Verdammnis.

11

Ein neuer Lebensabschnitt

Die Schmerzen seiner entzündeten, eitrigen Zunge ließen Meru Tarbo Roma fiebrig werden und der immer stärker werdende Durchfall machte ihm so zu schaffen, dass er innerhalb von zwei Wochen über zwanzig Pfund an Gewicht verloren hatte.

Jugoslawien war trostlos. Und er konnte hier nicht auf Hilfe hoffen. Mal davon abgesehen, dass er auch keine Hilfe wollte. Ohne Belgrad je gesehen zu haben (es lag weiter im Norden), wanderte er in Richtung Slowenien weiter. Und er fand wieder Unterschlupf. Sein Lager bei einer bäuerlichen Familie, die viele Schafe, einen Ziegenbock und mehrere Hühner hatte, war für die Münzen, die er ihnen gab, recht spärlich.

Er selbst war an das Geld gekommen, als er einen Pferdekarren passiert hatte, bei dem ein Rad gebrochen war. Die Besitzer hatten sich so darauf fixiert, diesen Schaden zu beheben, dass er sich ihres im Gepäck befindlichen Geldbeutels bemächtigen konnte. Ein gewöhnlicher Dieb war er nun – im Gepäck den Tod.

Als Meru bereits Blut ausschied, akzeptierte er die Tatsache, nicht mehr lange zu leben.

Es begann für Meru ein innerliches Warten darauf, zu sterben.

In einem Fass ohne Deckel, das in einer Hütte stand, die zum Besitz der Familie gehörte, hatte

Meru Schwarzpulver gefunden. Es stammte wahrscheinlich aus dem Krieg, würde aber, wenn es trocken war, eine hochexplosive, wirkungsvolle Waffe sein. Meru füllte sich Pulver ab und spielte mit dem Gedanken es zu benutzen, um die Büste zu zerstören, wenn der Moment seines eigenen Todes in greifbare Nähe gerückt zu sein schien. Seine Hände waren pechschwarz und er hatte Mühe sich so zu reinigen, dass niemand Verdacht schöpfte.

Geschwächt kniete er an einem kleinen Flusslauf, sah in das Wasser und versuchte den Schmerz seiner in seinem Mund pochenden Zunge zu unterdrücken. Sein Magen schien sich selbst zu verdauen, der drückende Schmerz im Unterbauch nahm stündlich zu und ehe er sich versah, war er auch schon in sich zusammengesackt wie ein fallengelassenes Tuch. Wenn das der Tod war, dann war er gnädig.

Doch der dunkle Mann mit dem Totenschädel und der Sichel ließ auf sich warten. Schweißgebadet wachte Meru im Stall auf und sah nur verschwommen, wie die Bäuerin in seinen Sachen kramte. Sie wog die Büste in den Händen und versuchte deren Wert abzuschätzen. Es war ihm egal.

Die Tiere begannen sich unruhig in die der Bäuerin gegenüberliegende Stallseite zu drängen. Ein Schaf blökte laut auf, die anderen schlossen sich an. Für wertlos befunden stellte die Frau die Büste beiseite, warf noch einen Blick auf Meru und ging dann hastig aus dem Stall. Kurz darauf kam ihr Mann herein, griff gezielt nach Merus Geldbeutel: „Das werden Sie nicht mehr brauchen, mein Lieber“, sagte der Mann zu Meru.

Ebenso hastig wie seine Frau zuvor den Stall betreten hatte, verließ auch er den Stall.

Die Tiere standen so weit wie sie konnten in einer Ecke. Die Büste jagte ihnen Angst ein.

Meru versuchte sich klar darüber zu werden, was mit seinem Körper passierte. Er musste noch den Rest Kraft aufbringen können, um die Büste zu vernichten. Seine Kehle war staubtrocken. Kein Wunder, war doch seine Zunge auf die doppelte Dicke geschwollen, sodass sein Speichel aus den Mundwinkeln über die trockenen Lippen lief.

Er begann zu verstehen, wie zermarternd sein Erbe auf ihm lastete.

Diese Büste war das perfekte Instrument des Teufels. Und kein Mensch könnte die Qual auf Dauer ertragen, dahinzusiechen und so zu leiden. Es wäre dann schließlich dieses Leid, was jeden Menschen dazu gebracht hätte, das Stück Holz des Satans schnellstens loszuwerden, und zwar durch die Gründung einer Familie mit möglichst vielen Nachkommen.

Die Entzündung griff auf Merus Rachen über. Beinahe jede Stunde kam der Bauer oder seine Frau in die Scheune und verließen sie enttäuscht und genervt, als sie sahen, dass Meru noch immer lebte.

Drei Tage später, in denen es unentwegt geregnet hatte, wandte sich das Blatt: Der Blick der

Bäuerin war angsterfüllt und sie kam immer mit ihrem Mann, um nach Meru zu sehen. Wären Merus Sinne nicht so getrübt gewesen, hätte er hören können, was sie sprachen und dass keine Tiere mehr Geräusche von sich gaben - sie lagen alle verendet in der Ecke.

Der Bauer, zornig über diesen Verlust und geängstigt von Merus absurdem Erscheinungsbild mit der dicken Zunge, im sich nicht mehr schließen könnenden Mund, fasste einen Plan.

Als seine Frau davon erfuhr, griff sie mit der Hand an ihren Mund, dreht sich geschockt um und verließ die Scheune.

Der bucklige Bauer kam zögernd auf Meru zu und blickte ihm tief in die Augen. Meru war bei Bewusstsein und nahm den Mann wahr, der sich nun mit absurden Gedanken über ihn beugte. Dann verschwand er wieder.

Meru ließ die Lider kurz sinken. Er war schwach und obwohl er kaum klare Gedanken fassen konnte, drehte sich alles in seinem Kopf um die Zerstörung der Büste. Unruhe stieg in ihm auf, denn sein Plan schien nicht umsetzbar, da die explosive Mischung in den vergangenen Tagen durch ein Loch im Scheunendach, durch das es hereingeregnet hatte, feucht geworden war. Meru hatte alles mit ansehen können, war aber zu schwach gewesen, um dem entgegenzuwirken. Das feuchte Schwarzpulver konnte nun ganz sicher nicht mehr zum Brennen gebracht werden.

Da ging die Stalltür mit einem Ruck auf und vier Männer, unter denen auch wieder der Bucklige war, traten ein. Meru wurde an Armen und Beinen gefasst. Sie hoben ihn ohne zu zögern auf ein Karren und schafften ihn fort. Hätte er ahnen können, was ihn erwartete, wäre er sicher vor Angst gestorben.

Der Regen hatte aufgehört und es stand tatsächlich eine leuchtende Sonne am Himmel. Meru blinzelte und sein schmerzender Körper fühlte die acht Hände erneut, die ihn unsanft wieder vom Karren herunter wuchteten und zu einem unbekannten Ziel trugen.

In einer noch schäbiger wirkenden, weiter abgelegenen Holzhütte angekommen, legten ihn die vier Männer auf mehrere tischhohe Stapel aus rauen Brettern. Die Unterlage wackelte, hielt seinen Körper aber aus, ohne umzufallen.

Ein Hund bellte und rannte aufgeregt um die Personen herum.

Es wurde nicht gesprochen und die Männer wirkten nervös. Da blitzte etwas im Licht der Sonne. Einer der Männer hielt ein eisernes Gerät in der Hand. Es sah fast aus wie eine Zange und wurde auch als solche benutzt.

Schon alleine die Schmerzen, als einer der Männer, bei dem es sich um den Dorfarzt handeln musste, Merus Zunge damit berührte, waren so stark, dass Meru stöhnte. Er war plötzlich bei vollem Bewusstsein, das Adrenalin schoss ihm in den Körper und ein weiterer Schock traf ihn, als er einen anderen Mann mit einem spitzen Messer sah. Dieser trat auf den Afrikaner zu und in diesem Augenblick wurde Meru alles klar: Sie hatten vor, ihm die entzündete Zunge aus dem Mund zu schneiden. Keine Betäubung, keine Erfahrung. Merus Körper verspannte sich. Sollte er ein Testobjekt für den Arzt sein? Nein. Es war vielmehr eine Racheaktion und eine Lehre: Die Strafe für den Dieb, der einerseits Geld gestohlen hatte, andererseits die Tiere angesteckt und zum Verenden gebracht hatte.

Einer der Männer zeigte Meru den ledernen Beutel, in dem sich die Münzen befanden, und trotz des hohen Fiebers und der Aufregung erkannte Meru den Kerl gegenüber: Es war der ehemalige Besitzer dieser Tasche und sie wurde ihm geklaut, als er ein zerbrochenes Rad an seiner Kutsche auswechseln wollte. Meru war als Dieb identifiziert worden, nun rächte sich der Kutscher.

Die Sonne, die durch die lückenhafte, teilweise fehlende Überdachung eindrang, spiegelte sich in dem scharfen Messer und wirkte wie ein Warnlicht, das aufflackerte. Das Messer kam Merus Kopf immer näher. Er wurde kurz geblendet. Alles stank nach Schweiß.

Die Zange griff unbarmherzig in das Gewebe der Zunge und der Zug wurde so stark, dass sie am Zungengrund einriss und heftig zu bluten begann. Dann war der schreckliche Moment gekommen. Das Messer drang in den Muskel ein und trennte ihn am Ansatz langsam ab. Merus Augen waren so weit aufgerissen, als würden sie wie bei einer Porzellanpuppe im Kopf liegen. Ein Feuer brannte in seinem Hals, dann ergoss sich ein Schwall aus

Blut über seinen Unterkiefer und er spürte noch die Wärme, bevor sein Körper abschaltete. Er stürzte in ein tiefes Loch. Ein Dröhnen in den Ohren blieb, aber er spürte nichts mehr. Das Maximum der menschenmöglichen Schmerzen war erreicht, jetzt konnte nichts Schlimmeres mehr kommen.

Einer der anwesenden Männer sah weg. Ein zweiter tat es ihm nach, als sich ein Geschwür mit Eiter in Merus Mund öffnete, das zum Teil in der Zunge gesessen hatte.

Die Sadisten wollten ihn ja nicht töten, also gossen sie ihrem Opfer eine Flüssigkeit in den Mund, die so heiß war, dass sie die Wunde verschloss. Sie lief über Merus Kinn und sofort bildeten sich Brandblasen. Der Bucklige griff in die fettigen, dreckigen Haare Merus und zog sein Gesicht nach vorn, dass er nicht daran erstickte. Dann brachte ein Dritter einen Klumpen, der wie Brotteig aussah. Sie schoben ihm den Klumpen in den Mund, wodurch er weit aufstand. Die Wunde wurde abgedrückt. Der Bucklige lachte und der Arzt schleuderte die Zunge mit einer saloppen Handbewegung aus der Zange auf den Boden. Der herumstreunende Hund, der dem Schauspiel beigewohnt hatte und vor dessen Tatzen sie landete, freute sich über den Leckerbissen.

Die Tortur hatte ein Ende gefunden. Für Meru begann ein neuer, trauriger Abschnitt in seinem Leben.

Es dauerte Stunden, bevor er wieder zu sich kam. Er erwachte weit weg vom Haus und von der Hütte, in der er bei den Bauern untergebracht war.

Man hatte ihn in der Wildnis ausgesetzt, um ihn seinem neuen Schicksal zu überlassen. Es würde Monate dauern, bis die Schmerzen erträglich würden. Sein Körper kämpfte mit sich selbst. Die Schmerzen waren entsetzlich. Meru hatte Glück: Er fand einen Fluss, an dem er trinken konnte, wenn man das so nennen konnte. Der Reflex, beim Eindringen des Wassers in seinen Mund schlucken zu wollen, ließ wieder die ganze Gewalt der Schmerzmöglichkeit in seinem Körper explodieren. Aber Meru war eisern. Waren es auch nur Fingerhüte voll Wasser, so sicherte ihm diese geringe Menge sein Überleben bis auf weiteres.

Die Qualen zogen sich über Wochen, ehe er einen klaren Gedanken fassen konnte. Er lag die meiste Zeit in der Nähe des Flusses an einem Baum und dachte nichts. Mitten in einem starken Regen fand er einen Moment der Klarheit und sofort kreisten seine Gedanken wieder um die Büste, die nun nicht mehr bei ihm war. Er musste zurück!

Die Zunge, deren Schleimhaut am Zungenrücken mit den Sehnenfasern der Muskulatur fest verbunden gewesen war und vom ersten Schreien an, das Meru am Lagerfeuer einst von sich gegeben hatte, mit seinem Körper im Einklang gestanden hatte, war ihm geraubt worden. Vielleicht war es seine Rettung, denn die Entzündung wurde an der Wurzel entfernt, doch sein Körper war nicht mehr der alte.

Er hatte Erinnerung an den Geschmack des Fleisches, das er in Eijes Haus zu sich genommen hatte und wünschte sich zurück in diese Zeit. Von nun an würde alles anders sein. Er war jetzt kein Flüchtender mehr, der seiner Vergangenheit zu entkommen versuchte, sondern ein Geschändeter, der nun seinerseits auf Rache sann.

Der Bucklige hatte mit seinen Freunden ganze Arbeit geleistet, Meru brauchte weitere drei Wochen, ehe er wieder in die Gegend kam, in der sich sein schreckliches Schicksal ereignet hatte. Nicht, dass er so viele Tagesmärsche entfernt war, aber er kannte sich nicht aus und musste erst das ganze Gebiet absuchen.

Meru Tarbo Roma legte sich auf die Lauer und beobachtete das Haus der Bauern. Er wollte nicht nur Rache üben, sondern auch seinen Besitz wieder an sich bringen: die Büste.

Eines Morgens, als die Frauen sich auf den Weg machten, um die Felder zu bewirtschaften, die hauptsächlich mit Mais, Getreide oder Obst bepflanzt waren, kam Merus Stunde. Die vier Männer saßen im Haus des Buckligen und unterhielten sich mit dem Temperament, als würde es um ihr Leben gehen.

Meru verfluchte diese verdammte serbokroatische Sprache, die ihm wie ein Wirrwarr der Hölle in den Ohren lag. Ein kurzer Schmerz durchzuckte seinen Körper wie die Erinnerung an ein furchtbares Bild, als er seine Peiniger sah, die um einen dreckigen Holztisch saßen und Tabak rauchten, den sie vermutlich auf ihren eigenen Feldern angepflanzt hatten.

Meru schlich zum Stall. Er war geruchlos. Die Tierkadaver hatte man entfernt. Die Büste lag in einer Ecke, leicht verdeckt von Heu.

Blind vor Wut suchte er in dem zusammengeschobenen Heu nach einer weiteren, für ihn jetzt sehr wichtigen Sache: dem Zündpulver.

Der Beutel lag nicht weit entfernt, er war unberührt und was noch viel wichtiger war: Er war wieder trocken.

Die zwei Weltkriege, die getobt hatten, waren nun zum zweiten Mal zu Merus Gunsten. Beim ersten Mal war das „rettende“ Schiff verspätet ausgelaufen und nun war er im Besitz des gefährlichen Pulvers.

Das Wetter spielte mit. Es war warm und sonnig; keine Wolke am Himmel.

Jeder seiner Schritte staubte im Sand. Es war so trocken, dass alles abbrennen würde.

Er schlich um das weiße Haus, das zwar aus Steinen bestand, dessen Dach und große Teile des Inneren jedoch aus Holz, Stroh und anderen schnell entzündlichen Dingen gebaut worden waren.

Er nahm ein langes Brett, bewegte sich leise vor den Eingang und verklemmte mit dem Brett die Tür. Es war die einzige Tür, niemand würde entkommen.

Während die Männer drinnen redeten und tranken, wurde ihr Haus langsam zum Scheiterhaufen.

Ohne sparsam zu sein, umrundete Meru das ganze Gebäude und auch die Scheune, um einen schwarzen Kreis mit dem leicht entzündlichen Pulver zu bilden.

Die Männer im Haus lachten ahnungslos und dumm und als Meru sich vorstellte, sie würden über den Tag lachen, als sie ihn verstümmelten, da konnte er nicht mehr warten. Er rieb so schnell er konnte mit einem Stock auf einem Stein. Es dauerte nicht lange und es qualmte. Dann noch ein winziger Augenblick und es war vollbracht.

Nicht schnell aber vollständig verbrannte das Gemisch, das Meru um das Haus gestreut hatte. Als einer der Männer Qualm sah, war es schon zu spät. Sekunden später stand das Gras neben der Spur des Schießpulvers schon weiträumig in Flammen. Meru selbst war überrascht, wie schnell sich das Feuer ausbreitete. Mit einem zischenden Sprühregen flog der Rest des Sackinhalts, zu dem die Spur führte, zu den Seiten weg. Die Funken hatten durch die Hitze das Dach erreicht. Es knackte und wurde augenblicklich zur Fackel.

Jetzt kam der Moment, in dem die Männer von Innen an der Tür ruckelten, nur einer von ihnen war in Schockstarre am Tisch sitzen geblieben. Die anderen hatten festgestellt, dass etwas nicht stimmte. Stark alkoholisiert standen sie vor dem verschlossenen Ausgang und schrien sich gegenseitig an.

Das ganze Haus brannte, wie für die Flammen geschaffen, und bald kamen Nachbarn mit Eimern. Im Haus wurde hektisch gebrüllt. Flammen vor dem Gebäude, die die Gräser entzündet hatten, verhinderten, dass sie aus den Fenstern herausklettern konnten. Meru sah sich das Spektakel mit Genugtuung an. Mit aufstobenden Funken brach das Strohdach in sich zusammen, da wurden die Schreie innen noch einmal laut und dann verstummten sie gänzlich.

Als die Frauen vom Feld wiederkamen, weil sie von Bekannten die schreckliche Nachricht erfahren hatten, waren sie längst Witwen. Es roch nach verbranntem Fleisch und Haaren. Keiner wusste, wie so etwas passieren konnte, aber das ein Mensch im Spiel war, da waren sie sich einig: Der streunende Hund, der seit Jahren bekannt war, hing aufgeschlitzt an einem Baum und ihm fehlte die Zunge.

12

Traum und Illusion

Meru hatte zwar auf seiner gesamten Reise, die mit einem Zwischenstopp in Jugoslawien bereits 36 Jahre angedauert hatte, kaum mit anderen Menschen gesprochen, aber er hatte sich nachts selbst Dinge erzählt. Er hatte laut gebetet und gesungen. Damit war es jetzt vorbei.

Manchmal dachte er, es wäre die Strafe für den Mord an Eije gewesen, dann aber, als er seine Zunge schrecklich vermisste, da war er sich sicher, dass dies eine Kennzeichnung war, die nur aus der Hölle kommen konnte und für ihn bestimmt war.

Er geriet immer öfter ins Grübeln und wollte erst dann rasten, wenn er nicht mehr konnte.

Meru wanderte über Bergketten, schmale Pfade an Schluchten entlang und der Gedanke, ein einziger Fehltritt könnte das Ende bedeuten, war ihm manchmal so suspekt, dass er es am liebsten ausprobiert hätte.

Erst nachdem er verstanden hatte, was alles möglich war im übersinnlichen Bereich, Dinge, die all die Vorstellungskraft sprengten, verglich er das menschliche Leben mit diesen Schluchten: In der Blüte seiner Jahre fühlt man sich ganz oben, doch schneller, als man vermuten würde, konnten Krankheiten und andere schlimme Dinge ganz langsam, qualvoll nach unten führen. Hatte man sein Ziel erreicht, seine Lebensaufgabe erfüllt, dann hatte man vielleicht Glück und es ging ohne

Halten hinunter. Fünf Sekunden vom Leben zum Tod: Der Körper würde blitzschnell zerschellen, die sterbliche Hülle vergehen. Nur die Seele könnte wieder emporsteigen, um sich eine andere Hülle zu suchen, oder – wie es gerade bei den Menschen geschah, die versucht hatten, die Büsten zu zerstören – die Seele würde verdammt sein und ziellos zwischen den Welten wandern.

Meru hatte nach langer Zeit wieder einen Esel, der die Büste und einige „erworbene" Gegenstände für ihn schleppte. Die Büste war von ihrer Aktivität her völlig verändert. Sie schien in einer Ruhephase zu stecken. War es die Ruhe vor dem Sturm?

Sie hing nicht eingewickelt an dem Esel und als sie durch dessen Bewegung hin und her pendelte, sah es aus, als schüttelte ein Monster den Kopf. Sie sah Meru förmlich an und auch er blickte sie stundenlang an.

Sollte ihm scheinbar keine Gefahr mehr drohen, wenn die Sonne im Zenit stand, so wickelte er sie dennoch ein, wenn die Mittagszeit nahte. Nachmittags packte er sie schließlich wieder aus, um zu vermeiden, dass sich wieder Schimmel oder Pilze an ihr bildeten. So offen trug der Esel sie jetzt. Die Büste scheuerte am Körper des Tieres hin und her. Es dauerte nicht lange, da war das Fell auch schon durchgerieben und die Haut darunter wund. Der Esel gab Töne von sich und Meru nahm ihm die Last ab.

Österreich war das letzte Land, das Meru passierte. Bevor er nach Deutschland kam, ereignete sich aber noch etwas Ungewöhnliches: Einen seltsamen Traum hatte er eines Nachts, den er weder vergessen, noch deuten konnte. In diesem Spiel des Unterbewusstseins passierte folgendes:

Meru durchquerte völlig erschöpft die Alpen. Der viele Schnee machte jeden Schritt mühsam und es schneite noch immer. Jegliche Hoffnung war verflogen.

Als er auf einer Lichtung pausierte, kam ein seltsamer Mann auf ihn zu, der sich sein Gesicht mit einem Tuch so umwickelt hatte, dass nur die Augen zu sehen waren.

Ein großer schwarzer Hut verdunkelte den kompletten Kopf. Der Mann sprach nicht, aber Meru verstand ihn und war so erstaunt darüber, dass er nicht antworten konnte. Plötzlich wusste Meru, dass er dem Fremden folgen musste. Alles ging auf einmal so leicht. Er machte sich keine Gedanken. Wie eine Fliege in das helle Licht flog, so heftete sich der stumme Meru an diesen seltsamen Menschen.

Es war ein langer Weg und er führte wieder hoch in Gebirgsregionen. Es wurde kälter. Keine Menschenseele weit und breit, nur dieser Mann in Schwarz, der sich vom Schnee so stark abhob, als wäre er eine Illusion.

Sie stoppten bei einer kleinen Hütte. Trostlos und verlassen mitten in den Alpen. Ein kleiner See grenzte an das Holzhaus und ein hoher Gitterzaun umgab das Anwesen. Nicht eine einzige Fußspur führte zu diesem Haus. Die Tür war über einen

Meter verschneit. Wie lange war keiner mehr hier gewesen und was sollte dieser Zaun?

Der schwarz gekleidete Mann sagte nichts. Er ging vor. Meru wusste nicht, warum er ihm folgte und mit jedem Schritt stieg wieder diese bekannte Angst in ihm auf.

In der Nähe lag eine tiefe, schroffe Schlucht, in der Tannen standen und die, grau und weiß durch den Schnee, wie gemalt wirkte.

Als habe er einen Zeitsprung gemacht, war Meru in seinem Traum plötzlich in dem besagten Haus. Es gab kein Licht und er sah durch das mit Eisrosen belegte Fenster hinaus auf den See. Das Wasser war warm trotz der eisigen Temperaturen und dem fallenden Schnee, das merkte er, obwohl er es nicht berühren konnte.

Der Mann mit dem schwarzen Hut stand am Ufer und fühlte sich unbeobachtet. Er beugte sich über das Wasser und sah einen Fisch darin schwimmen. Dann zuckte er nach vorn und biss blitzschnell ein Stück aus dem Fisch heraus!

Obwohl es ein Traum war, wirkte alles, als würde es tatsächlich geschehen.

Wieder erlebte Meru einen Zeitsprung: Nun stand er neben dem Mann und fragte ihn, ob er auch was abhaben könne. In diesem Moment tat er das, so fühlte es sich zumindest an, als wolle er dem Mann zeigen, dass er auf seiner Seite stünde. Er wollte sein Vertrauen gewinnen, aus Angst, er könne später, ebenso wie der Fisch, gebissen werden.

Wieder wechselte der Ort. Meru war erneut im Haus und blickte aus dem Fenster. Ein dicker Mann, den er nicht kannte, kam den Weg entlang, der in der Nähe des Hauses verlief. Er sprach auf den seltsamen, schwarz gekleideten Hutträger ein. Der Dicke sagte, er wolle geschäftlich etwas regeln und bedeutete dem Mann, ihm in die Stadt zu folgen.

Merus Angst war gegenwärtig. Die beiden Männer gingen einen anderen Weg entlang, der vom Haus weg in den Wald führte, bis sie nicht mehr zu sehen waren. Kurze Zeit später kam der dünne Körper mit dem Hut wieder auf dem verschneiten Weg zurück. Da bekam Meru erneut schreckliche Furcht, denn jetzt war er wieder allein und der Dicke war verschwunden.

Der Gitterzaun, der das Haus umgab, hatte an einer Stelle ein Tor. Doch dieses schlug, wenn man sich ihm näherte, blitzschnell zu.

Meru versuchte öfter zu fliehen, doch er wurde immer dabei beobachtet und kam wieder zurück, als wäre nichts geschehen. Auch das tat er aus reiner Angst, er könne bestraft werden.

Dieser Traum war übermäßig verwirrend, denn nun befand sich Meru wieder draußen und der Mann mit dem Hut im Haus. Der Zaun schlug erneut zu, als Meru sich näherte und der angsteinflößende Fremde schob einen Vorhang vor das Fenster, so dass nur noch ein Spalt frei blieb. Durch diesen sah man dann die Augen eines schrecklich entstellten Wesens. So etwas hatte Meru noch nie gesehen.

Kurz darauf erschien noch eine andere Person. Sie hatte schwarze Haare. Ein vollständiges menschliches Gesicht bekam Meru in diesem Albtraum nie zu sehen.

Er war der Spielball seiner Phantasie und diese projizierte ihn wieder in das Haus. Es war der Folgetag in seinem Traum. Das Wesen mit dem schwarzen Hut und der Schwarzhaarige stiegen in ein Auto, das vorher nicht da gewesen war.

Meru sah sie wegfahren und dann, wie der Wagen in die Schlucht stürzte. Alles war so irrsinnig unwirklich und unzusammenhängend und doch mußte es einen Sinn ergeben.

Meru Tarbo Roma rannte in dieser Vorspiegelung falscher Tatsachen zu dem ausgebrannten Auto, aber zu seiner Beunruhigung fand er keine Leiche. Und hinter ihm spürte er wieder diese Gestalt, von der er gehofft hatte, sie wäre umgekommen. Im nächsten Moment glaubte Meru, mit im Auto gesessen zu haben und rausgesprungen zu sein, als der Wagen in die Schlucht gestürzt war, denn seine Waden schmerzten.

Als hätte die schwarze, schlaksige Gestalt mit dem Hut ihn in ihren Bann gezogen, gingen beide dann wieder zu dem Haus zurück. Dort traf er dann auf ein kleines Mädchen, das ihm weinend schreckliche Dinge erzählte, die er aber nicht verstand.

Hier endete der verwirrende Traum, der Merus Gehirn zermarterte. Es konnte nur ein wilder Hilfeschrei seiner brüchigen Psyche sein. Obwohl in diesem Traum eigentlich nichts Schrecklicheres passiert war, als er es schon in der Realität hatte erleben müssen, ängstigte ihn dies fast mehr als die Dinge, die er mit der Büste erlebt hatte.

Vielleicht, weil das Böse, obwohl es gar nicht so böse zu ihm war, in diesem Traum als Mann mit schwarzem Hut und verdecktem Gesicht erschien?

Meru versuchte sich frei von allen bösen Gedanken wieder auf die Wirklichkeit zu konzentrieren. Er war schließlich seinem Ziel erheblich nähergekommen.

Erst vier Jahre später, nach mehreren langen Reiseunterbrechungen, war er 1955 über Klagenfeld nach Knitterfeld gelangt. Bei Grenzen hatte er immer Glück gehabt, doch die Strapazen, die die österreichische Grenze mit sich brachte, waren schrecklich. Mit letzter Kraft und dem schweren Gepäck war er durch einen Fluss geschwommen. Es war so kalt, dass ihm fast schwarz vor Augen wurde. Dann stieß er an einen abgesperrten Bereich, den er überquerte und prompt verfolgten ihn Männer mit doppelläufigen Gewehren.

Er versteckte sich im Schnee und blieb unentdeckt. Die Männer verschwanden. Jetzt musste er noch etwas weiterkommen. Finnland hatte er sich aus dem Kopf geschlagen, niemand hatte seither mit ihm gesprochen, infolge dessen konnte er den Weg auch nicht mehr erfragen und nun orientierte er sich nur an der Sonne.

Der Schnee war kalt, kälter als woanders, doch Meru bahnte sich noch seinen Weg. Der Wind blies so stark, dass er kaum durch die Nase atmen konnte und immer wieder seinen Mund öffnete.

Er war älter geworden, mittlerweile schon 54 Jahre, doch ließ er sich nicht aufhalten – bis zu jenem Tag, als er in Braunau durch ein Unglück einen weiteren Teil seines Körpers verlor.

Mit einem scheppernden Geräusch sprang die Falle zu, als er durch ein Waldstück wanderte. Sein gesamter Knöchel wurde von gezähntem Eisen umspannt. Die Spitzen hatten sich weit durch das Fleisch in den Knochen gebohrt und er schleppte sich mit Mühe bis zu einer Lichtung. Es war erneut eine Grenze. Doch diese war die letzte in seinem Leben.

Ein Wanderer und seine Frau fanden ihn und er wehrte sich nicht, als man versuchte ihm zu helfen. Der Mann blieb bei ihm und redete beruhigend auf ihn ein, während die Frau davoneilte, um, wie Meru später feststellte, Hilfe zu holen.

Meru wurde in ein naheliegendes Krankenhaus gebracht. Niemand schaffte es, ihn von der Büste zu trennen, an die er sich klammerte, bis ihn die Erleichterung in Form einer Spritze in den Schenkel traf. Man narkotisierte ihn und das erste Mal seit über vierzig Jahren entspannte sein Körper wieder.

Der Fuß konnte gerettet werden, jedoch musste Meru unbedingt liegen.

Man hatte ihn nach Deutschland geschafft, weil er näher an einer deutschen als an einer österreichischen Klinik gefunden worden war. Ohne Papiere war es reiner Zufall und eine behördliche Entscheidung führte schließlich zu diesem Ort. War das also sein Reiseziel? Sein ganzes Leben hatte er darauf hingearbeitet. Das Ende des mühsamen, qualvollen Weges. Hier war er nun in Deutschland und die Versorgung stimmte.

Unter den Ärzten in der Klinik war er das Gesprächsthema Nummer eins: der Verstümmelte. Und da sich keiner vorstellen konnte, welchen Weg er hinter sich hatte und wer er überhaupt war, wurde er so gut es ging behandelt, bis er wieder zu Kräften kam.

„In Deutschland muss niemand verhungern!“, hatte ein Arzt gesagt, aber Meru verstand davon nichts.

Mehrere Dolmetscher erschienen auf der Bildfläche. Die meisten Sprachen hatte der Afrikaner noch nie gehört, doch der eine Übersetzer beherrschte Merus Muttersprache und es war ein Glücksgefühl für seine Ohren. Schnell nickte er, um den Männern zu verdeutlichen, dass er die Sprache verstand. Es war der zweite nützliche Dolmetscher in seinem Leben. Der erste hatte ihm auf dem Schiff geholfen und so vertraute sich Meru auch diesem zweiten an, der seine Sprache beherrschte.

Meru, stumm wie ein Fisch, musste immer nur nicken oder mit dem Kopf schütteln. Ein Team aus drei Schwestern und einem Arzt war anwesend und nach einer Stunde, wusste der Arzt, dass er eine hilflose Person ohne Hoffnung vor sich hatte. Dieser Mensch hatte kein Zuhause mehr, er wurde gequält und verstoßen, war auf der Flucht und auf der Suche nach einem neuen Leben.

Die Polizei wurde benachrichtigt. Man nahm Fingerabdrücke und machte Fotos. Der dicke deutsche Polizist musste ihn im Bett fotografieren, wobei die Büste auf dem Nachtschrank stand. Der Beamte erinnerte Meru an den dicken Mann in seinem Traum.

Nachdem er Meru mehrmals abgelichtet hatte, verschwand er wieder mit einem breiten, zufriedenen Grinsen.

Am nächsten Tag kam er bereits wieder, da keines der Fotos gelungen war. Das Grinsen war verschwunden. Alle Fotografien zeigten nur zwei rote Flecken, die wie Augen aussahen und etwas Gefährliches ausstrahlten.

Beim zweiten Fototermin hatte Meru die Büste neben sein Bett auf den Fußboden gestellt. Ärzte und Schwestern glaubten, sie sei eine Art Symbol des Gottes, den Meru verehrte. Dass es sich um das böse Gegenteil handelte, kam ihnen nie in den Sinn.

Als zum zweiten Mal Aufnahmen von Meru gemacht wurden, hatte Meru zur Sicherheit noch einen Kopfkissenbezug über die Büste fallen lassen.

Das Zimmer, das fast ganz weiß war und sehr nach Reinigungs- und Desinfektionsmitteln roch, war nun sein Schutz geworden.

Es blitzte. „Na! Jetzt aber!“, kommentierte der Vollzugsbeamte und drückte zur Sicherheit nochmals ab.

Meru kannte das Fotografieren nicht. Hätte er gewusst, was nun geschah, wäre er sicher dagegen gewesen. In seinem Land hieß es, einem Eingeborenen die Seele zu rauben, wenn man ihn abbildete.

Der Polizist verschwand und die Nacht brach bald an.

In Merus Zimmer hing eine Uhr an der Wand. Eine kleine Lampe über dem Bett, die durchgängig brannte, strahlte diese leicht an. Er lauschte dem Ticken und Tacken des Uhrwerks. Ab und zu vernahm er das Horn eines Krankenwagens oder die Schritte der Nachtschwester auf dem Flur. Wenn er sich nur auf das Ticken konzentrierte, schien es immer lauter zu werden und er konnte nicht mehr schlafen. Tick, Tack, Tick, Tack, immer weiter, immer mehr, er sah nicht hin, hörte nur.

Auf dem Flur piepte es: Ein Tropf war scheinbar durchgelaufen. Er wusste nicht, was das Geräusch zu bedeuten hatte. Dann wurde es draußen still. Tick, Tack, Tick, ging es in seinem Zimmer weiter und er hörte wieder auf den Zeiger, bis plötzlich Tick... und nichts mehr folgte. Meru fühlte sich unwohl und als er zur Uhr blickte, da standen die Zeiger auf der Zwölf.

Totenstille. Nicht mal ein Knarren war zu hören. Keine Schwester auf dem Flur.

Die drei Zeiger hatten sich getroffen und aus seiner Sicht wirkte es jetzt, als würden sie eine Einheit bilden. Das konnte kein Zufall sein. Der kleine, dicke Zeiger, der Große und der Sekundenzeiger, sie alle standen jetzt auf der

Zwölf. Ohne Bewegung. Nichts tat sich. Meru betete, es solle irgendwo piepen. Doch sein Wunsch wurde nicht erhört. Er blieb liegen und starrte auf die Uhr. Es kam ihm wie eine Ewigkeit vor und dann die Erleichterung. Nach so verdammt langer Zeit, mit einem schallenden „Klack", setzte sich der Zeiger wieder in Bewegung.

Warum war er stehen geblieben?

Meru zog sich die Decke über den Kopf. Er war 54 Jahre alt und zog sich die Bettdecke über den Kopf! Auf seiner Stirn bildeten sich Schweißperlen und er atmete ganz flach, bis es draußen wieder hell wurde.

Die Tür ging auf. Die Nachtschwester machte jetzt, es war 6 Uhr morgens, ihre letzte Runde und dann sollte der Frühdienst kommen.

„Hier, schlucken sie diese Tabletten!", sagte sie.

Sie zeigte ihm mit den Fingern den Weg zu ihrem eigenen Mund und hielt ihm mit der linken Hand, deren kurze Nägel mit einem glänzenden, jedoch nicht billig wirkenden Lack überzogen waren, ein Wasserglas unter die Nase.

„Um 7.30 Uhr gibt es Frühstück!" Sie zeigte auf die Wanduhr und sah selbst hin. Dann blickte sie noch mal für zwei Sekunden auf diese Uhr und verglich sie mit ihrer Armbanduhr. Ja, es gab keinen Zweifel, die Wanduhr ging genau eine Stunde nach.

Meru wusste nicht was die Frau dachte, aber er wusste, was er gesehen hatte. Die Uhr war um 0:00 Uhr stehen geblieben und als es 1:00 Uhr nachts war, wieder angesprungen. Die Geisterstunde hatte sie offensichtlich ausgelassen.

13

Illusion und Traum

Es war das Jahr 1984 und Meru Tarbo Roma befand sich in der kleinen Unterkunft, die ihm die Bundesrepublik Deutschland zur Verfügung gestellt hatte.

Es war eine winzige Zweizimmerwohnung. Nicht sehr schick, eher einfach, mit einem Boiler und einer kleinen Badewanne. Das Badezimmer war rosé gekachelt, die Wasserhähne verkalkt und obwohl es nur zwei Außenwände gab – die anderen grenzten an Nachbarhäuser war es in der Wohnung immer kalt und feucht.

Der Staat hatte Meru nicht in sein Land zurückschicken können, weil er niemals ein Wort sprechen konnte und sich auch den vielen Dolmetschern verweigert hatte, die mit Händen und Füßen auf ihn eingeredet hatten. Er behielt sein bisheriges Leben für sich.

Das System der Versorgung funktionierte in der Bundesrepublik so gut, dass Meru beschlossen hatte, seine Reise hier enden zu lassen.

Das Sozialamt ließ ihm Geld zukommen und er verpflegte sich so gut es ging selbst. Unglaublich, dass die Strapazen der langen Reise und die damit verbundenen Leiden nun schon 29 endlose Jahre zurücklagen.

Doch am heutigen Tag, dem 5. Oktober, dem Tag, an dem Meru so häufig an seine Vergangenheit gedacht hatte, war etwas anders.

Der Himmel war grau. Ein Grau, das selbst jetzt, in der Dunkelheit, erkennbar war. Die große Kälte passte nicht in den Oktober und der Wind fegte durch die leeren Straßen der Stadt, um sich an Hindernissen zu zerteilen und sich schließlich in der Unendlichkeit zu verlieren.

Meru war alt. Sein Herz schlug langsam, wie das eines Elefanten. Es pumpte so verdammt selten, dass zwischen den einzelnen Schlägen fast tödliche Pausen entstanden. Zusammengekauert saß er im Sessel. Vor sich hatte er vier Kerzen auf den Tisch gestellt. Sie brannten rußend und tauchten den Raum in ein schmutziges Orange.

Meru sprach noch ein stummes Gebet, dann war ihm plötzlich klar, warum er diesen Tag als so eigenartig empfand und warum sein bisheriges Leben vor seinem geistigen Auge noch einmal abgelaufen war. Gleich würde es ihn holen.

Auf dieses Zeichen hatte er lange warten müssen. Doch bevor er den Weg eines Irdischen ging, gab es noch etwas zu erledigen!

Umständlich stand er auf und bewegte sich mit mühsamen Schritten zum Schrank im Wohnzimmer. Er öffnete ihn und holte den Schlüssel zu seinem Schlafzimmer heraus. Seit über elf Jahren hatte er diesen Raum nicht mehr betreten und lieber auf einem Haufen Wolldecken im Wohnzimmer übernachtet.

Das Schlafzimmer war für etwas anderes reserviert...

An den Wolldecken vorbei ging er, zittrig und mit Gänsehaut im Nacken, zu seiner

Schlafzimmertür. Es war nicht nur an der Zeit das Tor zur Hölle zu öffnen, sondern auch den Weg für seinen Tod freizumachen.

Er steckte den Schlüssel lautlos in das Loch, hielt einen Moment inne und horchte und griff schließlich mit seiner linken Hand den Benzinkanister, den er seit Jahren immer wieder aufgefüllt hatte, wenn etwas verdunstet war. Der Kanister, der ständig einsatzbereit vor der Schlafzimmertür stand, fühlte sich kalt an.

Kein Geräusch war zu hören.

Merus Handgelenk schmerzte, als er den Schlüssel herumdrehte und die Tür aufschob. Ein eisiger Hauch schlug ihm entgegen und ein muffiger Geruch drang in seine Nase. Der Atem kondensierte in der Luft.

Grünlich schimmerten ihn die Augenhöhlen der Büste an, die auf einem Tisch links im Zimmer stand. Mehr befand sich nicht in diesem Raum. Er war noch nicht einmal mehr tapeziert. Die Tapeten waren aus unerklärlichen Gründen von den Wänden gefallen und Schimmel hatte sich an allen Mauern ausgebreitet.

Meru streckte die freie Hand aus, ein Kribbeln begann in seinen Fingerspitzen und er merkte, wie seine Minuten verflossen.

Langsam schritt er auf den Tisch zu. Mit seinen Füßen schob er die feuchten Tapeten vor sich her, als er vorsichtig durch den abgedunkelten Raum ging. Die Decke, die er in das geschlossene Fenster geklemmt hatte, schirmte sogar die Dunkelheit von draußen ab und hätte nicht das durch den Flur eindringende Restlicht der Kerzen im Wohnzimmer dem Raum eine Dimension verliehen, wäre er tiefschwarz gewesen.

Meru stöhnte leise, als er die Büste ertastete. Er nahm sie in den Arm und setzte sich in die Mitte des Raumes. Augenblicklich stieg die Kälte in ihm auf. Er hielt die Büste fest umschlossen im rechten Arm und griff indessen mit der linken Hand nach dem Griff des Benzinkanisters.

Jetzt gab es kein Zurück mehr. Der Geruch nach Benzin überlagerte den muffigen Gestank im Zimmer kaum. Meru schloss seine Augen und ohne noch einmal nachzudenken, übergoss er seinen gesamten Körper mit der leicht brennbaren Flüssigkeit. Obwohl er die Augen zugekniffen hatte, begann es darin zu brennen und seine Haut prickelte unangenehm.

Am Kanister hatte er mit Klebeband ein Plastikfeuerzeug befestigt. Er tastete danach mit geschlossenen Augen. Sein Daumen erreichte das Rad des Feuerzeugs und er betätigte es ohne zu zögern.

Das Letzte, was er bewusst wahrnahm, war das Geräusch, das er mit seinem Feuerzeug erzeugte, dann wurde es in Sekunden heiß um ihn. Er wollte aufspringen, doch er fiel nach vorn, denn in seinen Lungen war das Feuer durch sein Atmen schon angekommen. Die Hölle konnte nicht heißer sein. Er schrie auf und doch wollte er es ertragen. Reflexartig warf sich sein Körper herum auf den Rücken. Im verzweifelten Todeskampf klammerte er sich an die Büste, aber die sechs Sekunden, bis er kurz vor seinem Tod ohnmächtig wurde, kamen ihm wie Minuten vor. Es war aus. Das Leben war aus.

Im Zimmer tobte das Feuer, die Tapeten waren ein gefundenes Fressen und es dauerte nicht lange, bis auch der Tisch in Flammen stand.

Die Büste rollte aus den verkohlten Armen Merus und blieb an einer Wand liegen. Doch sie war unbeschädigt und qualmte lediglich. Die aufsteigenden Rauchschwaden schimmerten bläulich im Licht des Feuers. Der Rauch begann sich zu bündeln und formte eine Gestalt, die Meru, hätte er sie noch sehen können, aus seinen Träumen kannte: Der schwarze Mann mit dem Hut stand plötzlich inmitten der Flammen. Er schritt durch sie hindurch, als könnten sie ihm nichts anhaben und griff mit den starken Armen nach Merus Leiche. Die wulstigen Finger hatten statt Fingernägel lange Krallen...

Meru schreckte hoch! Konnte dies möglich sein? Hatte er wirklich nur geträumt? Ja, denn es war schon tiefste Nacht. Zwar saß er noch im Sessel, aber er musste eingeschlafen sein und der furchtbare Albtraum hatte sich seiner bemächtigt. Sein ganzer Körper zitterte nun vor Angst. Das Gefühl des Verbrennens war so echt, dass er um alles in der Welt eine andere Methode wählen würde, um sich ein Ende zu bereiten und die Büste mitzunehmen. Zum einen natürlich, weil er sich diese Qual nicht mehr antun konnte und zum anderen, weil er befürchtete, die Büste könnte tatsächlich unbeschadet bleiben, wie es in seinem Albtraum der Fall war.

Die schlimmen Träume waren in der letzten Zeit stärker geworden und dieser schien Meru sagen zu wollen: „Nein, mit Feuer kannst du sie nicht zerstören!“

Es war ihm eine Lehre.

Meru musste sich erst sammeln. Er betastete seinen Körper. Alles war wie es war: Alt und unbrauchbar, aber keineswegs verbrannt und bei weitem lebendiger, als er sich es nur wünschen konnte.

Sein Geist strengte sich jetzt besonders an. Er dachte an ein Sägewerk, das sich einige Kilometer von seinem Wohnsitz entfernt befand.

Er dachte an eine Fabrik, die in erreichbarer Nähe lag und aus der er mit etwas Glück unbemerkt Salzsäure stehlen könnte. Doch all diese Dinge erschienen ihm als zu unsicher.

Und plötzlich, mit einem hellen Licht und einem darauffolgenden Knall, war ihm alles klar. Das Gewitter, was in diesem Moment draußen zu toben begann, es brachte ihn auf diese Idee! Die Büste müsse von einem vom Himmel kommendem Blitz zerstört werden. Das war es! Meru wollte sich schon freuen, doch jetzt fühlte er sich beobachtet. Er drehte sich zum Fenster. Draußen war es finstere Nacht, doch er selbst spiegelte sich im Glas des Fensters. Eine Kerze von den Vieren, die er vor Stunden angezündet hatte, brannte noch.

Meru stand auf. Er wollte sich das Spiegelbild näher ansehen. Er hatte sich selten gespiegelt gesehen, meist im Wasser war er ab und zu auf sein Gesicht gestoßen und das war sehr lange her.

Er trat näher. Draußen konnte er nichts erkennen. Nur die Blitze gaben der Stadt gelegentlich ein Relief.

Das Gewitter, das tobte, hatte scheinbar in das hiesige Elektrizitätswerk eingeschlagen, denn die Straßenlaternen waren ausgefallen.

Bis auf die Blitze war es, abgesehen von der Kerze, stockfinster.

Nun stand Meru vor seinem reflektierten Ich. Das Gesicht war etwas unscharf zu erkennen und erschien ihm leicht verändert zu sein.

Er sah sich an: die Augen, der Mund, die Nase. So sah er also mit 84 Jahren aus. Er fand sich hässlich. Oder fand er einfach nur seine Spiegelung hässlich?

Meru versuchte, ganz still zu stehen, nicht einmal mit der Wimper zu zucken. Draußen blitzte es noch immer. Für Millisekunden wurde es grell.

Meru blickte sich selbst in die Augen und erschauerte, als er plötzlich glaubte, sein Spiegelbild blinzeln zu sehen.

Entweder er spiegelte sich, dann könnte er sich nicht blinzeln sehen, da er ja in diesem Moment die Augen zu hätte, oder etwas Unerklärliches ging hier vor.

Es wurde kalt und er fühlte sich sehr, sehr unwohl. Wer beobachtete wen? Beobachtete ihn sein eigenes Abbild?

Meru trat näher an das Fenster heran. Jetzt sah er sich ganz dicht und mit Schrecken musste er wahrnehmen, dass das gespiegelte Ich leicht zu grinsen begann. Er versuchte klare Gedanken zu fassen und die Ruhe zu bewahren, doch es wollte ihm einfach nicht gelingen.

Von einem Moment auf den anderen entblößte das Abbild die Zähne und riss die Augen so weit auf, dass Meru vor Schreck zurücktrat. Durch seine Bewegung wirbelte er Wind auf und die einzige noch brennende Kerze erlosch.

Völlige Dunkelheit umschloss ihn und mit dem Licht war auch die Spiegelung abrupt verschwunden.

Was war das? Konnte es sein? Eine vertraute Frauenstimme sprach zu ihm: Es war Eije. Er erkannte die kindlich klingende Stimme sofort wieder, doch sie sprach die Sprache, die auch er einst gesprochen hatte, als er noch eine Zunge besaß.

„Meru, komm her!“, lockte sie ihn mit einer Zärtlichkeit, wie er sie selten hatte erleben können.

Die Stimme kam aus seinem verschlossenen Schlafzimmer. Dort, wo er die Büste aufbewahrte. Er griff zum Lichtschalter, aber das Umlegen des Kippschalters brachte nur ein klickendes Geräusch, hell wurde es nicht. Meru schlich ängstlich auf seine Schlafzimmertür zu, die er so viele Jahre nicht geöffnet hatte. Der Traum war offensichtlich ein böser Vorbote, denn er konnte die Energie, die sich in diesem Raum befand, nun deutlich spüren.

„Meru, lass mich raus!“, forderte Eije. Er konnte es kaum fassen. Sollte sich wirklich Eije in diesem

Zimmer befinden? In dem Moment, als er seine Hand ausstreckte um die Tür zu öffnen, hielt er plötzlich inne. Eijes Stimme hatte sich verändert. Oder bildete er sich das ein? Die Worte, die sie sprach, klangen dunkler und rauer.

„Meru, öffne die Tür..." Er zuckte. Das war nicht die Stimme von vorhin!

Geschweige denn die von damals. Verfiel das Etwas hinter der Tür wieder in eine alte Rolle?

„Meru mach' bitte auf...!"

Jetzt hörte er ein leises Wimmern, das in einem Weinen gipfelte. Mitleid stieg in ihm auf.

„Meru, hilf mir, entweder du machst jetzt die Tür auf..."

Er war fest entschlossen, nicht zu öffnen.

Die Stimme setzte neu an, als ob sie wusste, was in ihm vorging.

„Mach auf, oder...", jetzt war es ganz eindeutig eine andere Stimme, die plötzlich in einem Schrei gipfelte: „...fahr zur Hölle!"

Mit Wucht brach die Tür auf und die Blitze draußen zuckten in einer Geschwindigkeit, wie sie es noch nie getan hatten. Meru verkrampfte sich durch den Schreck so sehr, dass er einen starken Schmerz in seiner Brust spürte. Er griff mit der linken Hand an sein Herz. Mit den Augen eines alten Mannes blickte er in den dunklen Raum. Nichts! Er konnte nicht einmal die Büste wahrnehmen. Doch in diesem Moment war ihm klar, dass es die letzten Sekunden waren.

Das Atmen fiel ihm schwer. Das Herz, das 84 Jahre lang Blut durch seine Adern gepumpt hatte, war stehen geblieben. Er sackte auf die Knie. Das Letzte was er hörte, war ein grausames Lachen, dann fiel er nach vorn auf sein Gesicht. Mit dem Wissen, dass seine Mission gescheitert war, lag er da und spürte mit Schmerzen in der Brust und Atemnot, wie die letzte Kraft aus ihm wich. Jetzt lag das Schicksal dieser Welt in anderen Händen. Das Übel der Menschheit war losgelassen – ohne feste Bindung an einen Bewacher. Meru Tarbo Roma war tot.

14

Der Mensch ist vergänglich

Durch einen Fehler in der EDV des zuständigen Sozialamts nahmen die ungewöhnlichen Ereignisse, die schon zu Merus Lebzeiten gang und gäbe waren, ihren Lauf. Kein Sachbearbeiter, schon gar nicht der Zuständige für Herrn Roma, hatte nach dessen Ableben wieder in die Akten gesehen. Nun war Meru Roma tot und durch irgendeine falsche Eingabe oder einen überflüssigen Tastendruck vor langer Zeit war auf Merus Girokonto weiterhin das Geld überwiesen worden, das ihm als Sozialhilfeempfänger zugestanden hatte.

Es war eine beachtliche Summe zusammengekommen. Jeder Bürger, dem Sozialhilfe zustand, musste sich im Dreimonatstakt melden und nur diese „Sichtung" des Empfängers garantierte ihm, dass die Gelder weiter flossen. Bei Meru nicht.

Er war acht Jahre tot und keinem fiel diese Tatsache auf. Die Ämter waren mit ihrer eigenen Welt so sehr beschäftigt, dass regelmäßige Überweisungen getätigt wurden. Die Baugenossenschaft der Sozialwohnung, in der Merus Leiche lag, buchte am Monatsanfang wie gewohnt die fällige Miete vom Konto des Toten ab, und da es immer gedeckt war, konnte sich niemand beschweren. Die Leiche hätte noch ewig liegen können, doch der Hausverwalter kam ins Spiel.

Der Mann, um die fünfzig, war von einer hysterischen Nachbarin informiert worden, die sich über den abscheulichen Gestank beschwerte, der aus der Wohnung Herrn Romas kam.

Der Hausverwalter bestätigte dies und alarmierte, nachdem auf Klingeln und Klopfen hin niemand geöffnet hatte, die Polizei.

Er war auch der erste, der mit dem jungen Herrn von der Kriminalpolizei sprach. Natürlich hatte der Beamte schon eine Vorahnung, was er in der Wohnung vorfinden würde – es roch nach altem verwesten Kohl – doch bevor die Tür geöffnet wurde, befragte er den Hausverwalter routinemäßig.

„Und wie lange haben sie den Herrn Roma schon nicht mehr gesehen?“, wollte Jan Bosmed wissen. Seine Aussprache war klar und deutlich, wie er es bei der Ausbildung auf der Polizeischule so oft geübt hatte.

„Frau Grsornmeten oder wie die Dame heißt, die neben Herrn Roma wohnt, sagte, der alte Herr wäre ihr bestimmt schon Monate lang nicht unter die Augen gekommen“, berichtete der Hausmeister und rieb sich seinen kugelförmig hervorstehenden Bauch.

Jan Bosmed runzelte die Stirn. Dann sprach er in sein knackendes und rauschendes Sprechfunkgerät:

„Peter! Peter, ruf mal bitte Verstärkung und der Gerichtsmediziner kann sich schon mal fertig machen. So wie das hier riecht, vermute ich mal, der alte Herr ist bereits tot."

Der Hausmeister rieb seinen Bauch nun schneller, als würde ihn der Gestank hungrig machen.

Eine kurze Pause folgte, in der nicht nur er, sondern auch Jan Bosmed auf die Stimme des im Polizeiauto verbliebenen Kollegen Bosmeds warteten.

„Ist klar, ich komme gleich zu dir rauf. Ende", bestätigte Peter Kuballa.

„Ende und aus!", schloss Bosmed den Funkverkehr und wandte sich wieder an den reibenden Herrn Schmidt.

„Es wird uns nichts anderes übrig bleiben, als die Tür gewaltsam zu öffnen, es sei denn..." Bosmed wollte auf den Zentralschlüssel des Hausmeisters hinaus, als er von hinten unterbrochen wurde.

„Gewaltsam öffnen, mit Gewalt!", eine keifende Frauenstimme, die lauter wurde, war das.

„Sie sind die Nachbarin, nehme ich an?"

Bosmed war sich sicher – denn sie sah wie die typische Nachbarin aus: Lockenwickler, ein rosa Hausfrauenkleid und gelbe, pferdeartig hervorstehende Zähne.

„Wir können die Tür einfach aufschließen, ich habe einen Zweitschlüssel", sagte Herr Schmidt.

„Stimmt, diese einfache Lösung hatte ich nicht bedacht", sagte Bosmed.

Fünf Minuten später waren die Kollegen vor Ort, auf die man mit dem Öffnen der Tür noch gewartet hatte.

Sie kamen der Reihe nach die Treppe hinauf: Der Gerichtsmediziner, Georg Herkel, ein dünner Mensch mit dicker Brille, war der Größte von den Dreien. Er war nicht nur eine Kapazität auf dem Gebiet der Pathologie, sondern gab auch an den medizinischen Hochschulen in ganz Deutschland Vorlesungen zum Thema Spurensicherung. Er hatte seinen Doktortitel bereits vor vier Jahren gemacht und war gut im Geschäft.

Peter Kuballa, ein weiterer Beamter, stand gleich neben ihm und ihnen folgte ein weiterer Beamter, der ein Gerät zum Öffnen von verschlossenen Türen mitbrachte, das zunächst überflüssig erschien.

Der undurchschaubar wirkende Beamte war neu in Bosmeds Revier und beide hatten hier das erste Mal miteinander zu tun. Er war kurzfristig für diesen Job eingesprungen.

Auch mit Peter Kuballa hatte der Neue noch nicht gearbeitet, sie hatten sich lediglich bei den Mittagspausen gesehen.

„Tach die Herren!“ Der Gerichtsmediziner lächelte.

Alle begrüßten sich kurz, der Neue stellte sich als Sönke Ario vor, dann wurden ein paar Worte gewechselt. Man freute sich über den Zentralschlüssel und Herr Schmidt waltete seines Amtes.

„Das Schloss klemmt!“, sagte Schmidt offenbar fassungslos. Bosmed warf Kuballa einen kurzen Blick zu.

Es wurde eng vor der Tür, alle wollten in der ersten Reihe stehen, doch das Schloss ließ sich nicht öffnen. Es war zu lange nicht benutzt worden.

„Werte Frau Grsornmeten, würde es Ihnen etwas ausmachen, ein Stück zurück zu treten?“ Die nervige Nachbarin drängelte sich nach vorn wie ein Teenager bei einem Konzert. Sie konnte nicht damit leben, als Zweite Neuigkeiten zu erfahren. Bosmed musste sie einfach ermahnen.

„Bitte, wenn Sie es wünschen!“ Hochnäsig drehte sie sich für einen Moment weg.

„Vielleicht kommen Sie jetzt doch noch dazu ihr Lieblingsspielzeug zum Einsatz zu bringen!“, sagte Bosmed zu seinem neuen Kollegen. In dessen Augen blitzte ein Funken auf.

Mit einem lauten Knacken öffnete sich im selben Moment das Schloss. Schmidt stieß die Tür auf.

Bosmed ereilte ein Gefühl der Übelkeit, wie er es selten hatte.

Selbst der Gerichtsmediziner Herkel ging zum Treppenhausfenster und öffnete es.

„Bringen Sie uns bitte ein paar Gläser Wasser!“, forderte Kuballa die Nachbarin auf, deren Augen sich bis zum Maximum geöffnet hatten.

„Übel! Ich kann mir vorstellen, was uns da drin erwartet“, sagte er zu seinen Kollegen und gab dem Neuen Order, vor der Tür zu warten und die Nachbarin zurück zu halten.

Bosmed erinnerte sich daran, als er zum letzten Mal erbrochen hatte. Wein, Käse und Feigensenf. Eine Mischung, die einen ganz üblen Geschmack auf der Zunge hinterlassen hatte. Dann gingen Bosmed, Kuballa und Herkel in die Wohnung von Roma.

Was sie hier vorfanden, überraschte sie doch erheblich. Herkel griff sich mit der linken Hand an die Nasenwurzel. Kuballa und Bosmed hatten ihre Münder und Nasen mit pfefferminzgetränkten Taschentüchern verdeckt. Der Gestank war grausam.

„Ich befürchte, der liegt hier schon etwas länger!“, meinte Bosmed dumpf durch sein Tuch.

Herkel, der ganz weiß angezogen war, schob die Brille hoch und nickte: „Ich vermute mal einige Jährchen!“

Jan Bosmed und Peter Kuballa sahen sich geschockt an.

Meru Tarbo Romas Leiche war zum Teil mumifiziert. Das Gesicht war eingefallen und leicht skelettiert. Die dunkelbraune Haut lag wie Pergament auf den durchschimmernden Knochen.

Selbst Gerichtsmediziner Herkel, der tagtäglich mit Leichen zu tun hatte, war etwas blass geworden. Er beugte sich zur Leiche hinunter.

„Tja Leute, ich werde euch erst mal keine Bestätigung einer natürlichen Todesursache unterschreiben können!“, sagte er mit einem makaberen Tonfall.

„Wie ist denn so etwas möglich?“, fragte Kuballa.

„In einer Stadt ist alles möglich! Uns könnten Außerirdische unterwandern und keiner würde es merken. Wenn jemand stirbt, dann ist er schneller vergessen, als die Lottozahlen von gestern."

„3, 17, 19, 22, 35, 36, Zusatzzahl 1", zählte Bosmed auf.

Georg Herkel schüttelte den Kopf und betrachtete die von innen aufgebrochene Schlafzimmertür, vor der Merus sterbliche Überreste lagen. Es war eindeutig, dass sie gewaltsam von innen aufgebrochen worden war.

Bosmed stieg vorsichtig über die Leiche hinweg, während Kuballa Richtung Ausgang ging.

„Vorsichtig! Keine Spuren zerstören!", sagte Georg Herkel streng zu Bosmed und schrieb mit schnellen Strichen etwas auf seinen kleinen, weißen Ringblock.

Das Schlafzimmer sah schlimm aus. Es war feucht und vermodert. Ein Loch befand sich in der Decke. Es führte in einen Hohlraum, da das Gebäude ein Altbau war und die Decken beim letzten Umbau abgesenkt worden waren.

Bosmed sah sich um. Sein Blick blieb an einer hässlichen Büste hängen.

So etwas hatte er noch nie gesehen. Ein kalter Schauer lief ihm über die Schultern.

Kuballa hatte die Wohnung bereits verlassen und erbrach sich vor dem Streifenwagen, der unten im Parkverbot stand.

Der dritte Beamte war noch mit Frau Grsornmeten beschäftigt, die beharrlich darauf bestand, als Nachbarin eine Sichtung der Wohnung vornehmen zu dürfen.

Das Summen einer Fliege war deutlich zu hören. Weiter im Hintergrund, etwas leiser, kritzelte noch immer der Stift des Pathologen auf dem chlorfrei gebleichten, linierten Papierblock, den er in seiner Hand hielt.

Bosmed ging auf die Büste zu. Etwas an ihr erschien ihm wichtig und er stellte sich genau davor. Was war das? Hatte der Verstorbene diesen Gegenstand als seinen Gott verehrt oder handelte es sich hierbei einfach nur um Kitsch? Oder beides?

Die grauenerregenden Gesichtszüge der Büste wirkten wie versteinert. Bosmed war tief in Gedanken, doch plötzlich wurde er wieder in die Realität zurückgeholt. „Komm her!“, sagte da jemand hinter ihm mit einer dunklen Stimme und langgezogenen Wörtern.

„Was gibt’s denn?“, fragte Bosmed und ging zu Herkel hinüber.

„Wieso?“, fragte Herkel zurück und sah von seinem Block auf.

„Hast du mich nicht gerade gerufen?“, fragte Bosmed, denn außer dem Doktor war niemand im Raum.

„Nein, ich habe kein Wort gesagt!“, entgegnete Herkel und blickte wieder auf seine Notizen, als plötzlich der dritte Beamte, Sönke Ario, den Schauplatz betrat und sich neugierig umsah.

„Sie haben mich nicht gerade gerufen, oder?“ fragte er.

Bosmed und Herkel verneinten dies und sahen sich an.

Ario ging aufs Schlafzimmer zu und blickte die seltsame Leiche an, deren Leiden zu Lebzeiten ihr noch jetzt ins Gesicht geschrieben standen.

Der Tod hat schon seltsame Facetten. Diese kannte er noch gar nicht. Faszination ergriff ihn für einen Moment, doch dann fingen Arios suchende Augen ein weiteres Objekt ein, das sein völliges Interesse weckte.

Das Hässliche fand er schon immer schön. Arios gesamtes Zimmer bei sich zuhause war so eingerichtet. Schwarze Tapeten, Pentagramme überall und Totenschädel, Schlangen, Drachen und andere hässliche Echsen aus Gips, Plastik oder anderen Kunststoffen. Musik, die die Hitlisten von satanischen Gruppen anführte, stand bei ihm hoch im Kurs.

Diese Büste hier, gruselig genug, würde verdammt gut in seine Sammlung passen, gestand sich Ario ein. Schon einmal hatte er einen Gegenstand vom Tatort entfernt. Es war eine teure Uhr, die auf dem Nachtschrank einer erdrosselten alten Frau zurückgelassen wurde. Er hatte sie sich eingesteckt und später für 900 Deutsche Mark an einen Freund verkauft. Das war das Geschäft mit dem Tod. Jetzt war es die Büste, von der seine Gedanken nicht mehr ablassen konnten.

„Ist der Mann gestorben?“, fragte Ario den Gerichtsmediziner und störte ihn ganz offensichtlich beim Schreiben.

Herkel hasste es, sich mit Menschen umgeben zu müssen, die, egal was sie sagten, immer einen unintelligenten Eindruck vermittelten. Das ließ er Ario auch merken: „Sein Herz schlägt nicht! Da vermute ich mal, dass er nicht nur schläft!"

„Ach! Sieh mal an!" Ario ärgerte sich und bohrte nach: „Ist er gestorben oder wurde er getötet und warum?"

Georg Herkel hätte am liebsten nicht auf diese völlig unsinnige Frage geantwortet – „Gott schütze uns vor Amateuren", dachte er, aber er stand auf und nahm sich zusammen: „Ob Mord oder nicht Mord. Eines müsste Ihnen doch klar sein: Der Mensch ist vergänglich."

Herkel drehte sich um und ging an die frische Luft.

15

Am Tag der schwarzen Sonne

Meru Tarbo Romas Leichnam wurde in die Gerichtsmedizin gebracht und dort sorgfältig obduziert.

Die Kriminalpolizei hatte den Fundort der Leiche häufig fotografiert und die Spurensicherung war einen ganzen Tag damit beschäftigt gewesen, nach Fingerabdrücken und ähnlichen Hinweisen zu suchen. Danach wurden alle Gegenstände, die sich am Tatort befanden, von Spezialisten abgeholt und in ein Extragebäude, das zum Amtsgericht gehörte, gebracht und dort unter Verschluss gehalten.

Zu diesen Gegenständen gehörte auch die Büste. Jan Bosmed und Peter Kuballa hatten den Bericht für das Revier gemeinsam verfasst.

Sönke Ario, der Dritte im Bunde, der eigentlich nicht ins Team von Bosmed, Kuballa und Herkel gehörte und besonders letzterem auf den Wecker gegangen war, war bisher nicht aufgetaucht und in den Mauern des Reviers lästerten bereits viele Kollegen über Arios Einstellung zur Arbeit.

Herkel befand sich mit Merus Leiche in der dritten Etage eines weißen, hohen Gebäudes, in dessen Innerem er schon so oft noch weiter nach innen vorgedrungen war – nämlich in das Innere der Körper, die nackt vor ihm auf dem Seziertisch lagen. Es herrschte eine unheimliche Sterilität.

Herkel atmete flach. Sein weißer Kittel war schürzenähnlich hinten am Rücken zugeschnürt. Unter den Latexhandschuhen schwitzten seine Hände und der ganze Puder in den Handschuhen war schon feucht.

Nun begann der richtig unangenehme Teil der Arbeit. Eine Obduktion dauerte je nach Todesursache und Komplexität meist zwei bis drei Stunden, längstens vier Stunden. Da die Todesursache Romas auf ein Verbrechen schließen ließ, gab es keinen Weg drum herum. Herkel hatte 1990 an einer im Archiv für Kriminologie veröffentlichten Studie mitgearbeitet, bei der man zu dem Schluss gekommen war, dass in Deutschland rund 11.000 nicht natürliche Todesfälle und 1.200 Tötungsdelikte pro Jahr nicht erkannt würden. Er war daher von Natur aus skeptisch, wenn jemand zu Leben aufgehört hatte.

Herkel stand vor seinem Tisch. Zwei Mitarbeiter hatten den Afrikaner bereits dort abgelegt.

Herkel betrachtete den Menschen vor sich. Er sah kaum noch wie ein Mensch aus und es fiel schwer, sich vorzustellen, dass er einst gelebt hatte. Zunächst erfasste er Größe, Gewicht, Ernährungszustand und Hautkolorit Romas. Weiter ging es über Hautveränderungen wie Narben, Wunden und Pigmentflecken. Er arbeitete sehr genau.

Die Untersuchung der Zähne Romas war wie bei allen unbekannten Toten für die Identifizierung von Bedeutung.

Da Herkel heute allein arbeitete, diktierte er nicht seinem Mitarbeiter, sondern sprach in sein Diktiergerät. Er sprach langsam und deutlich, als würde er ablesen.

Als Meister des Faches sprach er klare und richtige Informationen auf sein Band:

„Bei der Leiche handelt es sich um einen dunkelhäutigen Mann. Gewicht: 40 kg, Größe 1,77 m, vermutlich schon mehrere Jahre tot. Im Bereich der Extremitäten ausgedehnte, trockene Gangrän durch ateriosklerosen Gefäßverschluss mit beginnender, spontaner Sequestration der bereits völlig mumifizierten Gliedmaßen."

Herkel ging um den Tisch. Und blickte in den geöffneten Mundrachenraum des Opfers.

„Großflächig auftretende Wickham-Streifen im Bereich der Mundhöhle. Bedingt durch das in den Epidermiszellen auftretende Keratohyalin. Dem Leichnam wurde zu Lebzeiten die Zunge herausgetrennt. Dies geschah am Zungenrücken im Bereich der Sehnenfasern. Vermehrte Narbenbildung in diesem Bereich. Der gesamte Körper zeigt Austrocknungserscheinungen."

Georg Herkel legte das Gerät zur Seite und nahm ein weiteres, durchaus gefährlicheres Instrument in seine rechte Hand.

Das Skalpell, das er benutzte, war einer der schärfsten Gegenstände, die man sich vorstellen konnte. Er durchschnitt damit die poröse Haut, als ginge ein Lötkolben durch Butter. Gestank stieg auf. Kein Blut floss. Es war in den Adern geronnen und ausgetrocknet.

Herkel war so in seine Arbeit vertieft, dass er nichts um sich herum wahrnahm.

Unerwartet riss man ihn aus seinen Gedanken. Er spürte einen starken, fast schmerzhaften Kniff in den rechten Oberschenkel. Erschrocken ging er einen Schritt vom Sektionstisch zurück.

„Na, du Aufschneider!“, sagte eine angenehme Frauenstimme und im selben Moment richtete sich Lina Attrayant hinter ihm auf, um den erschrockenen Pathologen mit ihren weißen Zähnen breit anzugrinsen.

„Was tust du denn hier?“, fragte Herkel und versuchte so cool wie möglich zu wirken.

„Ich war kurz unter dem Tisch! Du hast mich nicht hereinkommen hören. Ich habe vorhin meinen Ohrstecker verloren... hilfst du mir suchen?“ Sie war betörend schön.

Sollte in diesen Worten ein Angebot versteckt sein? Wenn ja, verdrängte die Leiche, die vor Herkel lag, jegliches Aufkommen von knisternder Erotik sofort.

„Ich habe zu tun, du musst das Ding alleine suchen...“, sagte Herkel ruhig und drehte sich zum Leichnam.

„Soll ich dir schon mal das Licht voll aufdrehen? Gleich wirst du hier gar nichts mehr sehen, mit den paar Lampen“, fragte Lina, drehte sich spielerisch um die eigene Achse und ging in Richtung Tür.

Herkel blickte zu den zwei Neonröhren, die direkt über dem Tisch leuchteten. Draußen war es helllichter Tag. Fragend sah er die schwarzhaarige Frau an, als sie sich zu ihm umdrehte.

„Na, wir haben heute den 14. Mai! Lebst du hinter dem Mond? Heute, in einer Stunde, beginnt die Sonnenfinsternis. Hier in Süddeutschland wird es stockfinster sein. Es dauert ganze sieben Minuten!“

Lina lachte schallend auf, als sie Herkels Gesicht sah. Er hatte tatsächlich verdrängt, was heute so viele Schaulustige in diese Gegend gelockt hatte.

Ein enormes Naturschauspiel. Sieben Minuten und viele waren über Hunderte von Kilometern angereist.

Mit einer Geschwindigkeit von über 2.000 Kilometern pro Stunde schob sich der Mond zwischen Sonne und Erde. Derartige Verfinsterungen, die maximal 7,5 Minuten dauern konnten, waren äußerst selten, das wusste Herkel. Eine so lange Zeitspanne ohne Sonnenlicht um die Mittagszeit kam normalerweise nur einmal in mehreren tausend Jahren vor.

„Im Fernsehen haben sie gesagt, der Mond beginnt schon eine volle Stunde vor der absoluten Verdunkelung damit, sich vor die Sonne zu schieben. Wenn du deine Brille über eine Kerze hältst und sie verrußen lässt, dann kannst du das Naturschauspiel beobachten. Es ist so toll...“, Lina Attrayant geriet fast in Ekstase, obgleich sie gar nicht wusste, wie eindrucksvoll eine Sonnenfinsternis wirklich war. Sie hatte noch nie eine erlebt.

„Bevor du abhebst...“, Herkel wurde streng in seinem Ausdruck, „...such‘ lieber mal nach deinem neuen Freund Sönke – ihr seid doch jetzt zusammen, wie ich hörte. Der Kerl ist verschwunden, nachdem wir den hier gefunden hatten.“ Er deutete auf den Leichnam.

„Wo Sönke ist, weiß ich auch nicht, ich gehe jetzt erst mal die Sonne angucken!“, freute sich Lina und verschwand durch die weiße, mit einem quadratischen Fenster versehene Schwingtür, die den Sektionsraum von einem ebenfalls sterilen Vorraum abtrennte.

Herkel sah ihr entzückt nach. Die Form ihres Hinterns zeichnete sich deutlich in der grünen Hose ab, die sie trug. Mit jedem Schwingen der Tür zeigte sich ihm leider weniger von Lina Attrayant. „Wirklich niedlich“, dachte er.

Die Brille wollte er sich nicht verkohlen, aber Lina hatte ihn neugierig gemacht und da Herkel erfinderisch war, legte er das Skalpell neben die Leiche und ging schnell durch die Schwingtür in einen Nebenraum. Hier öffnete er eine Schublade und nahm sich eine Röntgenaufnahme heraus, die einen gebrochenen Oberschenkel zeigte.

Herkel zog die Lamellen am Fenster beiseite und blickte in den Himmel. Er hielt die Röntgenaufnahme vor sein Gesicht und konnte so durch die gräulichen Schattierungen der Folie zur Sonne schauen, ohne geblendet zu werden.

Tatsächlich. Der Mond schob sich schon davor, es war deutlich zu erkennen. Die Sonne schien ihre Macht zu verlieren. Ein schwarzer Schatten fraß sie auf.

Herkel dachte an das, was er einst gelesen hatte. Die Sonne würde vermutlich in etwa zehn

Milliarden Jahren das komplette Brennmaterial, was ihr zur Verfügung stand, verbraucht haben. Wenn das passieren würde, wäre ein „großer Riese“ entstanden, und nach einer sich wiederholenden Kontraktions- und Kernfusionsphase würde die Sonne schließlich kollabieren. Dann wäre sie nur noch ein „weißer Zwerg“. Das Leben auf der Erde wäre dann zu Ende. Alles würde erfrieren... Kälte, Eis, Tod, aus. Er legte die Röntgenaufnahme in die Fensterbank und ging wieder in den Saal zur Leiche. Er wollte noch viel schaffen. Es war ihm sehr wichtig. Als er die Schwingtür öffnete und in den Raum blickte, hielt er kurz inne.

Meru Tarbo Romas Arm hing herunter. Dabei lag er zuvor mittig auf dem großen Tisch. Der Doktor schüttelte den Kopf. Das war unmöglich. Er legte den Arm wieder auf den Tisch und fuhr mit seiner Arbeit fort. „Komm raus, Lina!“, rief er in den Raum, als wolle er sich dagegen absichern, erneut erschreckt zu werden.

Herkel nahm das Skalpell und setzte einen langen Schnitt, begonnen am oberen Brustkorb über das Brustbein bis zum Bauchnabel, an. Dann nahm er ein elektrisches Gerät, das einem Winkelschleifer glich, und zersägte mit einer rotierenden Scheibe das Brustbein, um an die inneren Organe zu gelangen.

Nach diesen und einigen weiteren routinierten Handgriffen blickte Herkel in das Innere von Roma. Alle Organe waren vorhanden, jedoch fast ausgetrocknet.

Das Herz hatte eine seltsame Form angenommen. Herkel entfernte es sorgsam und schnitt es auf. Die großen Arterien und Venen waren absolut blutlos und auch das Herz deutete keinesfalls darauf hin, dass jemals Blut darin geflossen war.

Das Diktiergerät surrte, als er es in Betrieb nahm. Er spulte noch ein kurzes Stück zurück, hörte sich selbst ab, wie er sagte: „...Körper zeigt Austrocknungs-Erscheinungen“, dann drückte er auf „REC“ und begann die seltsamen Begebenheiten zu schildern.

Draußen wurde es mittlerweile finster. Der Mond tat seine Schicht. Herkel untersuchte gerade die Finger des Opfers, als er einen seltsamen Splitter entdeckte, der unter einem Fingernagel der linken Hand steckte. Er zog ihn heraus und legte ihn zur späteren Analyse in einen mit Plastikdeckel verschließbaren, schnapsglasgroßen Becher.

Die Leiche lag nach wie vor auf dem Tisch, nur klaffte der offene Brustkorb wie ein riesiges Maul auf, das den Betrachter zu verschlucken drohte.

In dem Moment, als Herkel der Gedanke kam, etwas mehr Licht zu machen, da gab es einen Knall auf der Straße und einen Augenblick später war es auch schon dunkel um ihn.

Ein silberner Golf 2 hatte den Hauptstromgenerator am Straßenrad gerammt. Der Fahrer, ein gutaussehender, braunhaariger, junger Mann, der circa 20 war, hatte zum Himmel aufgeblickt und war mit voller Wucht gegen den riesigen Kasten gefahren. Er stieg aus und schüttelte den Kopf. Der Strom auf der Straße war weg. Die vorsorglich eingeschalteten Straßenlaternen waren auf beiden Seiten der Fahrbahn erloschen, die Leuchtreklame des Kiosks schwarz, die Schrifttafeln des Polizeireviers und der Pathologie wurden nicht mehr angestrahlt und mitten in diesem Gebäude – neben ihm eine Leiche – stand nun Georg Herkel und spannte alle Muskeln am Körper an. Man sah drinnen absolut nichts mehr!

Sieben Minuten hatte Lina gesagt. Jetzt konnte er nur warten. Er war scheinbar die einzige lebendige Person im Haus. Die anderen standen auf der Straße und sahen zur verdeckten Sonne hinauf. Zu dem Planeten, der über 300.000 Mal mehr Masse hatte, als die Erde selbst – und jetzt, von dem im Vergleich dazu so kleinen Mond, verfinstert wurde. Unglaublich.

Die Minuten vergingen wie Stunden. Herkel lauschte auf jedes Geräusch. Lachen drang von unten herauf. Ein Sektkorken knallte. Hier drinnen war es verdammt still – zu still! Die Totenstille beunruhigte Herkel.

Noch immer wurde es nicht heller. Er überlegte, den Raum zu verlassen, doch sah er nicht mal die Tür. Er tastete sich vor. Seine Hände übernahmen die Aufgabe seiner Augen und darin waren sie nicht sehr gut.

Ekel ergriff ihn, als er unerwartet in das Gesicht der Leiche fasste – er hatte sie viel weiter rechts vermutet. Warum wurde es noch nicht hell? Es waren doch schon sieben Minuten, oder nicht? Er schmiss ein Glasgefäß zu Boden. Es schepperte gewaltig und die kleinen Splitter verteilten sich auf dem gekachelten Boden des Raums.

Jetzt ergriff ihn die pure Angst. Die Leiche hatte soeben ein Geräusch von sich gegeben – ganz deutlich. Es war ein Laut, der aus dem Mund kam. Herkel rannte los. Ohne Rücksicht auf Verluste. Er stieß gegen die Wand und seine Nase begann zu bluten. Endlich! Trotz seiner Panik hatte er die Tür gefunden und nun hechtete er den dunklen Flur hinunter.

Er kannte das Gebäude in- und auswendig, doch jetzt schien er total zu versagen. Rechts oder noch einen Gang weiter. Es wurden immer mehr Schritte bis zum Treppenhaus. Hinter ihm hörte er die Schwingtür vom OP. Wer kam ihm da hinterher? Er wollte schreien, doch da war die Treppe und er nahm sie fast im Sturz, um nach unten zu kommen.

Kurz vor der Ausgangstür stieß er dumpf mit einem anderen Körper zusammen. „Aaahhh!“ Sein Schrei hallte in den Gängen.

Sie schrie auch: „Bist du verrückt?“, denn Lina hatte sich ebenso erschrocken, als er mit ihr zusammengeprallt war. Sie war gerade hereingekommen und wollte nach ihm sehen.

„Raus hier!“, japste er, „Es ist schrecklich!“

Er ergriff sie am Arm und sie verließen die Pathologie fluchtartig.

16

Ein gewöhnlicher Dieb

Beide saßen im Café. Herkel hielt sich ein Taschentuch auf seine Nase. Den Kopf hatte er in den Nacken gelegt.

„Ist sie gebrochen?“, fragte Lina.

„Nein. Ich glaube nicht.“

Er sammelte sich und begann ihr von den Ereignissen zu erzählen. Dem Geräusch der Leiche und der Schwingtür, die auf- und zuschlug, obwohl er längst raus war. Und als er das alles noch einmal durchlebte, regte er sich so stark auf, dass seine Nase wieder zu bluten begann.

„Nun mal immer mit der Ruhe“, beruhigte ihn Lina. „Das hat doch nichts zu sagen. Du verhältst dich ja wie ein kleiner Junge! Dass die Leiche ein Geräusch von sich gab, kann ganz einfache Gründe haben. Du hast mir doch selbst damals erzählt, dass die Toten Leichengase entwickeln und dadurch sogar Geräusche wie beim Rülpsen oder Furzen machen können...“ Sie nippte an ihrem Milchkaffee.

Herkel sah ein, dass sie Recht haben konnte. Das war wirklich möglich. Aber er war noch nicht überzeugt.

„Und die Tür? Habe ich dir damals auch erzählt, dass Leichen Türen öffnen, wenn sie einen verfolgen?“ Er sprach, als hätte ihn ein Schnupfen heimgesucht.

„Georg! Das ist eine Schwingtür! Wenn du da hektisch raus rennst, dann geht die noch tausend Mal auf und zu. Jetzt reiß dich zusammen. Die Kollegen haben sicher schon für Ordnung gesorgt. Egal, was du wieder zerstört hast."

Sie winkte dem Ober und zahlte, während er über das nachdachte, was sie gesagt hatte.

„Ich muss nach Hause, eigentlich wollte Sönke heute zu mir kommen. Mal sehen, ob er schon da ist, mach's gut, Georg." Lina stand auf, küsste ihn kurz auf die Wange und verließ das Café. Nachdenklich blickte er ihr hinterher. Die Frau war begehrenswert – doch wenn es ein Falsch gab, dann war das falscher.

Sönke Ario war noch nicht bei Lina zu Hause. Er hatte etwas ganz anderes vor. Schon während Herkel sein Erlebnis in der Pathologie hatte und die Sonnenfinsternis ihren Lauf nahm, war er am Werk.

Das Stück Metall gab nur ein leises Klicken von sich, als der rothaarige, nicht ganz ehrenvolle Polizist, den Herkel so unsympathisch fand, in einem Nebengebäude des Amtsgerichts seinen selbstgebastelten Dietrich in das Vorhängeschloss schob.

„Ein Kinderspiel", dachte er. Der Weg war frei.

Das Quietschen der Gittertür warf im Treppenhaus ein Echo, das Ario jedoch nicht beunruhigte: Erstens waren alle Beschäftigten auf der Straße, um die Sonnenfinsternis zu sehen und zweitens befand sich der Raum, in dem

Beweismittel aufbewahrt wurden, im Dachgeschoss und so weit entfernt von den Büros der anderen Etagen, dass niemand etwas mitbekommen würde.

Die Nummer, unter der Meru Tarbo Romas Einrichtung und alle möglichen Beweise vorerst aufbewahrt wurden, war die 872/3.

Ario ging den langen Gang mit den miserabel verputzen Wänden entlang. Er hatte die Nummer aus Merus Akte. Jetzt suchte er nach dem, was in der Wohnung der Leiche so viel Eindruck auf ihn gemacht hatte.

872/1, 872/2 und schließlich 872/3. Da war der Aufbewahrungsort der einstigen Besitztümer des Afrikaners.

Hier war nichts mehr verschlossen. Lediglich ein Pappschild an einer aus Sprossen bestehenden Holztür war noch zwischen Ario und seinem Ziel.

Einige Möbel, die als Beweisstücke dienen könnten, die aufgebrochene Schlafzimmertür und ein paar andere Gegenstände standen eng beieinander.

Ario brauchte nicht lange und schon fesselte sie seinen Blick – die Büste. Ihre smaragdgrünen Augen schimmerten.

Ario war begeistert. Er fand die geheimnisvoll anmutende Büste noch faszinierender als beim ersten Mal.

Die Sonnenfinsternis hatte ihren Höhepunkt erreicht und während bei Georg Herkel im Sektionssaal die Panik aufkam, schlug auch Arios Herz schnell.

Begierde wuchs in ihm. Es war mittlerweile stockfinster im Nebengebäude des Amtsgerichts und nur Arios kleine Stabtaschenlampe durchschnitt die Dunkelheit.

Zielsicher ging er auf die Büste zu. Das ganze Unterfangen dauerte keine fünf Minuten. Als er die Büste in einen Sack gesteckt hatte und sich gerade wieder auf den Weg machen wollte, da spürte er den Atem einer Person im Nacken. Blitzschnell fuhr er herum. Nichts! Aber da war doch was. Er hatte es ganz deutlich gespürt: Jemand hatte ihm in den Nacken geblasen. Auch roch es nach abgestandenem Atem.

Ario redete sich ein, es wäre eine Sinnestäuschung gewesen und verließ das Amtsgericht so unauffällig, wie er es zuvor betreten hatte.

Draußen wurde die Sonne gerade wieder freigegeben. Die Massen waren begeistert, der Diebstahl gelungen.

So wie Meru Roma einst selbst, war jetzt Ario zu einem Dieb geworden – mit dem Unterschied, dass Roma dafür seine Zunge hatte lassen müssen.

Ario wusste noch nicht, dass er nun im Besitz des Schreckens war. Das Accessoire sollte seine Wohnung schmücken und Eindruck schinden. Jetzt war es egal, ob diese Fratze neben einer Leiche gestanden hatte, aber vielleicht würde das ja Arios Freude noch mehr steigern.

„Ja!" Der Schrei des Erfolgs entflog seinem Mund und nun war er, so dachte er zumindest, aus allem raus. Ario legte die Büste in den Kofferraum seines

Autos, setzte sich in den Rinnstein und rauchte zwei Zigaretten in Folge.

Die Sonnenfinsternis war vorbei und nur der Qualm der Macedonian-Blend-Zigaretten ließ Ario gen Himmel blicken.

Als er kurz darauf im Auto saß, überlegte er bereits, wo in seiner Wohnung er die Büste aufstellen würde.

Der verdammt zähflüssige Verkehr nervte ungemein. Alle waren mit ihren Autos auf dem Weg in Hotels, nach Hause oder zurück in die Städte aus denen sie gekommen waren. Nur die Show am Himmel hatte sie herangelockt. Ario krallte sich ins Lenkrad. Stop and Go, alle Ampeln zeigten ihm ein aggressives Rot.

Was war denn da vorn los? Das Blaulicht flimmerte wie wild. Und als er langsam näherkam, da erkannte er das Chaos: Die Polizei hatte den Fahrer eines Golfs am Wickel, der vor der Pathologie, dem Nebengebäude des Polizeireviers, gegen einen Stromgenerator gefahren war. Ario griente schadenfroh. Seine gelben Zähne wurden von den spröden Lippen freigegeben und das mit roten Bartstoppeln übersäte Kinn verschob sich leicht zur linken Seite. „Selber schuld", dachte Ario und fuhr weiter.

Plötzlich sprang ihm jemand an die Scheibe der Fahrertür. Ario zuckte und wusste nicht, ob er Gas geben oder bremsen sollte. Ein Überfall? Nein. Natürlich nicht. Herkel klopfte an die Scheibe. Seine Nase sah geschwollen aus.

„Ihre Freundin ist auf dem Weg zu Ihnen. Warum waren Sie beim Verfassen des Berichts nicht dabei und wo sind Sie überhaupt geblieben?“, fragte Herkel und merkte genau, dass Ario diese Frage nicht passte.

„Ich habe mir etwas für die Wohnungseinrichtung besorgt – was dagegen?“

„Ich habe kein Problem damit, aber denken Sie mal an Ihren Chef. Bosmed und Kuballa haben in ihrem Bericht erwähnt, dass Sie plötzlich verschwunden sind.“ Herkel hatte damit einen wunden Punkt getroffen. Eine Abmahnung hatte Ario nämlich bereits von seinem Vorgesetzten erhalten, eine weitere würde sich nicht gut machen auf seinem Konto. Herkel sah Ario direkt in die Augen und sprach weiter: „Wohnungseinrichtung hin oder her, aber eine Wohnung kann man sich nur gut leisten, wenn man auch einen Job hat!“

Hinter Ario hupte ein schwarzer Wagen.

„Und Sie denken dran, Herkel: Man kann sich nur beschweren, solange man lebt!“ Mit diesem Schlusssatz, der Herkel zugegebenermaßen einschüchterte, trat Ario auf sein Gaspedal und schnellte davon, dass die Reifen quietschten. Auch der schwarze Wagen hinter ihm setzte sich wieder in Bewegung.

Herkel sah beiden Fahrzeugen nach, dann ging er zurück in die Gerichtsmedizin. Unterwegs machte er sich seine Gedanken über Lina Attrayant und Sönke Ario. Sie passten überhaupt nicht zusammen. Was fand eine Frau wie Lina an diesem seltsamen, unzuverlässigen Typen? Herkel schüttelte seinen Kopf und schob die Brille mit dem Mittelfinger seiner rechten Hand auf seinem Nasenrücken weiter nach oben. War er etwa eifersüchtig? Also bitte! „Eifersucht enthielt mehr Eigenliebe, als Liebe“, sagte sich Herkel in Gedanken und zitierte damit leicht abgewandelt François de La Rochefoucauld. Es war Zeit, Feierabend zu machen.

Ario fand eine Parklücke direkt vor seiner Haustür.

Nachdem er die Büste aus dem Kofferraum genommen hatte, ging er hinauf zu seiner Wohnung und schloss hektisch das Schloss auf. Lina saß im Wohnzimmer. Ohne Kenntnis von ihr zu nehmen, durchquerte er den Flur und ging in sein Schlafzimmer.

Er hatte sich einen Platz für die Büste überlegt und stellte sie, nachdem er ein Pentagramm beiseitegeschoben hatte, bewundernd vor sich auf.

„Hallooooo!“, rief Lina und stand mit überkreuzten Armen hinter ihm in der Türschwelle des Schlafzimmers.

„Was?“, fragte Ario genervt und drehte sich nicht einmal zu ihr um.

„Wir waren verabredet, hast du das vergessen?“. Ihre Stimme bebte leicht. Er antwortete nicht.

„Ich halte es wohl für besser, wenn ich heute nicht bei dir schlafe. Wenn du deinen Egotrip hinter dir hast und Nähe suchst, dann nimm zuerst die Nähe des Telefonhörers in Anspruch. Vielleicht bekommst du ja meine dadurch eines Tages zurück!"

Als er zur Tür hinüberblickte, war sie schon verschwunden. Er hörte das Knallen der Wohnungstür und vergaß diesen Auftritt noch, bevor das Hallen im Treppenhaus verklungen war.

„Ja! Du bist mein neues Baby! Ein Schmuckstück", sagte er zur Büste. Diesen Fang konnte er nicht für sich behalten und beschloss, seinen Nachbarn zu informieren.

Nachdem er den Klingelknopf der gegenüberliegenden Wohnung von Harald Gottschalk gedrückt hatte, dauerte es seine Zeit, bis der kleine Rollstuhlfahrer ihm öffnete.

„Harald, roll an! Ich habe ein Schmuckstück gefunden! Komm schnell rüber!"

Harald Gottschalk – querschnittsgelähmt seit einer Schlägerei im Alter von 18 Jahren – hatte keine Mühe, den Rollstuhl über die Absätze der Türschwellen zu manövrieren. Seine muskulösen Arme, die das orange T-Shirt überdeutlich zur Geltung brachte, waren nicht zu übersehen. Die blaue Jeans bot dazu einen netten Komplementärkontrast.

„Zeich her dat Ding!" Gottschalk kam um die Ecke gerollt und war hellauf begeistert. „Klasse Teil! Wie du immer an sowat rankommst!" Er fuhr näher heran und Ario genoss den Ruhm, der ihm mit Gottschalks Lob zuteilwurde.

Beide bewunderten das hölzerne Gesicht noch einige Minuten und verliehen dieser Bewunderung durch ihre prolligen Bemerkungen Nachdruck.

Nachdem sich Gottschalk vergewissert hatte, dass bald eine schwarze Messe in „Sönkes Hölle“ – so nannten sie die Wohnung – abgehalten werden würde, rollte er wieder nach drüben.

Die Nacht brach herein über der Stadt, die heute schon ihre zweite Finsternis erlebte.

Eine kleine Lampe erhellte das schwarz bezogene Doppelbett von Ario. Er lag auf dem Rücken und blätterte in einem Buch, dessen Titel „Jim Jams“ lautete. Ein amerikanischer Bestseller zum Thema „Angstzustände“. Ario war von wissenschaftlichen Texten über Angst, Satanismus, Hexenverbrennung und anderen ähnlichen Themen sehr angetan. Über seinem Bett, das keine der vier Wände des Zimmers berührte, sondern fast mittig stand, hing ein großer, viereckiger Spiegel. Vor dem Bett stand die Büste. Hinter ihr befand sich ein weiterer, runder Spiegel an der Wand, vor dem eine Vase stand, die den nackten Körper eines Mannes zeigte, auf dessen Haut ein roter Drache eintätowiert war.

Das gesamte Zimmer war mit Bildern behängt. Einige zeigten feuerspeiende Drachen, ein anderes war nur mit einer komplett schwarzen Leinwand bespannt. Ein drittes Bild zeigte den Tisch des letzten Abendmals von Jesus Christus, aber statt der gewohnten Personen saßen nur dreizehn Skelette am Tisch. Der Stil der gesamten Wohnung war schon seltsam.

Immer wieder blickte Ario von seinem Buch rüber zur Büste. Er freute sich jedes Mal. Welch ein

Diebstahl! Keine Beute hatte ihm bisher so viel Freude bereitet.

Um 3.22 Uhr überfiel ihn Müdigkeit. Er löschte das Licht, nachdem er ein letztes Mal die Büste angesehen hatte und feststellte, dass die dahinterstehende Vase aus seinem Schlafzimmer ins Wohnzimmer umgestellt werden sollte. Doch den Mann mit der roten Tätowierung nahm er sich erst für den nächsten Morgen vor. Er war einfach zu müde. Kurz darauf hatte er seine Augen schon geschlossen, doch Schritte neben seinem Bett kamen ihm zu Ohren.

„Lina", dachte er und wollte sich schlafend stellen, doch dann kam ihm etwas sehr seltsam vor. Anstatt die Schritte von einer Person zu registrieren, vernahm er nun die Fußgeräusche von vielen. Angst und Unsicherheit stieg in ihm auf. Er öffnete die Augen, bewegte sich aber nicht. Schreckliches bot sich ihm dar.

Im ersten Moment starrte er in die Dunkelheit hinein und sah nichts, doch dann erkannte er ganz deutlich, was das da war: Augen. 13 rote Augenpaare bewegten sich um sein Bett. Körper konnte er nicht ausmachen. War das eine Phantasie? Sah er die Leuchtziffern vom Radiowecker oder Videorekorder und das Stand-by-Signal vom kleinen Fernseher? Nein! Das war ausgeschlossen, denn diese roten Punkte bewegten sich um sein Bett.

Er hörte die Schritte der nicht erkennbaren Körper. Regungslos blieb er liegen. Er hatte schon so viele schwarze Messen mitgemacht und jedes

Mal die Angst genossen, aber jetzt waren seine Albträume so real, dass es ihn fast schüttelte vor Furcht. Er schloss die Augen wieder und versuchte sich einzureden, es sei alles gar nicht wahr, was er da entdeckt hatte. Plötzlich miaute es.

Er öffnete seine Augen wieder. Die roten, fremden Punkte waren verschwunden, dafür blitzten jetzt zwei grüne Augen durch das Fester zu ihm hinüber: Tucker, die schwarze Katze von Harald Gottschalk, war draußen von einem Fenstersims zum anderen gesprungen und befand sich jetzt auf dem vor Arios Schlafzimmerfenster.

Er griff zum Lichtschalter und erhellte die Ungewissheit. Er war allein. Weder Lina, noch die Dreizehn... was auch immer er sich vorgestellt hatte ...es war Unsinn.

Frische Luft wehte Ario entgegen, als er Tucker das Fenster öffnete.

Die Katze kam mit sicheren Schritten in den stickigen Raum.

Ario schaute nach oben. Am Himmel waren nur vereinzelt Sterne zu sehen. Die Venus – den Morgenstern oder auch Abendstern – erkannte er. In der Antike wurde der Planet auch Luzifer genannt. Das Wort selbst war aus dem Lateinischen abgeleitet. Seine wörtliche Bedeutung, so wusste Ario aus statistischen Lektüren, war Lichtbringer. Im antiken Babylon wurde die Venus als „Tagesstern, Sohn der Morgendämmerung“ bezeichnet. Die Kirchenväter sahen darin einen Hinweis auf den Fall Satans vom

Himmel und gaben ihm ebenfalls den Namen Luzifer.

Die Luft war warm. Erst jetzt merkte Ario, dass es drinnen viel kälter war als draußen. Seine weiße Unterhose war dennoch nassgeschwitzt. Er zog sie aus und nahm die Katze mit ins Bett.

In dem Moment, als er das Licht wieder ausschalten wollte und nochmals zur Büste blickte, da war etwas anders. Er überlegte, doch es war eindeutig: Die Vase, die kurz vorher noch zwischen Büste und Spiegel gestanden hatte, sie war verschwunden.

17

Schwarzer Schleier

Wo war diese Vase? War er aufgestanden und hatte sie, wie vor dem Einschlafen geplant, schon aus dem Zimmer herausgebracht, damit die Büste besser zur Geltung kam?

Unwahrscheinlich. Ario stand auf und hob die Katze aus seinem Bett. Mit Tucker auf dem Arm ging er auf die Büste zu. Keine Spur von dem Gefäß mit dem Drachenmann. Er beugte sich vor, um zu sehen, ob die Vase zu Boden gefallen war. Tucker fauchte, als Ario der Büste zu nahe kam und grub ihre spitzen Krallen tief in seinen Arm. Er schrie und warf die geschockte Katze zu Boden.

„Mistvieh“, rief er wütend.

Tucker fauchte noch immer und sprang auf die Fensterbank. Die Katze wollte um alles in der Welt aus diesem Zimmer raus.

Ario hatte verstanden. Er ging auf das Fenster zu und öffnete es. Wie immer erwartete er nun, dass Tucker auf den benachbarten Fenstersims springen, danach ein Stück balancieren, erneut einen Satz machen würde, um dann im offenen Fenster von Harald Gottschalk zu verschwinden. In dieser warmen Sommernacht kam aber alles anders. Tucker duckte sich, wie immer, bevor sie einen großen Sprung tat, aber im selben Moment fiel das komplett schwarze Bild von der Wand in Arios Schlafzimmer und zerschlug die Scheibe der Plattenspielerabdeckung. Tucker zuckte vor

Schreck und im Bruchteil einer Sekunde entschloss sich das Tier doch zu springen. Die Verzögerung bekam Tucker nicht gut: Sönke Ario beugte sich vor. Er sah lediglich, wie etwas Schwarzes unten auf die Pflastersteine des Fußweges aufschlug. Das Tier streckte sich noch einmal und verstarb dann drei Stockwerke unter dem Fenster, aus dem es gefallen war.

Ario drehte sich weg. Er hatte immer über Katzen gedacht, sie hätten sieben Leben. Tucker hatte nur eines... hatte!

Er zog den Vorhang vor das Fenster – ein Schleier, der das tote Ding unten von ihm trennen sollte. Dann begriff er erst, was gerade geschehen war.

Das Glas des Bilderrahmens lag in Scherben, aber das Bild war unversehrt. Es hatte zwei volle Jahre gehangen und gerade jetzt war es heruntergefallen. Vom Wind? Diese Nacht war eigenartig. Ario sah seinen Arm an. Tucker hatte ihm drei tiefe Kratzer hinterlassen, die jetzt bluteten und ein Tropfen rann an seinem Unterarm herunter. Er nahm sich ein Taschentuch aus der Box auf dem Nachttisch, hielt es auf die verletzte Stelle und ging ins Badezimmer.

Nicht nur der Schleier des Fenstervorhangs war dunkel. Auch der tiefschwarze Schleier der Nacht lag noch über der Stadt, als Ario aus dem Bad wiederkam und sich zu dem am Boden liegenden Bild hinunter bückte. Die Aufhängung auf der Rückseite war unversehrt. Der Nagel, der das Bild in der Wand gehalten hatte, schien aber aus der

Wand gefallen zu sein. Die schwarze Tapete hatte an der Stelle nur noch ein kleines Loch, in dem er gesteckt hatte.

Sönke Ario schien die seltsamen Dinge der Nacht auf die Hitze zu schieben. Er machte sich jetzt Gedanken um seinen Nachbarn, „den Krüppel", wie er ihn immer nannte. Gottschalks ein und alles lag unten vor dem Haus. Ario würde am frühen Morgen, wenn Gottschalk vermutlich vom Tod der Katze erfahren würde, alles abstreiten. Es war auch möglich, dass die Katze einfach so vom Fensterbrett gefallen war. Zwar unwahrscheinlich, aber nicht unmöglich.

Trotz der Uhrzeit, die einen Normalbürger einleuchtender Weise ins Bett getrieben hätte, holte Ario einen Hammer aus dem Werkzeugkasten, der in einem kleinen Schränkchen im Flur stand. Er beugte sich über die Büste hinweg und setzte einen Zentimeter neben dem bereits vorhandenen Loch den glänzenden Nagel an. Das schwarze Bild sollte wieder neben dem Spiegel hinter der Büste hängen, auch wenn es keine Glasabdeckung mehr hatte.

Dreimal schlug er zu. Der Spiegel, in dem sich die Büste von hinten spiegelte, vibrierte durch die Schläge. Ario sah nicht, was jetzt geschah: Das Spiegelbild wurde unscharf und flimmerte ganz leicht. Selbst ein aktiver Beobachter hätte es nur mühsam wahrnehmen können, aber Ario sah den Spiegel nicht einmal im Augenwinkel.

Das Hämmern übertrug sich durch das ganze Haus. Harald Gottschalk wurde wach. Schon beim ersten Schlag. Er verfluchte den Übeltäter und konnte sich denken, wer es war. Jetzt war auch seine Nachtruhe vorbei und er würde wach liegen und grübeln. Gottschalk konnte doch immer so schlecht einschlafen!

„Tock, Tock, Tock!", noch drei Mal war das dumpfe Geräusch zu hören. Dann war es wieder still in seiner Wohnung und er blieb mit offenen Augen liegen.

Nebenan stand Ario jetzt fassungslos vor seiner Wand. Sie hatte beim Einschlagen des Nagels zu bluten begonnen. Sie blutete! Ario traute seinen Augen nicht. Eine Wand konnte doch nicht bluten! Ario glaubte sich zu täuschen und fuhr mit dem Mittelfinger der rechten Hand über die Flüssigkeit, die aus dem Loch unter dem Nagel hervorquoll. Es war tatsächlich Blut! Bloß, was blutete da? Nur Lebewesen konnten bluten. Gottschalk hörte einen weiteren dumpfen Schlag in Sönke Arios Wohnung. Das war der Hammer, der dem Dieb der Büste jetzt vor Schreck aus der Hand gefallen war. Ario hechtete zum Telefon und wählte Linas Nummer.

„Komm schon, geh ran", murmelte er.

Nach viermaligem Klingeln meldete sich am anderen Ende eine verschlafene, rau klingende Stimme.

„Ja... Attrayant..."

„Lina! Du musst sofort herkommen, komm her! Schnell! Bitte beeile dich! Meine Wand blutet! Das hast du noch nicht gesehen, komm her! Lina? Hast du verstanden? Die Wand in meinem Schlafzimmer blutet! Kommst du bitte schnell...!", er klang verzweifelt.

Lina war sich nicht ganz sicher, ob sie alles richtig begriffen hatte.

„Was meinst du mit „Wand"? Deinen Kopf, oder was? Bist du betrunken?" Sie richtete sich in ihrem Bett auf und die schlafwarme Biberbettwäsche rutschte von ihrem braungebrannten Körper.

„Komm bitte her, es ist so, wie ich es sage, die Wand, die Mauer im Zimmer, wo das schwarze Bild hing, blutet. Komm sofort her!" Während Ario sprach, beobachtete er das blutende Loch genau. Jetzt fiel der Nagel wieder aus der Wand und es floss noch mehr heraus. Wie dickflüssige dunkelrote Milch sah es aus. Auf der schwarzen Tapete war es schwer als Blut zu identifizieren, aber jetzt hatte es schon den Fußboden und somit die helle Abschlussleiste erreicht.

Er wurde lauter: „Kommst du jetzt sofort her oder was?"

„Ja, ich komme, aber es wird ein paar Minuten dauern!", schrie sie genervt in ihren dunkelgrünen, eckigen Telefonhörer. Danach legte sie auf, warf die Decke von ihrem Körper und stieg mit einem Satz stöhnend aus dem weichen Bett.

Ario hatte bei sich den Telefonhörer noch am Ohr und lauschte dem Klicken in der Leitung. Als er ihn auf die Gabel legte, hinterließ seine rechte Hand einen Schweißabdruck auf dem Plastik.

Diese Nacht zehrte tatsächlich an den Nerven. Er nahm das kleine Tischchen mit der Büste und stellte es beiseite, um den Fußboden besser im

Auge zu haben. Jetzt spiegelte sich der hölzerne, teuflische Kopf nicht mehr...

Lina traf wenig später ein. Sie war schon erschrocken, als sie in Arios Wohnung ankam. Angeekelt berichtete Sie, draußen auf der Straße läge eine totgefahrene Katze, die sich wohl mit Mühe noch auf den Gehweg geschleppt hatte. Doch als sie die Schorfspur des geronnenen Blutes an der Wand sah, war das unwichtig und sie staunte nicht schlecht.

Ario erzählte ihr, was vorgefallen war: „...und danach legte ich auf und der Nagel fiel mit heraus! Kurz nachdem wir telefoniert hatten, stoppte die Blutung!"

„Da hat einer ´ne Ratte eingemauert", sagte Lina und sie wusste, was sie für einen Unsinn von sich gab. Ihre Blicke schweiften durch das Zimmer und stoppten auf Arios Arm. Sie sah die Kratzer und das verschorfte Blut. Jetzt glaubte sie ihm kein Wort mehr. Das Blut an der Wand war also das seine! Und er hatte nur einen Grund gesucht, um sie zu ihm zu locken.

„Wenn du mich beeindrucken willst, dann musst du dir schon etwas Besseres einfallen lassen!", sagte wie wütend.

Ario sah sie mit einem Wechsel aus Verzweiflung und Verwunderung an.

„Was hast du?", er konnte einfach nicht verstehen, was in ihr vorging.

Lina drehte sich um und ein Déjà-vu blitzte in seinem Geiste auf. War es nicht genauso wie beim letzten Mal, als sie die Wohnung verlassen hatte?

Nur jetzt sagte sie nicht, dass er sie demnächst anrufen könne. Die Wohnungstür wurde zugeschlagen.

Ario spürte zum erstem Mal in seinem Leben eine Form der Hilflosigkeit in sich aufsteigen. Er war nicht betrunken, hatte keine Drogen genommen, was selten genug vorkam, und der Beweis für seinen Anruf konnte deutlich an der Wand abgelesen werden. Es war nicht irgendeine Spinnerei – die Mauer hatte ja schließlich geblutet. Er schüttelte den Kopf und beschloss seinen Nachbarn zu befragen.

Auch nach mehrfachem Klingeln und lautem Klopfen öffnete Gottschalk nicht. Der hatte das Hämmern und das Knallen der Türen längst satt und lag mit Ohrstöpseln im Bett, wo er über seine jetzt geräuschlose Umgebung grübelte.

Ario ging zurück in seine Wohnung und in sein Schlafzimmer. Er betrachtete nochmals kopfschüttelnd die Wand, klopfte sie nach Hohlräumen ab, was sich aber nicht bestätigte, und verschwand kurz in der kleinen Küche, die wohl den unordentlichsten Platz in der kompletten Zweizimmerwohnung darstellte.

Er holte einen Eimer mit lauwarmem Wasser und einen Schwamm. Vorsichtig, um die schwarze Tapete nicht zu beschädigen, begann er nun zu wischen. Er rieb und rieb. Dieses monotone, vorsichtige Kreisen des Schwamms machte ihn müde. Wie ein Nebel zog sich ein Schleier vor seine Augen und er konnte in diesem Moment nicht anders, als wie hypnotisiert rückwärts zu seinem

Bett zu gehen und sich einfach fallen zu lassen. Ario schlief sofort. Aber schlief er wirklich...?

Als er rund eine Stunde später um 5:48 Uhr die Augen öffnete, brannten sie, als wären sie die ganze Zeit über offen gewesen. Er richtete sich auf und in seiner linken Schulter knackte es. Im Zimmer war irgendetwas anders. Es dämmerte draußen, aber was war hier drinnen geschehen? Nach kurzem Überlegen und nachdem er die Schlaftrunkenheit überwunden hatte, fiel es ihm auf: Die Wand war fast sauber, man erkannte nur, dass sie vom Wasser noch feucht war. Die Büste stand wieder auf ihrem alten Platz. Der kleine Tisch, auf dem sie sich wieder befand, war vor den Spiegel gerückt worden, nur das schwarze Bild, was abgefallen war, hing noch nicht wieder an seinem alten Platz. Es gab nur eine plausible Erklärung: Ario musste das alles im Halbschlaf wieder hergerichtet haben. Aber noch etwas irritierte ihn. Doch was?

Er fühlte sich auch keinesfalls erholt, also beschloss er für sich selbst, dass es so gewesen sein musste, wie er vermutete. Insgeheim war er froh alles schon erledigt zu haben. Ario griff links neben sein Bett, wo er immer eine Cola-Flasche stehen hatte. Doch dort stand keine. Instinktiv rollte er sich hinüber auf die rechte Seite. Dort stand, was er gesucht hatte. Ario trank mehrere große Schlucke aus der Flasche, deren Inhalt schon seit Tagen abgestanden war. Mit einem Zischen setzte er sein Getränk vom Mund ab und starrte plötzlich voller Verwirrung in den Wischeimer.

Der Schwamm, den er benutzt hatte, war gerade dabei im Schaum zu versinken. Unmöglich eigentlich, denn Arios Hände und alles andere an ihm war trocken. Er konnte nicht den Schwamm benutzen, ihn in den Eimer werfen, sich aufs Bett legen, erwachen, getrocknet sein und den Schwamm dann erst versinken sehen... irrsinnig.

Wie ein Kind, das neugierig ist, nahm er den Schwamm wieder heraus, wrang ihn aus und legte ihn erneut auf den Schaum des Wischwassers – er versank sofort, keine dreißig Sekunden dauerte es und auch der Schaum war nach kurzer Zeit fast völlig verschwunden. Wieder stieg Angst in ihm auf. Er hatte die Spuren nicht beseitigt, das stand jetzt fest, aber wer dann?

Im Augenwinkel erblickte er die Büste und hatte das Gefühl, das Gesicht würde grienen. Er sah bewusst hinüber. Nein. Eine Sinnestäuschung offenbar. Oder etwa nicht...?

Voller Furcht nahm sich Ario ein rotes Seidentuch aus seiner Nachttischschublade, das Lina einst mit ihrem Parfüm bestäubt und ihm dagelassen hatte, und deckte die Büste damit ab. Das seidige Geschenk hatte ihm nie etwas bedeutet. Dass es nun sein Leben rettete, konnte er nicht ahnen.

18

Es schlägt

„Habe ich versagt?“, fragte Gerichtsmediziner Herkel seinen Kollegen von der Polizei, als er ihn in dessen Büro aufsuchte.

„Wieso versagt?“, wollte Jan Bosmed wissen.

„Wirf doch mal einen Blick in die Zeitung!“, forderte Herkel seinen Arbeitskollegen auf und dieser tat es auch.

„Mumifizierter Leichnam wird beigesetzt“ lautete die Überschrift.

„Was, warum das denn? Konnte das nicht warten?“, ärgerte sich Bosmed und blickte zu Herkel auf, der seine Brille abnahm und putzte. Herkel wirkte verwirrt und verzweifelt.

„Also, ich bin zwar froh, dass der Alte in der Kiste verschwindet, aber ich werde bei der ganzen Sache das Gefühl nicht los, dass er nicht auf natürlichem Wege gestorben ist“, sagte Bosmed, schüttelte den Kopf und legte die Zeitung auf seine grüne, hässliche Schreibtischunterlage, ohne den Artikel zu Ende gelesen zu haben.

„Der Kerl lag nach deinen Angaben mindestens acht Jahre lang in seiner Wohnung. Jetzt verfolgen wir die Spuren und unsere Vorgesetzten geben den Protesten von Hinz und Kunz nach, damit die Leiche ein Begräbnis bekommt!“ Bosmed kochte.

„Ja, die Menschenwürde nach dem Tod scheint einigen wichtiger zu sein als zu Lebzeiten!“, sagte Herkel und kam zu dem wirklichen Grund seines

Besuchs: „Das ganze wäre ja nicht so schlimm, aber ich glaube, es gibt da Sachen, über die wir uns viel mehr Gedanken machen müssen...!“, er machte es bewusst spannend.

Bosmed zog seine Augenbraun herunter und sah Herkel fragend an.

„Ich habe einen Holzsplitter unter einem Fingernagel der Leiche gefunden – rate mal, wie alt der Baum gewesen sein muss, von dem er stammte?“ Herkel holte ein kleines durchsichtiges Plastikgefäß mit weißem Deckel aus seiner Tasche und schüttelte es. Der Holzsplitter flog darin hin und her.

„Sag nichts! Es ist Holz von der Arche Noah, stimmt’s?“, Bosmed lachte schallend auf und hielt sich den Bauch.

Herkel blieb jedoch ernst: „Falsch! Das Holz stammt von einem Baum, der vor über fünfhundert Jahren abgestorben ist. Wie die Leiche von Herrn Roma ist es durch seltsame Umstände extrem konserviert. Wir fanden in der Analyse Spuren von menschlichen, tierischen und pflanzlichen Zellen. Pflanzlich vom Baum selbst – eine Art, die noch nicht bestimmt werden konnte, tierisch von Eseln, Vögeln, Insekten und allerhand anderen Viechern, was uns eine DNA-Analyse verschiedener Zellen belegte, und menschliche...“, er pausierte einen Augenblick, dann fuhr er fort: „...von der Leiche Romas, sowie Körperzellen von Haut und Blut weiterer zehn Personen, die nicht identifiziert werden konnten, was sagst du nun?“

Bosmed sagte nichts.

„Das ist leider noch nicht alles. Ich fand gestern einen weiteren Splitter. Der war vermutlich ausschlaggebend für den Tod Romas.“ Herkel stellte ein zweites identisches Plastikgefäß auf den Schreibtisch.

„Moment, Moment!“, Bosmed machte eine flatternde Handbewegung. „Der Leichnam wurde laut Presseinformationen bereits vorgestern abgeholt und für die Beerdigung vorbereitet. Die haben ihn dann doch in der Kapelle aufgebahrt!“.

Bosmed deutete auf das Foto in der Zeitung, das einen von der Stadt gespendeten Sarg mit trauernden Unbeteiligten davor zeigte. „Wie kannst du dann bitte die Todesursache gestern in der Leiche gefunden haben?“ Bosmed wartete auf eine plausible Antwort Herkels.

„Ich tue alles dafür, dass Verbrechen aufgeklärt werden, auch wenn es diesmal nicht ganz legal abläuft. Ich fand den Splitter im Herzen unseres Opfers.“

„Schon gut, aber das Opfer war doch gar nicht mehr in der Pathologie...!“ Jetzt hatte Jan Bosmed absolut keine Lust mehr auf Ratespiele.

„Das ja, aber ich habe... also, als ich ihn letzte Woche obduzierte... Das Herz war so seltsam, ich wusste, da würde etwas nicht stimmen...!“, Herkel gluckste.

Bosmed schüttelte ahnend den Kopf: „Nein! Du hast nicht etwa...?“, aber er konnte sich schon denken, was jetzt kam.

Herkel brachte die Bestätigung: „Doch, ich habe das Herz nicht wieder in den Torso zurückgelegt, sondern in mühevoller Kleinarbeit mit einem hochempfindlichen Gerät durchsucht, ohne es zu zerstören – als Beweisstück! Ich fand an der Herzklappe, beziehungsweise darin steckend, einen Splitter, der mit dem anderen, den Roma an der Kleidung hatte, absolut identisch ist!"

Jetzt sprang Bosmed auf und lief kreuz und quer durch das Büro. „Ich kann es nicht fassen. Er klaut der Leiche das Herz...!"

„Es war die einzige Chance etwas zu finden und das habe ich. Dieser Splitter war vermutlich mehrere Jahre in den Venen des Körpers unterwegs und hat sich dann bei einem erhöhten Blutdruck losgerissen, ist ins Herz gewandert und hat dort einen Stillstand ausgelöst. Das ist nicht unmöglich, aber was jetzt kommt, habe ich noch nie erlebt: Das Herz war leer! Keine Spur von Blut, als wäre nie welches durch diesen Hohlmuskel geflossen."

Keiner der beiden Männer begriff dies. Weder der Pathologe, der es erzählte, noch der Polizist, der es hörte. Sie blickten sich an.

„Der Chef selbst hat grünes Licht für die Beerdigung gegeben, die sind sicher voll im Gange. Wenn wir jetzt eine Exhumierung vor der beendeten Humierung anordnen, dann können wir uns selbst am Rathaus aufhängen! Der Bürgermeister wünscht keine Schwierigkeiten bei einem Schwarzen, der in seiner Stadt acht Jahre tot in einer Wohnung gelegen hatte, du verstehst?", fragt Herkel rhetorisch.

Bosmed nickte. „Wir gehen zum Chef! Mal sehen, wie viel Aufsehen diese Leiche schon auf sich gezogen hat. Vielleicht kann man ja mit einer außerordentlichen Genehmigung etwas erreichen!"

„Da war ich schon!", bremste ihn Herkel. „Der Boss war leider nicht zu sprechen: Er ist auf dieser Beerdigung, der Bürgermeister auch! Die Kerle machen damit Politik, dass sie Bezugspersonen für einen fremden Toten in einem fremden Land spielen."

Bosmed schloss die Augen und fuhr sich mit der flachen Hand über das Gesicht.

Der Menschenandrang auf dem Friedhof war geringer als erwartet, die Zeremonie jedoch voll im Gange.

Dreißig bis vierzig Personen, unter ihnen tatsächlich der Bürgermeister und der Polizeichef – Brüder übrigens – was das Verhalten und die gemeinsamen Entscheidungen, die die beiden trafen, erklärte.

Der Pfarrer, der seines Amtes etwas überdrüssig wirkte, las aus einem Buch, das aber nicht die Bibel zu sein schien, laut vor. Der billige Sarg mit Merus herzloser Leiche bewegte sich bereits abwärts. Wie ein Aufzug in eine andere Welt, fuhr er langsam, fast in Zeitlupe in den nach Endzeit riechenden Friedhofsboden. Herkel wurde die absurde Konstruktion erstmals bewusst: Ein Fahrstuhl für Särge, der nur abwärts fuhr.

Das Loch war circa zwei Meter tief und exakt auf die Länge des dunkelbraunen Sarges angepasst. Das seltsam schlechte Gedicht, das der Pfarrer vortrug, löste eine Gänsehaut bei Bosmed aus. Es war das erste seit Jahrzehnten, was an Meru gerichtet war – doch hörte der die Worte nicht...

Der Pfarrer las langsam und betont:

„Ein Mensch ist heut` dahingegangen,
verhasst ist der, der sowas mag,
die Tränen grad´ noch abgefangen,
Die Freude geht: Ein schwarzer Tag.

Leblos liegt der Körper still,
vor Trauernden in seinem Sarg,
kein Mensch die Tränen zeigen will,
Die Stimmung sinkt: Ein schwarzer Tag.

Der letzte Weg ist nun gegangen,
man grübelt, woran es wohl lag,
vor diesem Weg die meisten bangen,
der Mensch ist tot: Ein schwarzer Tag.

Die Vöglein zwitschern Trauerlieder,
Friedhof nennt man diesen Park,
kein Mensch betritt ihn gerne wieder,
im Trauerfall: Ein schwarzer Tag.

Die Totenblumen sind noch frisch,
sie stehen vor dem tiefen Grab,
zu Hause sitzt man nun bei Tisch,

doch isst man nichts: Ein schwarzer Tag.

Das Ende steht uns noch bevor,
und tausend ungelöste Fragen,
spielt ab und zu der Engelschor,
Dann ist es an den schwarzen Tagen."

Der Sarg hatte den Boden erreicht und wie auf ein Kommando klappte der Pfarrer sein Buch zu und setzte mit seinem Zeige- und Mittelfinger ein unsichtbares Kreuz in die Luft. Die Schaulustigen – so konnte man sie fast nennen, denn einen Bezug zu Meru hatte keiner – waren zum Teil sehr christlich eingestellte Personen, aber auch Fotografen und Reporter sowie einige Wichtigtuer waren unter den Gästen. Nun stellten sie sich wie eine Schlange an der Kasse in einem Einkaufszentrum an und jeder der wollte, konnte eine Hand voll Sand aus einem silbernen Behältnis nehmen, das vor dem Grab stand, und diesen auf den versenkten Sarg mit der Leiche werfen.

Ein Schauspiel, wie es schien. Zwei ältere Damen in Schwarz brachen schon auf. Sie gingen an Herkel und Bosmed vorbei. Als sie auf gleicher Höhe waren, sagte die eine zur anderen: „Ein schönes Begräbnis, nicht wahr, Elfriede?" Herkel und Bosmed sahen sich verwundert an. Dann kam schon der Bürgermeister auf sie zu. Sein Bruder, der Polizeichef, folgte ihm.

„Zu spät, meine Herren, die Akte ist geschlossen, oder sind sie nur aus reiner Anteilnahme hier?" Der Polizeichef wischte sich gerade die Finger mit einem zerfledderten Papiertaschentuch ab, als er das aus einiger Entfernung rief.

Sein Bruder streckte die Hand aus. Man kannte sich. Bosmed hatte schon, wenn auch meist aus unerfreulichen Gründen, mit dem bierbäuchigen Bürgermeister zu tun gehabt. Es folgte das übliche, unwichtige Gerede. „Wie geht's denn?“, „Die Kinder? Ach, Sie haben keine!?“, „Immer fleißig.“ Herkels Handy piepste, da ihm aus der Pathologie eine SMS geschickt wurde. Er nahm es beiläufig wahr.

„Wurde auch Zeit, dass über diesen unangenehmen Fall Gras wächst!“, Polizeichef Bottkopp lachte und ging mit seinem Bruder zum Parkplatz – natürlich in Richtung der teuren Fahrzeuge.

Ein Mercedes und ein großer BMW des Bürgermeisters standen auf dem Präsentierteller.

Bosmed schaute ihnen nach und Herkel auf sein Handy. Er verharrte in der Bewegung: „Mein Kollege in der Pathologie ist verrückt geworden!“, sagte der Gerichtsmediziner.

„Wieso?“, wollte Bosmed wissen.

„Wir müssen hin. Er hat mir eine SMS geschickt. Das Herz... das vom Toten, das ich im Reagenzglas habe... es hat zweimal geschlagen!“

19

Auf der dunklen, kalten Seite

Bosmeds Wagen raste durch den Straßenverkehr. Herkel saß auf dem Beifahrersitz und hielt sich mit beiden Händen an der Halteschlaufe rechts über sich fest. Schweißtropfen hatten sich auf seiner Stirn gebildet, doch das lag nicht an Bosmeds Fahrweise, sondern an der Nachricht.

Als sie die Pathologie betraten, standen drei Personen, die hier arbeiteten, um Kevin Jauch herum. Zwei Frauen und ein Mann. Sie wedelten ihm mit Unterlagen Luft zu. Die eine Blondine bot ihm unentwegt etwas zu Trinken an, das er schon mehrmals abgelehnt hatte.

Jauch war völlig fertig. Er berichtete stotternd nur das, was er auch schon als SMS geschickt hatte, bevor ihn eine Ohnmacht überkam: Meru Tarbo Romas Herz, das Herkel in einem Glasgefäß aufbewahrt hatte, hatte angeblich zweimal geschlagen.

Georg Herkel stürzte in den Raum, wo das Herz stand.

Das Gefäß befand sich noch immer an der Stelle, wo er es zuletzt gesehen hatte. Das Organ schwamm in einer hochprozentigen Flüssigkeit, die es konservieren sollte. Bosmed kam hinter seinem Kollegen her.

„Das ist nicht das Herz vom Roma, da steht K. Wittmann auf dem Schild“, stellte Bosmed fest.

„Ja, schon richtig“, klärte Herkel auf. „Da steht natürlich nicht Roma dran, ich will ja nicht ein Verfahren an den Hals bekommen. K. Wittmann habe ich mir ausgedacht, so hieß einer meiner Professoren an der Uni, der kein Herz für arme Studenten hatte. Ich fand es sehr passend und so bringt es keiner mit der Beerdigung in Verbindung. Ich wollte das Organ, wenn wir es nicht mehr brauchen, auf den Friedhof bringen, begraben oder anderweitig vernichten.“

Herkel betrachtete das Glas. Aber es war alles ganz normal. Er flüsterte: „Jauch musste phantasiert haben. Er ist neu in diesem Beruf und hatte vor drei Tagen eine Selbstmörderin auf dem Tisch, die sich wegen ihrer privaten Probleme auf die Schienen der U-Bahn gelegt hatte. Der Körper war total verstümmelt... Jauch fand das Ungeborene ohne Vorwarnung. Jetzt ist er seitdem beim Betriebspsychologen in Behandlung. Der Beruf ist manchmal schon sehr schrecklich.“

Herkel und Bosmed sahen auf das Glas. Das Herz darin war eindeutig tot, toter konnte es nicht sein.

Die nächste Stunde verlief ereignislos.

Da sich nichts tat, gingen Herkel und Bosmed die Liste der Gegenstände durch, die aus Romas Wohnung stammten und nun im Amtsgericht aufbewahrt wurden.

„Wenn wir wenigstens einen Anhaltspunkt finden würden.“, murmelte Bosmed, während sein Kollege leise die Liste vorlas: „...Kommode, Röntgenbilder, Nahrungsmittel, Messer, eine Art Beil, eine Holzbüste, Kleidungsstücke...“

„Moment!“, unterbrach Bosmed, „Eine Holzbüste? Vielleicht hat er sich den Splitter daran eingerissen, dann wäre alles bewiesen, der Fall abgeschlossen, der Tod zwar ungewöhnlich, aber dennoch „natürlich“, oder?“.

Herkel stimmte zu. Sie machten sich auf den Weg in das Amtsgericht.

Dass sie das Gesuchte dort nicht finden würden, konnte keiner wissen. Die Büste stand noch immer zugedeckt in Arios Wohnung, doch das sollte sich ändern.

Lina Attrayant hatte Sönke Ario aufgesucht um ihm klarzumachen, dass eine Beziehung zwischen beiden auf Dauer nicht funktionieren könne. Ario war todmüde, weil er in der letzten Nacht kaum geschlafen hatte.

Nun war Lina damit beschäftigt, die paar Gegenstände, die sie im Laufe der recht kurzen Beziehung in Arios Wohnung gelassen hatte, in eine gestrickte Umhängetasche zu stecken. Während sie suchte, stritten beide weiter:

„Du solltest dir überlegen, ob eine Frau wirklich richtig für dich ist! Mir scheint es, ein Pakt mit dem Teufel ist befriedigender für dich!“ Lina drehte sich um und wollte das Schlafzimmer gerade verlassen, als sie sich nochmals an ihn wandte.

Ario, der mit hinter dem Kopf verschränkten Armen auf dem Doppelbett lag, dachte, sie würde sich nun bei ihm entschuldigen und ihm in die Arme fallen, also spielte er weiter den Coolen. Lina machte einen Schritt zurück in das Zimmer, doch sie drehte sich von ihm weg nach rechts und riss mit einem Ruck das rote Halstuch von der Büste: „Bevor ich es vergesse! Du kannst ja deine Unterhose über das hässliche Ding stülpen!"

Ario sah nur noch, wie sie in Windeseile im Flur verschwand, dann hörte er wie gewöhnlich das Knallen der Wohnungstür, das im Treppenhaus noch zwei, dreimal wiederhallte. Die Wanduhr zeigte 18.54 Uhr. Jetzt war es endgültig aus.

Er lag da und sah auf sein Diebesgut, das nach Tagen erstmals wieder mit dem geringen Tageslicht in Berührung kam, das der zugezogene Vorhang in das nach abgestandener Luft riechende Zimmer ließ.

Der Spiegel hinter der Büste flimmerte, wie in der Nacht, als die Katze starb und die Wand geblutet hatte, doch jetzt fiel es Ario erstmals auf. Neugierig stand er vom Bett auf, das warnend knarrte. Ario wagte sich weiter vor. Er trat hinter die Büste, bis direkt vor den Spiegel.

Dort betrachtete er das Spiegelbild. Er sah sich und dahinter den dunklen Kopf aus Holz. Ario blickte sich in die Augen. Alles war so verschwommen. Was stimmte mit dem Spiegel nicht? Er hob die Hand, um ihn zu berühren. Da traf ihn ein Schlag wie aus einer Steckdose und Ario fiel benommen nach vorn auf den Boden. Nur Sekunden später war er wieder klar und schneller wieder auf den Beinen, als man es erwartet hätte, dennoch war etwas anders: Es war kalt und alles wirkte dunkler als zuvor. Seine Augen konnten kaum etwas vom Raum wahrnehmen. Mit Mühe versuchte er sich an die Schwärze zu gewöhnen. Wo war das schwache Tageslicht geblieben? Ario stand auf und sah in den Spiegel.

Seine Kinnlade fiel herunter: Im Spiegel war es noch hell – zumindest heller als dort, wo er jetzt war... Sein Spiegelbild wirkte blass. Es war so verdammt dunkel auf seiner Seite, dass er sich nach der anderen Seite sehnte. Nur die gespiegelte Wohnung war erhellt durch das schwache Tageslicht – was ging hier vor?

Er hörte sich atmen und merkte, wie Panik und Angst in ihm aufstiegen. Wieder sah er sich an. Seine Augen gewöhnten sich an die Dunkelheit und er blickte auf die Gestalt vor sich, die er selbst hätte sein sollen, doch dann geschah Schreckliches: Das Spiegelbild änderte seine Mimik und Zornesfalten bildeten sich um die Augen. Mit dem Ausdruck äußerster Gewaltbereitschaft drehte es sich plötzlich weg und ließ Ario ohne Spiegelung stehen. Mit groben Schritten verschwand es aus dem Blickfeld des fassungslosen Mannes.

Der Spiegel wirkte jetzt wie eine Tür, durch die man in das Zimmer hineinsehen konnte. Auch dort wurde es jetzt dunkel, als hätte das fortgehende Spiegelbild das Licht mit sich genommen.

Arios Abbild war verschwunden. Sollte das die Quittung dafür sein, dass er ständig Drogen genommen, geraucht und Alkohol getrunken hatte? So etwas kannte man doch nur von Vampiren, kein Spiegelbild zu haben! Die hatten nichts mit der Realität zu tun, das konnte nicht wirklich passieren.

Ario zitterte am ganzen Körper, seine Augen hatten sich an die Dunkelheit gewöhnt und er sah sich ängstlich im Raum um. War das sein Zimmer? Nein: Mit Entsetzen nahm Ario die Uhr an der Wand und seinen Radiowecker sowie das T-Shirt wahr, das auf dem Stuhl lag und den weißen Schriftzug „DEVIL" auf schwarzem Untergrund hätte zeigen sollen. Doch alles war anders! Die Zeiger der Uhr an der Wand zeigten nicht 18.57 Uhr sondern 17.03 Uhr – aber nicht, weil sie falsch ging, sondern weil sie spiegelverkehrt lief. Der Sekundenzeiger rannte in die falsche Richtung.

Die Zeit auf dem Radiowecker konnte man hier auf dieser Seite gar nicht lesen. Er war aus. Kein Strom. Die dreizehn Skelette im Bild saßen in umgekehrter Reihenfolge am Tisch und das T-Shirt bestätigte, dass sich Ario in einer Spiegelung seines Zimmers befand: „DEVIL" war jetzt in Spiegelschrift zu lesen. Und überhaupt schien der gesamte Raum umgekrempelt: Fenster und Türen waren auf den entgegengesetzten Seiten und auch der Nachttisch stand auf der anderen Seite neben dem Bett. Die Cola-Flasche wiederum stand dort, wo sie immer stand – richtig. Ario hatte sie ja ausnahmsweise auf der anderen Seite stehen gehabt...

Ario begriff: Er war also nicht nur gestürzt, sondern auch durch den Spiegel gefallen und jetzt auf der anderen Seite in einer Scheinwelt.

Sein altes Spiegelbild hingegen befand sich nun in der Wirklichkeit und war dort offenbar unterwegs.

Verwirrt trat er einen Schritt zurück und stand neben der Büste. Langsam streckte er die Hand aus und wollte sie berühren, doch er fasste in ein Hologramm. Hier auf der gespiegelten Seite stand sie nicht wirklich.

Augenblicklich wusste Ario, dass ein Zusammenhang zwischen der Büste und dem Durchgang der beiden gegengleichen Welten bestand. Als er in die materielose Büste hineingegriffen hatte, wurden seine Finger kälter. Er rieb die Hände aneinander und überlegte, was er tun konnte. Er musste zurück in den Spiegel. Das war die einzige Lösung. Voller Panik befühlte er die kalte, undurchlässige Spiegelscheibe, aber es war nicht die Spur von einem Durchgang vorhanden. Er selbst hatte ihn sich in diesem Moment verbaut, doch das wusste er nicht: Als er vor den Spiegel getreten war, um wieder in sein altes Leben zurückzukehren, verdeckte er mit seinem Körper die Büste und da sie sich nicht mehr spiegelte, war der Durchgang zwischen den Welten verschlossen.

Ario schluckte und sah an sich hinunter. Die Kratzer der Katze waren an der gewohnten Stelle, alles an ihm selbst schien gleich geblieben zu sein, nur seine Umgebung war gespiegelt. Es war tatsächlich eine fremde Welt, die sich ihm mit einer abscheulichen Seite zeigte. Es war die kalte, dunkle Seite des Bösen...

Mit einem Ruck schoss die Jalousie, die Ario neben dem Vorhang über dem Fenster befestigt hatte, nach unten. Die Schnur peitschte nach oben und traf ihn im Gesicht, wo sie eine tiefe Schnittwunde hinterließ. Ario trat auf das Fenster zu und spreizte mit zwei Fingern die Lamellen der Jalousie, um nach draußen zu blicken: Es war dunkel wie in einem vergrabenen Sarg. Keine Sterne am Himmel, keine Autos auf der Straße und kein Licht an den Straßenlaternen. Auch in den Wohnungen der anderen Häuser brannte auf dieser gespiegelten Seite kein Licht. Ario fühlte sich wie betrunken, als er nach rechts blickte und mit den Straßenzügen konfrontiert wurde, die er sonst auf der linken Seite aus seinem Fenster sah. Auch die Ampeln und Leuchtreklame hingen wie tot über den Straßen.

Plötzlich knallte und schallte es. Die Eingangstür wurde zugeschlagen und jetzt noch mal.

Man konnte kaum etwas sehen, doch Ario wagte sich vor, in Richtung Wohnungstür. Nicht nach links, wie gewohnt, sondern nach rechts.

Wer war im Flur und hatte die Türen geschlagen? Die Wohnungstür krachte erneut, und als er sie schemenhaft erkennen konnte, da sah er, dass sie wie von selbst immer wieder zufiel. Dann bewegte sich die Klinke wie von Geisterhand nach unten und wieder öffnete sich der Eingang zu seiner Wohnung.

Die Tür knarrte mit jedem langsamen Aufschwingen, bevor sie mit Wucht wieder ins Schloss geschmissen wurde.

Es geschah wie in den Horrorfilmen, von denen Ario im Laufe der Jahre so viele gesehen hatte. Nie, aber wirklich niemals, hatte es bei ihm auch nur einen Anflug von Angst ausgelöst, als er solche Szenen sah.

Wäre er in einer ähnlichen Situation, wie die Schauspieler in den Filmen oder Figuren in billigen trivialen Romanen, hatte er sich immer vorgestellt, er wäre jederzeit Herr der Lage. Nun beherrschte ihn die Angst.

Ario konnte im Dunkeln das Treppenhaus und die Wohnungstür seines Nachbarn erkennen, die in diesem Moment ebenfalls offen stand und genau wie seine immer wieder zuschlug. Nur tat die andere Tür, die sich öffnete und schloss, dies in schnelleren Intervallen.

War Harald Gottschalk da?

„Bitte", flehte Ario in seinen Gedanken und schlich in das finstere Treppenhaus. Hinter ihm knallte es unentwegt, was versetzte diese Türen in diesen nervenzermürbenden Rhythmus?

Hier in der hallenden Umgebung des steinernen Treppenhauses war es noch viel kälter als in Arios Wohnung.

Wieder schlug die Tür hinter ihm zu, dann auch vor ihm die von Gottschalks Wohnung. Sie mussten sich doch gleich wieder öffnen. Das hatten sie die ganze Zeit über getan.

Ario merkte, dass er einen Fehler gemacht hatte. Er war auf unbekanntem Territorium und hatte sich weit herausgewagt. Nun stand er vor der hinunterführenden Treppe schutzlos zwischen zwei abgekapselten Wohnungen.

Seine Hände zitterten und versuchten sich voranzutasten. Sein Schritt hallte und Ario blieb vor Schreck stehen. Dann setzte er den zweiten Schritt und das zweite Echo folgte viel lauter als natürlich. Er ging weiter. Schritt drei und vier und wieder wurde der Schall zurückgeworfen so oft, wie er aufgetreten war. Jetzt berührte er mit seinen Fingern Gottschalks Wohnungstür. Noch immer hatte sich keine der beiden Türen wieder geöffnet. Er hörte sich selbst mit den Zähnen klappern und machte noch einen Schritt vorwärts: Nummer fünf. Kein Hall. Absolute Ruhe. Das Herz Arios übersprang einen Schlag. Wo war das Echo geblieben? Er bewegte seinen Fuß und stellte mit Erleichterung fest, dass er auf den Fußabtreter getreten war. Im selben Moment, als sich ihm diese plausible Erklärung bot, kam das vermisste Echo mit deutlicher Zeitverzögerung.

Ario stand regungslos vor der Tür und zu seinem Erschrecken folgte ein sechstes und siebtes dieser Geräusche, obwohl er gar keine weiteren Schritte gemacht hatte.

Jemand ging im Treppenhaus. Bei den kommenden Schrittgeräuschen konnte Ario heraushören, dass sie lauter wurden – was auch immer es war, es kam ihm näher. Es knallte so gewaltig, dass er zusammenfuhr. Seine Wohnungstür hinter ihm war unmerklich aufgegangen und dann mit Wucht wieder zugeflogen. Mit einem leisen Knarren öffnete sich jetzt die Wohnung vor ihm. Er trat ein.

„Harald, bist du da? Bist du wach? Sag was! Harald, bitte!“, hauchte er in den Flur und schlich durch die leere Wohnung. Vor der geöffneten

Badezimmertür blieb er stehen, weil er einen Zahnputzbecher klappern hörte. Die Wohnungstür stand noch zum Treppenhaus hin offen, aber sie bewegte sich nicht mehr. Ario griff mit seiner zittrigen Hand in seine Hosentasche und holte ein Zippo heraus. Das Benzinfeuerzeug, das einen Totenkopf mit Schlange im Mund als Bild auf beiden Seiten enthielt, war sein Glücksbringer.

Mit der Linken öffnete Ario die Badezimmertür, mit der Rechten hielt er das Feuerzeug. Das Bad war finster, doch da lag jemand in der Badewanne. Es roch nach Benzin, als er die Kappe mit einem metallenen Schnappen nach hinten springen ließ und das Zippo an seinem Gesicht vorbeiführte. Die Flamme war so hell, dass seine Pupillen schmerzten, als sie sich zusammenzogen. Eine Sekunde später sah er vor sich ein schreckliches Bild: Gottschalk lag mit aufgeschnittenen Pulsadern in der Badewanne und war bis auf den letzten Tropfen ausgeblutet.

Das Wasser in der Wanne war kein Wasser mehr – es war ein Meer aus Blut. Ario vergaß alles um sich herum.

Er drehte sich um und schützte mit der linken Hand die Flamme des Feuerzeuges, während er in Richtung Telefon ging.

Atemlos drehte er hektisch die Wählscheibe des Telefons – verblüffender Weise in die andere Richtung. Mit Mühe konnte er die 112, die Nummer des Rettungsdienstes, eingeben. Er war sich nicht sicher, ob Gottschalk tot oder nur ohnmächtig war, aber er wollte Hilfe holen um menschliche Wesen um sich zu haben. Da sah Ario in der Ecke des Wohnzimmers Gottschalks Rollstuhl stehen. Im Telefon wurde bereits die Verbindung hergestellt und es packte Ario ein unwohles Gefühl.

Wenn das wirklich sein Freund und Nachbar Harald Gottschalk in der Wanne war, wie war er ohne Rollstuhl in das Bad gekommen?

20

Im Mondschein des Scheinmondes

Gänsehaut lief über Arios Nacken. Er hatte die Geschehnisse noch nicht verkraftet. Der Spiegel, die Türen, überall Dunkelheit, jetzt Gottschalk und nun der Zweifel... Ario hatte noch immer das Telefon in der Hand und presste es an sein Ohr. Jemand hob am anderen Ende den Hörer ab.

„Sönke Ario hier, schicken Sie schnell einen Krankenwagen zur Frankenstraße 3, mein Freund hat sich die Pulsadern aufgeschnitten!"

Es war nicht der Rettungsdienst, mit dem Ario sprach. Das merkte er aber erst, nachdem er seinen Notruf durchgegeben hatte. Die Stimme, die Ario unterbrach, klang vertraut: „Sönke? Was ist denn los? Hier ist Harald. Spinnst du?"

„Harald?", fragte Ario.

„Harald Gottschalk – erkennst du meine Stimme nicht?" wollte sein Nachbar am Telefon wissen.

Jetzt war es aus. Arios Verstand schien für immer verloren zu sein. Er brachte erst keinen Ton heraus, die Worte verstarben auf seiner Zunge, die sich wie ein nasser Lappen im Mund nach vorn an seine Zähne schob. Der Selbstmörder, der hinter ihm im Bad lag, war jetzt am Telefon und vor allem: lebendig.

Gottschalk sprach weiter: „Sönke? Hallo? Ist alles in Ordnung mit..." Die Leitung wurde von einer Sekunde auf die andere unterbrochen.

Ario sprach nun wieder, aber es war zu spät. Keiner hörte ihn mehr. Er hatte mit Harald Gottschalk telefoniert – mit der Realität also. Die Leiche in der Badewanne gehörte demnach auf diese Seite und war nur ein Abbild des Originals. Ario begann zu verstehen. Auf dieser Seite der Welt galten andere Gesetze.

Einige Dinge schienen sich zu klären: Wie oft war es der Fall, dass man angerufen wurde, sich aber niemand meldete. Fangschaltungen der Polizei – das wusste Ario von seinem Job – führten nur allzu oft ins Leere. Wenn also nachts das Telefon klingelte und sich kein Mensch meldete, dann war es vielleicht ein Anruf aus dieser Welt. Unsere Spiegelungen nahmen Kontakt auf, aber sie sprachen nicht mit uns, wie es Ario von dieser grausamen Seite aus soeben mit Gottschalk getan hatte. Die tonlosen Anrufer mitten in der Nacht, Ario hatte sie entlarvt...

Ario gingen so viele Momente durch den Kopf, in denen bei ihm angerufen worden war, sich aber niemals jemand gemeldet hatte, es wurde ihm einiges klar. Er war vermutlich der erste Mensch auf dieser Erde, der es erfahren hatte.

Auf der Seite der Wirklichkeit saß Gottschalk verwundert in seinem Rollstuhl. Er wusste nicht so recht, was dieser Anruf von Ario zu bedeuten hatte, aber er wollte es unbedingt in Erfahrung bringen. So wie Ario von ihm, hatte Gottschalk auch einen Zweitschlüssel für die Wohnung seines Nachbarn.

Er setzte sich in seinem Rollstuhl in Bewegung und machte sich auf den Weg in die Wohnung gegenüber, wo das blutrünstige Wesen aus der Spiegelwelt wartete, das Ario zum Verwechseln ähnlich sah und mit dessen anderem Ich die Welten getauscht hatte.

Im Treppenhaus gaben die Gummireifen des Rollstuhls ein quietschendes Geräusch von sich.

Die seiner Wohnung gegenüberliegende Tür knarrte, als Gottschalk sie öffnete. Im ersten Moment dachte er, die Wohnung wäre leer, doch dann sah er die Bestie von hinten und glaubte, Ario selbst wäre es. Gottschalk rollte bis dicht hinter den Körper, immer noch der Meinung, er habe Ario vor sich. Sekunden später drehte sich das Monster blitzartig um und krallte sich mit einer Hand in Gottschalks Schulter. Der Rollstuhlfahrer schrie auf und versuchte sich aus dem Griff zu befreien.

In den letzten zehn Sekunden, die der Gehbehinderte erlebte, nahm er Dinge wahr, die er sich niemals hätte vorstellen können. Er war an einem Punkt des Lebens angelangt, den er nicht kannte: das Sterben.

Als könne er es nicht verhindern, blieb er in seinem Rollstuhl sitzen und streckte lediglich zum Schutz seine Hände in die Richtung aus, aus der die Klinge mit schnellen Bewegungen auf ihn zugeschossen kam. Die ersten drei Hiebe gingen durch das Fleisch und die Knochen der Handflächen. Das kalte Eisen des scharfen Messers drang auf der anderen Seite der Hände wieder aus. Gottschalk schrie nun nicht mehr. Er sah nur ungläubig zu und sein Herz raste wie wild. Kurz nachdem er den starken Schmerz vernahm, musste er schon tot sein. Die Klinge drang mit Wucht im Sekundenrhythmus in seinen Brustkorb, Bauch und dann auch in den Hals ein. Es waren mindestens zwanzig Stiche. Ohne einen weiteren Schrei, fast mit einem befreienden Stöhnen, sackte er wie vollgefüllt mit einer schweren Flüssigkeit nach vorn und fiel aus dem Rollstuhl, direkt vor die Füße eines Wesens, das vom Bösen beherrscht wurde und niemals Kontakt zu einem Menschen der anderen Seite hätte haben sollen. Arios Spiegelbild war Herr über die Wirklichkeit, Ario selbst in der Spiegelwelt gefangen.

Auf der dunklen Seite hatte Angst die Oberhand im Überlebenskampf gewonnen. Ario zitterte stark. Und dies mit voller Berechtigung: Der vermeintlich tote Nachbar, den er vor Minuten noch in der Badewanne hatte liegen sehen, stand unerwartet hinter ihm. Ja, er stand! Ein Mensch, der jahrelang querschnittsgelähmt war und bis vor wenigen Minuten noch leblos und blutverschmiert ein Toter gewesen zu sein schien, stand jetzt hinter Ario. Dieser sprang fluchtartig nach vorn. Er versuchte dem Untoten zu entkommen.

Die Dielen federten, dass spürte Sönke Ario selbst. jetzt, wo er durch das nicht wirklich existierende, dunkle Wohnzimmer seines Nachbarn rannte. Es war unwirklich, aber doch greifbar und irgendwie real.

Arios schnelle Bewegung brachte die orange Flamme seines Feuerzeuges zum Erlöschen, doch im Mondschein des Scheinmondes, der alles durch das Zimmerfenster beobachtete, konnte Ario die Augen des Untoten sehen. In lebensbedrohlichen Situationen nehmen Menschen unterbewusst Dinge wahr, die nebensächlich sind. Diese prägen sich ein und landen dort im Gehirn, wo sie vielleicht Jahre später noch Albträume hervorrufen. Arios nahm den Mond wahr: War es in der Realität ein abnehmender Mond, so nahm dieser hier zu. Während die Information in Bruchteilen von Sekunden abgespeichert wurde, stand das Wesen noch immer in der Tür und blutrote Wassertropfen liefen an seinem Körper hinab. Es sah Ario an, als wäre es auf sein Leben neidisch.

Die Augen des Monsters reflektierten den Mond und plötzlich, mit einer Bewegung der Entschlossenheit, drehte es sich um und ging in Richtung Küche.

Die aufgeschnittenen Pulsadern waren nur als dunkle Striche an den Handgelenken der vermeintlichen Leiche zu erkennen.

Das Wesen bewegte sich wie eine unaufhaltsame, starke Maschine auf die Küche zu. Ario wollte versuchen in einem unbeobachteten Moment durch die Wohnungstür, die gleich neben der Küche lag, zu entkommen, doch daraus wurde nichts.

Der Versuch, in die eigene Wohnung zu gelangen und vielleicht durch ein Wunder Gottes –

wenn es überhaupt einen Gott gab, Ario glaubte als Satanist nicht im geringsten daran – durch den Spiegel in die alte Welt zurückzukehren, oder auch aufzuwachen aus diesem schlimmen Traum, scheiterte.

Vor zwei Jahren, als Gottschalk und er sich billiges, gestrecktes Rauschgift gekauft und geraucht hatten, da gab es schon einmal einen Moment wie diesen, in dem Ario nicht wusste, ob er träumte oder wach war: Damals saßen beide vor einem Fernsehgerät, das nicht lief, aber aufgrund der Drogen farbenfrohe Bilder auf sie abzufeuern schien. Arios Blicke schweiften damals ab und er sah eine Blume, die auf dem Fernsehgerät stand. Als er genau hinschaute, streckte sich die rote Blüte der Rose in seine Richtung und sprach mit ihm. An mehr konnte er sich am nächsten Morgen nicht mehr erinnern.

Ein Scharren und Klappern riss Ario aus den Sekunden, in denen er das dachte. Mit Entsetzen durchschaute er, was der Untote Harald Gottschalk in der Küche versuchte: Mit grobmotorischen, unmenschlichen Bewegungen versuchte das Wesen, die Küchenschrankschublade zu öffnen und es gelang.

Jetzt waren es nicht mehr nur die Augen des Monsters, die den Mond reflektierten, sondern auch die Klinge des Messers, die das Biest in den Händen hielt!

Mit einem Fauchen sprang eine Katze auf Arios Schulter. Es war die Spiegelung der Katze, die Tage zuvor aus dem Fenster gestürzt war. Die Krallen gruben sich wie Rasiermesser in Arios angespannte Muskeln und schienen sich dort ähnlich wie Widerhaken zu verankern.

Gottschalk kam näher, er fuchtelte mit dem Messer umher. Jede Bewegung schien ihm zu missglücken. Es war so, als könne er seinen leblosen Körper nicht unter Kontrolle bringen. Sein Kehlkopf bewegte sich rauf und runter. Ein Versuch zu sprechen? Nur Grumpfen drang aus der verschleimten Kehle, als wäre dieses Monster bereits innerlich verwest.

Panisch schnell verlief jetzt jede Bewegung.

Es ging Ario um Leben und Tod und um tot oder „ganz tot" bei dem Wesen, das Harald Gottschalks Aussehen hatte.

Ario schüttelte sich und versuchte die Katze von seiner Schulter zu bekommen. Er packte sie im Genick und hielt sie wie ein Schutzschild vor sich.

Das Fauchen klang bestialisch und er spürte, wie sie ihn mit ihren spitzen Zähnen in den Arm biss. Ihre Krallen waren länger, als er es je wahrgenommen hatte und durch die schnellen Bewegungen der Pfoten glaubte man in einen Mixer zu fassen. Unzählige Verletzungen trug Ario davon, das schwarze Untier versenkte seine Waffen immer wieder tief in seinem Fleisch.

Das Wesen mit dem Messer rollte mit den toten Augen und stieß mit unüberlegten Bewegungen die Klinge in Arios Richtung. Der konnte nicht erkennen, ob die Schmerzen seines mit Adrenalin fast vergifteten Körpers der Katze oder den

Einstichen der spitzen Klinge zuzuschreiben waren.

Die Wunden gingen schon ineinander über. Als das Messer, geführt durch mordlüsterne Energie, ein weiteres Mal das Mondlicht durchschnitt, traf es die Katze, in den Hals, deren Terror in dieser Hölle so ein tatsächliches Ende gesetzt wurde. Sie fauchte, als stünde sie in Flammen und zuckte besessen, doch einen Moment später hing das pelzige Etwas leblos auf Arios Arm. Er reagierte sofort und warf das nun nicht mehr gegen ihn ankämpfende Knäuel aus schwarzem, blutverschmiertem, verfilztem Fell in Gottschalks Gesicht.

Benommen durch die rasende Hektik stürzte Ario zur Tür hinaus. Der Durchgang in die andere Wohnung war in diesem Moment offen und Ario wollte diese Chance nicht ungenutzt lassen. Er rannte in seine gespiegelte Wohnung, schmiss die Tür zum Treppenhaus mit einem lauten Krachen zu, vernahm aber am Grunzen im Hausflur, dass er nicht lange allein sein würde.

Vor dem Spiegel in seinem Schlafzimmer angekommen, öffnete er den Mund und wollte ein „Nein“ in den dunklen Raum brüllen, doch seine Stimme versagte, da er total außer Atmen war. Er sah im Spiegel das reelle Schlafzimmer.

Durch eine Tür, die von dort aus in den Flur der eigentlichen Wohnung führte, erblickte er sein gespiegeltes Ich, das Schreckliches mit dem echten Leichnam von Harald Gottschalk anstellte. Blut war bis zu einem Meter an der Wand hinauf gespritzt.

Ario konnte kaum noch erkennen, dass es sich um seinen Freund handelte, den sein Spiegelbild in der echten Welt zerstückelte. Nur der Rollstuhl, der umgestürzt im Flur lag und dessen Rad sich noch immer drehte, ließ Ario zu dieser Schlussfolgerung kommen.

Er starrte wie gebannt auf das Gemetzel. Der Reifen des Rollstuhls wurde langsamer und langsamer, man konnte jetzt jede einzelne Speiche sehen... und wie die Geschwindigkeit dieses Rades schwand, so lief auch Arios Zeit ab. Er hörte, wie jemand versuchte, einen Schlüssel in das Schloss der Wohnungstür zu stecken.

„Verdammt!", schrie Ario, weil ihm einfiel, dass Gottschalk einen Schlüssel für seine Wohnung hatte, also auch der Teufel, der ihm auf den Fersen war.

Der Verfolger kam, um zu töten, und mit wenig Mühe hatte es das Wesen geschafft, die Tür zu öffnen.

Ario war zu allem entschlossen. Vor allem aber wollte er leben.

Er bückte sich und nahm den Hammer, mit dem er zuvor auf der anderen Seite das Bild hatte aufhängen wollen. Mit groben, großen Schritten kam jetzt das Monster blutrünstig um die Ecke und suchte mit haifischartigen, schwarzen Augen nach seinem flüchtenden Opfer. Ario schlug mit voller Wucht zu. Die spitze Seite des Hammers drang mit der Wucht einer Pistolenkugel in den Schädel des

Untoten ein. Es riss das Monster von den Füßen. Das Messer flog im hohen Bogen nach hinten und landete auf der weichen Bettwäsche, in der Ario einst mit Lina gelegen hatte.

Es rasselte in Gottschalks Kehle, dann ergoss sich ein dunkelroter Schwall seltsamen Blutes, das mit gelben Stückchen eines nur an Mord denkenden Gehirns durchsetzt war, über den schwarzen Teppich. Das Wesen schlug dumpf auf dem Boden auf. Regungslos blieb der Körper vor dem Spiegel liegen. Der Tote war tot.

Als bestünde eine telepathische Verbindung zwischen den einzelnen Abbildern, richtete sich in der Originalwelt Arios Spiegelbild auf und blickte in den Spiegel hinein, in dem Ario gefangen war.

Zum zweiten Mal nahmen beide deutlich wahr, dass der jeweils andere existierte. Ario sah seine böse Seite, die ein Stück Menschenfleisch kauend und Hass ausstrahlend langsam auf den Spiegel zukam.

Die Kreaturen kannten offenbar nur ein Ziel: Die echten Menschen zu töten, um beide Seiten, die Gespiegelte und auch die Echte, zu besitzen und darüber zu herrschen. Den Schattenwesen war jedes Mittel recht. Würden sie dieses Ziel erreichen, wäre das der Beginn einer neuen Epoche der Welt.

Es wäre der Beginn einer Zeit, in der die Untoten aus ihren spiegelnden Gräbern steigen und damit der Hölle ihre Tore öffnen würde. Es wäre kein Leben mehr auf diesem Planeten, denn Pflanzen und Tiere würden vernichtet werden. Es ginge nur um die Beherrschung der Welt durch die Armeen des Todes. Ein Erdball der doppelten Dimensionen, mit der Möglichkeit durch weitere Spiegel eine Vervielfachung der Fläche zu erreichen: Unendlichkeit.

Von toter Lebensform zu sprechen erschien absurd, doch die Welt zeigte auch schon an anderer Stelle Mittel und Wege auf, wie etwas, das nicht als lebend bezeichnet werden konnte, Lebewesen dahinraffte: das Virus. Die meisten Wissenschaftler stuften Viren nicht als Lebewesen ein; allenfalls als „Grenzfall des Lebens". Viren hatten keinen eigenen Stoffwechsel und sie pflanzten sich nicht selbständig fort. Wie konnte Ario also auch nur einen Moment an dem zweifeln, was er erlebte. Wie jede andere Lebensform, so wollte auch diese tote Lebensform, die ihn aus der Parallelwelt angriff, existieren.

Ario zögerte beim Versuch, durch den Spiegel auf die richtige Seite zu springen. Vor seinen Füßen lagen zwei der Vasen mit dem tätowierten Mann darauf, wie die, die vor kurzer Zeit in seinem Zimmer verschwunden war. Das Original und die Spiegelung. Das erklärte wieder einiges: Die Vase war durch den Spiegel auf diese Seite gefallen, nun befanden sich beide hier.

Ario wollte überprüfen, ob der Durchgang noch offen war. Er hob eine der Vasen auf und schleuderte sie mit voller Wucht auf den Spiegel und somit auf seinen Gegner zu. Das Wesen auf der anderen Seite hatte gerade in dem Moment die Büste vom Sockel genommen und wollte so den

Durchgang der Welten versiegeln, als die Vase mit einem Knall durch den Spiegel flog und das Monster am Schädel traf.

Arios Abbild riss die weichen Arme hoch, ließ die Büste los und stolperte zurück. Die Büste flog im hohen Bogen auf das Fenster in Arios echtem Zimmer zu. Alles geschah in Millisekunden – noch spiegelte sie sich.

Ario wollte verhindern, dass der Durchgang geschlossen wurde, nun hatte er das Gegenteil erreicht: Das Fenster zerbrach mit lautem Klirren und die Büste war verschwunden. Weil sie sich nun nicht mehr im Spiegel zeigte, war der Durchgang augenblicklich verschlossen. Der Spiegel sah aus als hätte sich Frost darauf gebildet. Ario erkannte seine ausweglose Situation in der Sekunde, als er gegen den Spiegel rannte, aber nicht durch ihn hindurch kam. Das Spiegelglas erzitterte.

Die Büste war in der realen Welt aus dem dritten Stock des Hauses gefallen und lag nun auf dem Hof. Das Monster war ausgesperrt, Ario gegenüber gefangen.

Wilde Gedanken kamen ihm. Er drehte sich um und rannte zum Ausgang seiner gespiegelten Wohnung. Er wollte nur ins Freie.

Wieder schlug ihm die Kälte des Treppenhauses wie der Atem des Todes entgegen. Ario spürte, wie die letzten Stunden seinem Körper mitgespielt hatten. Er war ohne Kraft und nur sein Überlebenswille ließ ihn schnelle Schritte machen. Die schmerzenden Wunden an seinem Körper passten nur allzu gut in das zerschlagene, jämmerliche Allgemeinbild des verlorenen jungen Mannes, der bis vor kurzem noch ein fast normales Leben geführt hatte.

Die seitenverkehrte Umgebung war sinnesverwirrend. Das Treppenhaus führte gegengleich nach unten, die Haustür hatte ihre Klinke auf der anderen Seite.

Der nicht ganz lupenreine Polizist griff zweimal ins Leere, ehe er verstand, was um ihn herum vor sich ging. Draußen war es noch dunkler. Ein Gewitter ohne Regen und Blitze schien über der Stadt zu stehen. Ario rannte über den Hof. Die Büste, die dort hätte eigentlich liegen sollen, war nicht zu finden, denn sie lag nur in der echten Welt auf dem Hof. Hier auf dieser Seite stand sie noch ungreifbar in Arios Schlafzimmer.

Ein Haufen Sperrmüll auf dem Hof, auf dem auch ein zerbrochener Spiegelschrank lag, stiftete noch mehr Verwirrung: In der Spiegeltür des Schranks zeigte sich die Büste, die auf dem realen Hof lag. Aus Angst, es könne sich um einen Durchgang handeln, riss Ario die Tür hinunter, so dass er nicht mehr in den Spiegel schauen konnte. Das laute Knallen, als Bretter zu Boden rutschten, hallte über den lebensleeren Hof.

Es war stürmisch und ausgestorben auf den vertauschten Gehwegen. Bäume standen auf anderen Seiten, die Straßenschilder zeigten die Straßennamen spiegelverkehrt und der Scheinmond stand für diese Zeit genau entgegengesetzt am Himmel. Es war furchteinflößend.

Seine Schritte wirbelten Staub auf dem Asphalt der sonst so stark befahrenen Straße auf. Wenn die Menschheit seit hundert Jahren ausgestorben wäre, dann könnte es auf der Seite, auf der Ario einst lebte, vielleicht so aussehen wie hier. Es war eine leblose Geisterwelt und es durfte auf keinen Fall in seiner Welt so weit kommen...

Auf der Suche nach einer vorerst sicheren Zuflucht, drang Ario in eine Gartenkolonie ein. Er kletterte über einen hohen Zaun und landete, nachdem er sich die linke Hand tief an verrostetem Stacheldraht aufgerissen hatte, in seltsam weichem Gras.

Es waren mehrere Gärten, wie es sie in der Wirklichkeit auch gab. Alle voneinander mit Hecken oder Zäunen abgetrennt. Die kleinen Gartenhäuschen waren ebenso verlassen wie alles andere.

Obwohl es stürmte und donnerte, war es außergewöhnlich ruhig. Es schien die Totenstille der Leblosigkeit vor dem großen Sturm zu sein. Eine Invasion mörderischer Wesen kündigte sich offensichtlich an.

Auf der rechten Seite eines schmalen Schotterwegs weckte ein kleines Haus Arios Interesse. Es war von außen unprofessionell mehrfach mit unterschiedlichen Materialien gedämmt worden und es stand als einziges

Häuschen in der Umgebung frei und gut erreichbar in einem der Gärten.

Mit einem herumliegenden Spaten hebelte Ario die Tür aus dem Schloss des Hauses und konnte so in den beinahe quadratischen Raum eindringen.

Er zog von innen mit aller Kraft, um die Tür wieder in den Rahmen zu bekommen. Eine mühsame Arbeit, aber es lohnte sich. Die Tür verklemmte sich derart, dass er es aus eigener Kraft vermutlich nur schwer geschafft hätte, sie nochmals zu öffnen.

Ario schob alle Möbel, die er noch in Bewegung setzten konnte, vor den Ausgang der Holzhütte. Da war eine Kommode, ein Tisch und eine kleine Eckbank. Ario dachte nur an seinen Schutz. Dass er aus diesem Haus vielleicht mal schnell heraus müsste, war ihm im Augenblick nicht bewusst.

Das kleine Fenster zeigte den hellen Mond. Ario glaubte das Meer der Ruhe zu erkennen.

Der Gefahr hier drüben war er sich durchgängig bewusst und seine Angst wuchs mit jedem Gedanken an die Zukunft.

Zitternd wandte er seinen Blick vom Mond ab. Das Meer der Ruhe war zum Toten Meer der Scheinwelt geworden, denn es war spiegelverkehrt auf der Mondoberfläche zu sehen.

Verkrampft kauerte er sich in eine Ecke des lichtlosen, vermodert riechenden Raumes und verschwand geschwächt in furchtbare Träume.

21

Der Verdacht

Herkel und Bosmed hatten im Amtsgericht eine erfolglose Suche nach der bei Meru Tarbo Roma sichergestellten Büste hinter sich. Sie war definitiv nicht mit den anderen Gegenständen und Möbeln eingelagert worden, obgleich eine Liste den „hölzernen Kopf" als „Beweisstück 4" aufführte.

Sichtlich genervt, waren die beiden wieder im Revier aufgekreuzt und Bosmed hatte begonnen, eine Reihe von Telefonaten zu führen, die ihn bis jetzt nicht weitergebracht hatten.

„Ja, Herr Bottkopp! Wie ich es sagte. Das Beweisstück, diese Büste, war im Amtsgericht nicht zu finden. Ich werde jetzt nochmals die Listen checken, aber mittlerweile müssen wir von der Annahme ausgehen, dass das Schloss professionell geöffnet und die Büste gestohlen wurde."

Bosmed sprach ruhig und versuchte damit ein gewisses Verständnis beim Polizeichef zu erwirken.

Herkel stand neben ihm. Es war erstmals so, als würden beide, er und Bosmed, zusammenarbeiten – in ein und demselben Job. Herkels Ziel war es, den Beweis für die Todesursache Romas finden, Bosmed wollte den Fall aufklären und sich damit selbst beweisen.

„Ich verstehe...", fuhr Bosmed fort und Herkel ahnte, dass dies nichts Positives bedeuten würde.

Nach einer kurzen, sachlichen Verabschiedung legte Bosmed den dunkelgrünen Telefonhörer nicht gerade zärtlich auf die Gabel zurück. Das Telefon gab ein Klingeln von sich, das durch die Erschütterung ausgelöst wurde.

„Und...?", Herkel hätte es selbst sagen können, denn er wusste, was Sache war.

„Bottkopp sagt „Nein". Er hält es für Verprassen der Steuergelder, jetzt ein Team der Spurensicherung ins Amtsgericht zu schleppen, wo wir noch nicht einmal den Beweis dafür haben, dass überhaupt etwas gestohlen wurde!", erklärte der Polizist dem Gerichtsmediziner.

Es klopfte dreimal an der Tür des Büros und Bosmed brummte ein „herein". Sein Blick hellte sich auf, als Lina das Büro betrat und zwei Tassen Kaffee in ihren Händen hielt.

„Oh, danke! Sehr aufmerksam!", freute er sich.

„Ach, ja, Sie wollten auch eine. Tut mir leid, die hier sind für Herrn Herkel und mich. Wie trinken sie ihn?" Lina kam beiden näher und schaffte es geschickt, die randvollen Tassen nicht zum Überschwappen zu bringen.

Bosmed überwand seine Enttäuschung schnell – sollte Lina Attrayant sich eben die Mühe machen, extra für ihn noch einmal zur Kaffeemaschine im Aufenthaltsraum zurückzugehen. Er gab seine Bestellung auf: „Viel Milch, zweimal Zucker – blond und süß!" Kaum ausgesprochen, hätte sich Bosmed für diesen Satz am liebsten selbst geohrfeigt.

Lina reagierte nicht. Sie reichte Herkel die große Tasse, stellte ihren Kaffee auf dem Schreibtisch ab und ging wieder hinaus.

„Hübsches Ding!", stellte Bosmed fest, als sie das Büro verlassen hatte.

„Steht aber auf den falschen Typ Mann", ergänzte Herkel. „Sie ist mit diesem Pfeifenkopf Sönke Ario zusammen. Hat der sich eigentlich zwecks Bericht schon bei dir blicken lassen?"

Bosmed verneinte. „Ich kann das nicht glauben. Mit diesem Idioten ist sie zusammen? Warum ist eine Frau von diesem Format mit so einem Kerl zusammen? Ungepflegt, unzuverlässig...!"

„Ist sie nicht mehr!", unterbrach Lina, die bereits wieder in der Tür stand und so beide, besonders Bosmed, in Verlegenheit brachte.

„Wir haben nur gerade... also... Es ging um den Bericht mit der Leiche und der Büste!" Das Stammeln war nicht zu überhören.

„Woher wissen Sie von der Büste?", fragte Lina erstaunt, obwohl sie in diesem Moment aneinander vorbeiredeten.

„Der Fall „Roma" ist noch in meinen Händen und die Büste verschwunden", sagte Bosmed. Er hatte sich nun wieder gefangen. Es ging jetzt schließlich wirklich um die Arbeit.

„Ach so! Ich dachte, Sie würden von der Büste reden, die Sönke bei sich hat. Kennen sie ihn gut?", fragte Lina beiläufig und reichte Bosmed eine cyanblaue Tasse mit großem Henkel.

„Danke. Nein, nur rein geschäftlich, wir haben vor einem Jahr..." Bosmed wollte gerade einen

Wortschwall abfeuern, als sich Herkel zu Wort meldete: „Ario hat eine Büste? Woher...? Und seit wann?“, fragte er.

Lina hob ihren Pott und nippte am Kaffee. „Keine Ahnung, woher. Er sammelt doch dieses okkulte Zeug, da gab es doch schon vor einiger Zeit Stress mit Bottkopp. Erinnerst du dich nicht?“

Herkel erinnerte sich tatsächlich. Ario war mit einer satanistischen Gruppe in Verbindung gebracht worden, die mit großer Wahrscheinlichkeit für Grabschändungen auf dem Hauptfriedhof verantwortlich war.

Der Polizeichef hatte eine Verwarnung erteilt, obwohl man Ario nichts beweisen konnte.

„In einem alten Schuppen hatten schwarz gekleidete Anhänger des Teufelskultes damals irgendein Tier getötet – ich glaube, es war ein Lamm und die Wände mit dem Blut des Tieres beschmiert. Drudenfüße und seltsame Schriftzeichen...“, erinnerte sich auch Bosmed.

„Ja, richtig!“, sagte Lina, „Der damalige Friedhofswärter hat sie entdeckt und die Polizei eingeschaltet. Sönke hat mir die Geschichte erzählt. Er hat gesagt, er war als verdeckter Ermittler unterwegs und wollte die Bande sowieso auffliegen lassen.“

Herkel und Bosmed warfen sich einen Blick zu, das stimmte natürlich nicht: Ario war voll drinnen im Geschehen der Teufelsanbetung, doch kam keine Anklage gegen ihn zustande, weil er weder mit der Tötung des Tieres zu tun hatte, was unter das Tierschutzgesetz gefallen wäre, und auch nicht die Wände mit Blut beschmiert hatte, was als Vandalismus hätte geahndet werden müssen. Seine „Kollegen" wurden jedoch verurteilt und mussten Gemeinschaftsarbeit verrichten. Für Ario hatte der Vorfall keine Konsequenzen, er ging seiner Laufbahn als Polizisten weiter nach. Irgendwer im Präsidium hatte ihn noch gedeckt.

Herkel und Bosmed wollten mehr in Erfahrung bringen.

„Wir würden Ario gerne mal einen Besuch abstatten. Er hat noch immer einen Bericht abzuliefern. Er war an einem Fall beteiligt, bei dem auch eine Büste auftauchte, die nun verschwunden ist!", sagte Bosmed.

„War das mit der Büste vor circa einer Woche?", fragte Lina.

Herkel bejahte.

„Seitdem hat Sönke nämlich dieses hässliche Ding. Es steht in seinem Schlafzimmer." Lina war es nun völlig egal, ihn zu belasten. Er war nicht mehr eine Person, die in ihrem zukünftigen Leben eine bedeutende Rolle spielen sollte, sie tat ihre Pflicht als Beamtin.

Herkel war stolz. Er sah Lina an und freute sich innerlich. Mit diesem Moment war es klar geworden, dass die Verbindung zwischen Lina Attrayant und Sönke Ario der Vergangenheit angehörte, jetzt hatte er, so glaubte er zumindest, eine Chance bei ihr.

Lina sah Bosmed an, der den Kaffeepott mit der rechten Hand in Herzhöhe hielt und mit seinen mandelbraunen Augen ihre Blicke einfing. Sie kam sich plötzlich sehr sexy vor. Bosmeds Haare lagen flott, aber nicht zu lässig in der Stirn und sein Lächeln, das noch kein Richtiges war, schien unbewusst ständig hinter seiner Beamtenfassade auf den großen Auftritt zu warten.

„Kann ich hier noch helfen?", fragte Herkel, dem die Spannung zwischen beiden nicht entgangen war.

Bosmed sah kurz zu Herkel und wandte sich dann wieder an Lina.

„Sie können helfen, Frau Attrayant. Sie können den Kontakt zwischen Ario und uns herstellen!"

„Gerne, aber ich heiße Lina." Sie stellte ihre Tasse auf den Schreibtisch zurück, gleich neben den Kaffeerand, den dasselbe Behältnis bereits beim ersten Mal abstellen hinterlassen hatte. Dann griff sie den Telefonhörer und begann blind zu wählen, während sie wieder in Bosmeds Augen schaute.

Erst bei der siebten von neun Ziffern merkte sie, das Herkel bereits die Finger auf die Gabel drückte.

„Lieber nicht. Wir wollen ihn nicht warnen. Am besten wir statten ihm gleich einen Besuch ab und du stellst den Kontakt zwischen uns eben dort her", schlug der Pathologe vor und er meinte mit dem „uns" eigentlich nur sich und Lina, während Lina auf sich und Bosmed hoffte und Bosmed dagegen gerne mit ihr aber ohne Herkel gefahren wäre. Sie fuhren alle drei.

Bisher war es nicht mehr als ein Verdacht, doch Herkel und auch Bosmed waren sich fast sicher.

Dieser Diebstahl passte genau zu einem Typen wie Ario.

Auf dem Flur des Präsidiums herrschte reges Treiben, in einem von Bosmeds Nachbarbüros klingelte ein Telefon, das offensichtlich keiner abheben wollte und Akten wurden von A nach B getragen.

Sie gingen den langen Gang entlang, als Lina erste Bedenken äußerte: „Er ist manchmal recht zornig. Ihr müsst etwas auf mich Acht geben, wenn wir da reingehen!“, sagte sie.

Die Männer versuchten sich in beruhigenden und versichernden Worten zu übertreffen.

Noch als Bosmeds Wagen schon durch den Verkehr rauschte, hieß es, Lina werde nichts passieren, man habe alles in der Hand und Ario sei eine ganz kleine Nummer.

Die Ankunft verzögerte sich, denn alle Ampeln schienen sich gegen sie zu wenden, ganz als würde das Rot dieser Ampeln die Gefahr symbolisieren, auf die sie sich nun zu bewegten.

Lina saß hinten im Wagen und entdeckte durch ihre neugierige, wachsame Art eine Ausgabe des deutschen Playboys, den Bosmed auf der Rückbank des BMW liegen hatte.

Herkels Hand schob sich in die Schlaufe des Haltegriffs und sein ganzer Körper schwang mit den Bewegungen des Fahrzeuges von links nach rechts.

„Mach dir keine Sorgen. Bei uns bist du gut aufgehoben“, sagte Herkel und meinte damit bei sich. Auch versuchte er zu überspielen, dass ihm bei Bosmeds Fahrweise ganz anders wurde.

„Das glaube ich auch! Zwei so starke Männer müssen eine Frau wie mich ja lässig beschützen können." Sie sah im Rückspiegel die braunen Augen von Bosmed.

Mit quietschenden Reifen kam der BMW vor dem schäbigen Gebäude zu stehen, in dem Ario wohnte. Die Eingangstür befand sich auf der Rückseite.

Lina klärte die beiden Männer auf, dass ihr Ex-Freund im dritten Stock wohnte. Sie stiegen aus und gingen gemeinsam die lange, nur für Fußgänger passierbare Einfahrt entlang. Ein riesiger Berg Sperrmüll fügte sich nur allzu gut in das verwahrloste Allgemeinbild der Gegend.

Bosmed fiel ein, was Heinrich Heine einst – er glaubte zu wissen, dass es 1840 war – geschrieben hatte Er zitierte:

„Türken, Inder, Hottentotten
sind sympathisch alle drei,
wenn sie leben, lieben, lachen,
fern von hier in der Türkei!
Doch wenn sie in hellen Scharen,
wie die Maden in dem Speck,
in Europa nisten wollen,
ist die Sympathie schnell weg!"

Bosmed glaubte damit Eindruck auf Lina zu machen.

„Wenn du dich jetzt als Rassist outen willst, nur zu", war ihre Reaktion.

Herkel konnte seine Freude über Linas Worte nicht unterdrücken: „Ja, du führst dich hier auf, wie..." – ihm fehlte ein Synonym für das Wort „Rassist" - „...wie ein Rassist."

Sie kamen an die Eingangstür des Mehrfamilienhauses. Sie war stabil und von einem scheinbar geistig verwirrten Maler rosa gestrichen worden.

Bosmed drückte auf die Klingel, die einen unpassend zugeschnittenen Zettel mit der Aufschrift „Ario" in sich trug. Sieben andere Parteien waren auch mit ihren Namen an der Haustür vertreten: Kluge, Di Mideck, J. Evers, Herberger, E. L. Locque, Johann Gramm und Gottschalk. Alles anonyme, unscheinbare Menschen, die im Tumult einer Großstadt ihren Unterschlupf gefunden hatten. Ario reihte sich da gut ein. Doch er öffnete nicht.

Oben in der Wohnung ging ein Wesen auf und ab, dessen Hirnoberfläche glatt wie ein Kinderpopo war und dessen Gedanken sich nicht mit Irdischem beschäftigten. Das Monster, das Ario glich, vernahm das Geräusch der Türklingel, doch es irrte ziellos in der Wohnung umher.

„Ich werde raufgehen und die Tür mit Gewalt öffnen!" Bosmed versuchte dem Satz durch Betonung eine kraftvolle Note mitzugeben. Und er hatte wirklich vor, die Tür zu öffnen. Vermeintlich sein Todesurteil.

„Bottkopp rammt dir seinen goldenen Füllfederhalter in das Rektum." Herkel war durch und durch Mediziner.

„Ihr könnt euch den Stress schenken. Seht mal da!", unterbrach Lina und deutete neben einen Haufen Sperrmüll auf dem Hof: In einem Scherbenhaufen lag die Büste. Ario hatte sie offensichtlich wirklich gestohlen und nun vermuteten die drei logischerweise, das Ding wäre ihm dann überdrüssig geworden und er hätte es auf dem Sperrmüll entsorgt. Wie der Kopf nun vom Sperrmüll hierhergekommen war, konnte mehrere Gründe haben: Kinder vielleicht, die damit gespielt hatten, oder was auch immer. Die Scherben konnten schon vorher hier gelegen haben. Keiner machte sich die Mühe, zu Bosmeds Schlafzimmerfenster hinaufzublicken. Dort hätten sie nicht nur eine zerbrochene Scheibe, sondern auch den bösen Blick eines fremden Wesens sehen können.

Jan Bosmeds Leben sollte sich in diesem Moment verändern. Er beschloss, die Büste mit zu sich zu nehmen und sie stiegen wieder in das Auto.

22

Vereinigung

„Gerade frisch eingezogen?“ Lina war etwas überrascht, als sie die kahle Wohnung von Bosmed betrat. Die Wände waren alle weiß, es gab kaum Einrichtungsgegenstände und ein Geruch von frischer Farbe hing unverkennbar in der Luft.

Bosmed klärte sie auf: „Meine alte Wohnung war mir zu bekannt, ich brauche öfter mal was Neues...!“ Er hatte keine Hintergedanken.

Sie schon: „Beziehst du das jetzt auf Wohnungen oder allgemein?“

Bosmed antwortete ihr nicht, obwohl er mit Lina allein war, denn Herkel war nach dem Fund der Büste zurück ins Labor und danach ins Präsidium gefahren, um sich einige Informationen über Ario zu holen.

Herkel hatte die beiden nur ungern allein gelassen, doch jemand musste weitere Informationen beschaffen und da sie als Team arbeiteten, wollte er keine Diskussion entfachen, die man ihm sicher als Schwäche ausgelegt hätte. Herkel war wortlos gefahren.

Bosmed hatte nach fünf Minuten den Kaffee fertig.

„Irgendein Philosoph, und es muss einer der größten gewesen sein, hat einmal gesagt, das sei das Beste am Kaffee, dass er in jede Situation und Tagesstunde hineinpasst. Wahrhaftig, das Wort eines Weisen“, meinte Bosmed.

„Was plant ihr jetzt?", fragte Lina neugierig und genoss den zweiten Kaffee an diesem Tag, der, wie sie insgeheim zugeben musste, besser war als der erste, oder lag es nur an der Gesellschaft?

„Herkel besorgt Informationen über Ario. Sobald dein Ex wieder auftaucht, werden wir ihn vorladen müssen. Des Weiteren werden wir heute Abend mit diesem Gegenstand" Er deutete auf die sie scheinbar beobachtende Büste, „in die Pathologie fahren. Herkel will dort überprüfen, ob es sich um das gleiche Holz handelt, das den Schwarzen tötete."

Erstmals schrieb Bosmed der Büste eine aktive Rolle zu: Er sprach von ihr, als hätte sie es getan und nicht, als wäre es durch sie geschehen. Bosmed nahm seine Formulierungen gar nicht bewusst war, doch Lina fand es unheimlich.

Das Sofa, das im Wohnzimmer stand, war recht unbequem. Der nahezu perfekt quadratische Raum war der Einzige der kompletten Wohnung, in dem es Gardinen gab. Alle anderen Räume waren „nackt".

Bosmed wohnte hier seit vier Wochen. Ein Männerchaos. Im Badezimmer sowie in der Küche und im Gästezimmer musste noch einiges getan werden.

Es klingelte schrill. Georg Herkel war schon wieder zurück. Er hatte faszinierend schnell recherchiert, wollte Lina und seinen Kollegen offensichtlich lieber nicht zu lange allein lassen.

Im dritten Stock des Neubaus kam er außer Atem an und berichtete, was sich ereignet hatte und wie die weiteren Abläufe am günstigsten durchzuführen seien.

„Wir treffen uns heute Abend um 22 Uhr. Dann ist mit Sicherheit keiner mehr in der Pathologie. Da können wir dann mit dem Holz rumexperimentieren. Ich habe Jauch Bescheid gesagt. Er steht mit seinem Schlitten Wache vor Arios Wohnung. Sobald Ario wieder nach Hause kommt, wird er von einer Streife eingesammelt. Noch war keiner da, Jauch hat schon geklingelt und mich dann angerufen. Bei Ario soll eine Fensterscheibe kaputt sein, wahrscheinlich hat er einen Wutanfall gekriegt, weil du ihn verlassen hast." Herkel lächelte Lina aufmunternd zu. Sie verzog keine Miene.

„Könnte er sich etwas antun?", fragte Bosmed.

Lina schloss das aus: „Dazu ist er zu feige."

„Ich bin total durchgeschwitzt" Herkel wollte duschen und hoffte darauf, Lina würde ihn in seine Wohnung begleiten, wenn er ihr plausibel machen konnte, was er dachte: „Es ist sicherer, wenn du bei uns bleibst und erst mal nicht in deine Wohnung zurückkehrst. Ich habe auch in Erfahrung gebracht, dass Ario schon fast einmal ein Verfahren hatte, weil er eine potentielle Taschendiebin während der Fahrt aufs Revier sexuell belästigt haben soll."

Lina schien das zu wissen: „Du hast gut recherchiert. Ich weiß auch, warum er bei solchen Sachen immer bessere Karten hat, obwohl er ein Schwein ist...!"

Die beiden Männer wollten natürlich wissen warum und sie waren sichtlich überrascht, als sie es erfuhren.

„Sönke Ario ist der uneheliche Sohn von einer Ex-Polizistin und unserem werten Herrn Chef!"

Sprachlos blickten sich Herkel und Bosmed an. Diese Tatsache erklärte tatsächlich, warum alle gesetzlichen Probleme, die in Arios Leben auftauchten, keine Hindernisse waren und er ohne Probleme als Beamter im Vollzug arbeiten konnte. Mit einem Vater, der als Polizeichef tätig war, konnte man sich alles erlauben.

„Vitamin B!" Bosmed konnte es nicht treffender ausdrücken.

„Ja, Vitamin ‚Bottkopp'", scherzte Herkel.

Beide wunderten noch eine Weile rum, dann nahm Herkel seinen Plan wieder auf: „Wie gesagt, Lina, es ist sicherer, wenn du bei einem von uns bleibst. Ich wohne gleich hier in der Nähe... in zehn Minuten..!"

Lina unterbrach ihn: „Schon gut, ich werde mit Jan hier die Stellung halten. Wir treffen uns um 22 Uhr hier, dann fahren wir gemeinsam in die Pathologie, einverstanden?"

Bosmed war überraschter als Herkel, als er das hörte, doch sie hatte ihr Bett scheinbar gemacht...und Herkel schlief nicht darin.

Mit einem kurzen „Tschüss" verschwand Herkel verdattert um kurz nach 17 Uhr.

„Darf ich deine Dusche benutzen?" Lina war wirklich nicht sehr gehemmt was Fremde anging. Er musste einfach zustimmen.

Während sie unter der Dusche stand, blickte Bosmed nachdenklich aus dem Fenster. Dunkle Wolken zogen auf. Es schien ein gewaltiges Unwetter über der Stadt anzukommen. Blätter von Bäumen flogen durch die Straßen und die Passanten liefen voller Vorahnungen schnell über die Fußwege in Richtung ihrer Wohnungen oder Autos.

Die Büste stand auf dem Schrank. Bosmed sah zu ihr hinüber und viele Gedanken huschten durch seinen Kopf.

Wen sollte sie darstellen? Was bedeutete das hässliche Abbild? Woher kam es? War die Büste wirklich so alt, wie Herkel bei dem Splitter datiert hatte? Und vor allem, was für Geheimnisse barg dieser Kopf in sich?

Jan Bosmed hörte das Wasser von allen Seiten plätschern. Draußen prasselte es unangenehm gegen die Scheibe und nebenan im Bad rauschte es über Linas schönen Körper. Er musste schmunzeln, als er sie summen hörte. Das war ein Zeichen von Wohlbefinden.

Keine fünf Minuten später, nachdem sie sich frischgemacht hatte, nahm Lina wieder auf dem Sofa Platz. Bosmed setzte sich auf einen schicken, offenbar neuen Sessel, den er aus dem Arbeits- bzw. Schlafzimmer geholt hatte.

„Hast du Hunger?", fragte er.

„Mordsmäßig", gab sie zu.

„Was möchtest du denn?“

„Was hast du denn?“

Bosmed schwor sich, ab heute für immer einen vollen Kühlschrank zu haben, denn er konnte Lina nur einen nicht mehr ganz frischen Marmorkuchen anbieten, den er schon gestern geöffnet hatte und der sich jetzt in Folie verpackt neben einer verdorbenen Leberwurst und einem Seniorenfrischkäse einsam im Kühlschrank befand.

Während Lina und Bosmed sich näher kamen, begann draußen das unangenehme Wetter die Stadt zu beherrschen. Es wurde immer kälter. Wind peitschte murmelgroße Regentropfen gegen die von außen durch Abgaspartikel vollgerußten Doppelglasfenster.

„Ich wohne erst kurz hier, bin sozusagen gerade dabei, mich einzurichten. Ich habe jetzt ein neues Bett gekauft... und äähhm, einen Toaster!“. Wie konnte er sich nur immer in solche Situationen bringen. „Der Mensch ist das einzige Tier, das errötet. Und er hat Grund dazu. „Bloß nichts überstürzen“, mahnte sich Bosmed innerlich.

„Ein Doppelbett?“, fragte Lina. Sie konnte wohl nichts schocken.

„Ja, ich brauche Platz. Hier ins Wohnzimmer kommt ein Tisch aus Kirschholz und da drüben soll ein Fernsehschrank hin...“, er deutete mit seinem Finger in die verschiedenen Raumecken. „Für die Wand habe ich gerade vorgestern einen großen Spiegel gekauft. Ich bin aber noch nicht dazu gekommen, ihn aufzuhängen!“ Er deutete auf die noch sehr kahle Wand gegenüber der Büste.

Lina machte einen Fehler, sie spielte die Neugierige und täuschte Interesse an den Einrichtungsgegenständen vor, nur um Bosmed sprechen zu hören. Sie fand seine Stimme irgendwie erotisch: „Was ist das denn für ein Spiegel?“

Bosmed sprang auf. „Ich hole ihn, er steht im Arbeitszimmer beziehungsweise im Schlafzimmer – ich weiß noch nicht genau, wie ich welchen Raum nutze.“

So schnell wie er verschwand, war er auch wieder da; mit Spiegel. Der war mannsgroß und mit einem schwarzen Rand verziert. Neumodisch konnte man das nicht nennen, aber er passte gut in den Raum.

Bosmed stellte ihn provisorisch an die Wand, an der er später hängen sollte. Die Büste zeigte darin ihr zweites Gesicht. Donner war draußen zu hören und es dämmerte bereits. Die Uhr zeigte 19.43 Uhr und es war noch etwas Zeit, bis sie aufbrechen mussten. Da klingelte plötzlich das Telefon. Bosmed blieb wie angewurzelt in der Mitte des Raumes stehen. Es klingelte ein zweites Mal.

„Willst du nicht ran gehen?“, fragte Lina verwundert.

Er sah sie nur an. Es klingelte zum dritten Mal.

„Vielleicht ist es Herkel und er hat die Pläne geändert!“ Sie wurde ungeduldig.

„Hast du es angeschlossen?“, fragte Bosmed jetzt.

Sie verstand nicht so recht, was er meinte: „Bitte?“

Es klingelte zum vierten und fünften Mal...

„Das Telefon, was du da klingeln hörst. Ich habe es noch nicht angeschlossen. Die Telefonbuchse muss erst noch verlegt werden...!“

Sie sahen sich einen Moment lang an. Von draußen trommelte es noch immer gegen die Fenster. Der Regen klopfte ein grausames eintöniges Lied ohne Ende an die Scheiben. Ein dämonischer Refrain. Wieder das Klingeln. Bosmed ging langsam zum Telefon und hob ruckartig ab.

„Wer ist da?“.

Keine Antwort.

„Wie geht das?“, fragte er, nachdem er das tatsächlich unangeschlossene Telefon wieder aufgelegt hatte. Lina, war aufgestanden. Sie wusste es auch nicht.

Rätselnd blickten sie auf den grünen Apparat. Elektrostatische Endladung des Gewitters, die sich auf die Klingel des Telefons auswirkte? War das eine Möglichkeit?

„Manchmal ist das Leben schon aufregend und seltsam“, dachte er, als er plötzlich ihre Hand auf seinem Arm spürte. Ihre glühenden, weichen Lippen berührten die seinen und da war der Moment gekommen, den beide innerlich erhofft hatten. Als würden sie schon lange hier ein- und ausgehen, zog sie ihn in Richtung Schlafzimmer. Es sollte an diesem Abend in der Tat zum Arbeitszimmer werden. Auf dem Weg dorthin pellte er sie aus dem kuscheligen Pullover. Sie verließen den Bereich, der Gefahr bedeutete: Den

Raum mit der Büste, die den Eingang des Verderbens im Spiegel geöffnet hatte. Keiner von beiden war sich dessen bewusst. Sie hätten einfach durch den Spiegel marschieren können.

Jetzt im Schlafzimmer war die Angst wie verflogen und ohne über Konsequenzen nachzudenken, gaben sie sich einander hin. Das Knurren im Nachbarraum konnten sie nicht hören. Es kam von den vielen, vielen Wesen, die sich drüben im Spiegel befanden, der Wut, Zorn und alles denkbar Schlechte zentrierte. Es war die Hölle. Eine Hölle, wie sie sich kein religiöser Mensch jemals vorgestellt hatte. Dort lauerte der qualvolle Tod. Jeder Mensch, der hier landete, traf auf das absolute Böse. Und momentan war es Sönke Ario, der auf dieser dunklen Seite noch das Treffen vor sich hatte...

23

Flucht vor der Axt

In der Spiegelwelt lag Ario noch immer zusammengesunken in einem verbarrikadierten Gartenhäuschen. Draußen wollte es einfach nicht hell werden. Schwarz, das Fehlen von jeglicher Farbe, war das Bild auf dieser Seite.

Angst beherrschte Arios Träume. Er wurde wach und kam von diesen Albträumen in sich zu den Albträumen der Realität zurück. Es machte ihm Sorgen, so abgekapselt hier zu sein, doch momentan hielt er es für sicherer die passive Rolle zu spielen und auf Licht zu warten, als sich draußen möglichen Gefahren auszusetzen.

Kein Wesen war ihm bisher begegnet. Wo waren sie alle? Die ganzen Spiegelbilder der Bevölkerung. Es musste sie geben. Jeder hatte doch ein Abbild. Lauerten sie ihm irgendwo auf?

Ario wollte leben, aber sein Leben in seinem Leben, nicht hier, auf der Flucht, im Leben der dunklen Seite.

Die Nervosität stieg, je mehr er über seine Situation nachdachte, in ihm auf. Jetzt war er so verstört, dass er die warme Flüssigkeit, die aus seiner Blase lief, erst merkte, als es schon zu spät war. „26 Jahre, und du pisst dir in die Hose“, dachte er.

Sein Schicksal machte ihn zum Wrack.

Plötzlich Schritte.

Sönke, der auf jedes denkbare Geräusch lauerte, sog stark Luft in die Lunge. Er bemerkte, wie sein Atem bebte. Übermüdung, Schwäche und Angst paarten sich in seinem Körper. Jetzt kam wieder ein schwerer Moment. Die Schritte kamen näher. Jemand befand sich in dem Garten, in dem das Häuschen stand.

Wie hatte man ihn gefunden? Das Böse hatte offenbar einen ganz besonderen Spürsinn.

Ario robbte sich zum Fenster und warf einen schnellen, flüchtigen Blick in die bedrückende Dunkelheit hinaus, die nur durch das riesige Auge in Form des Vollmondes Konturen erhielt.

Ein Teich war vor der Laube. Bäume und mit Unkräutern kniehoch bewachsene Abschnitte waren zu erkennen und noch etwas: Die Silhouette eines Wesens, das, wie es aussah, ein Beil in der Hand hielt und durch den Garten humpelte.

Ario riss seine Hand zum Mund, eine Geste, die er eigentlich immer ängstlichen Frauen zugeschrieben hatte; jetzt war alles möglich.

Es roch nach seinem Urin und fühlte sich unangenehm nass an in der beschmutzen, durchgeschwitzten, mit Blutspritzern übersäten Hose an.

Mit einem Meter Abstand bewegte sich das Wesen am Fenster vorbei. Es hatte den Mund offen und atmete so schwer, dass Ario es hier drinnen im Haus hören konnte. Die Zähne des Untoten waren faulig und schleimiger, stinkender Speichel lief an seinem Kinn hinunter. Wie ein Aasfresser sah der

Unmensch aus, ein Aasfresser, der sich auf seine Mahlzeit freute.

Es konnte sich nur um Minuten handeln, bis das Biest Ario aufspüren und versuchen würde, in das Haus zu gelangen. Die Zuflucht war zur Falle geworden. Ario fasste den Entschluss, Haus und Garten fluchtartig zu verlassen, sobald sich eine Möglichkeit bieten würde. Da fiel auch schon der erste Axtschlag! Die Rückwand des Holzhauses zitterte durch die Wucht. Das Monster stand also an der Rückseite und wollte sich seinen Weg durch das nach vielen Jahren bereits leicht morsche Holz bahnen.

Hinter dem Haus grunzte es, der zweite Schlag traf die Rückwand und ein verstaubtes Glas fiel aus einem Regal. Wie aufgeregte Sterne glitzerten die Splitter im falschen Mondlicht, als das Gefäß am Boden zerschmetterte. Es konnten über tausend Stücke sein und das Monster mit der Axt würde Arios Kopf in die gleiche Stückzahl zerteilen, wenn er ihn zu fassen kriegen würde.

Ario spürte, wie ein Restbestand Adrenalin seinen Leib zu mobilisieren versuchte: Er hatte eine Idee – vermutlich die einzige Chance, unauffällig zu entkommen.

Immer, wenn das Wesen zum Schlag ausholte, grunzte es unmenschlich. Wenn diese Abfolge von Lauten so blieb, konnte dies eine Möglichkeit zur Flucht bieten.

Als das Wesen zum dritten Mal laute Geräusche von sich gab, nahm Ario Anlauf. Er trat mit aller Kraft gegen die klobige Kommode, die er neben anderen Möbeln zum Verbarrikadieren vor die Tür des Gartenhäuschens geschoben hatte. Sie rutschte beiseite und stürzte nach einem Meter mit lautem Getöse um. Es war ein ohrenbetäubender Lärm nach den stummen Stunden der Stille. Ario lauschte, was sich hinter dem Haus tat. Tatsächlich, der Plan schien nicht zu scheitern, das mordlüsterne Ding glaubte, etwas sei durch die Wucht seines Axtschlags im Haus umgefallen.

Die Axt hatte sich in den Brettern der Laubenwand verkantet und das Knacken und Knirschen der Außenwand deutete darauf hin, dass die Bestie versuchte, die Axt wieder herauszuziehen.

Das Wesen grunzte und schlug ein viertes Mal zu. Auch in diesem Moment stemmte sich Ario gegen ein weiteres Möbelstück, das ihn vor den Monstern dieser Welt hätte beschützen sollen, ihn jetzt aber einsperrte. Welch ein Glück, dass sein Gegner nicht vor der Tür stand. Es wäre Arios Aus gewesen – gegen eine Axt hatte er mit bloßen Händen keine Chance.

Die Dummheit und Plumpheit, mit der der Untote vorging und wie grobmotorisch er sich bewegt hatte, als er am Fenster vorbeigekommen war, waren eindeutige Beweise dafür, dass es sich hierbei nicht um einen Menschen handeln konnte – auch wenn die Anatomie die eines Menschen war.

Grunzen und ein weiterer Schlag folgten und mit Entsetzen vernahm Ario das Geräusch von herausbrechendem Holz. Bald war es soweit. Es konnte nicht mehr lange dauern und die Bestie hatte ein Loch in der Wand.

Ein großer Schrank blockierte die Tür von innen. Noch zwei Schläge mit der Axt würde Ario mindestens brauchen, um sich seinen Weg nach draußen frei zu machen und unbemerkt vor dem sicheren Tod fliehen zu können. Zwei Schläge mit der Axt, deren Krach Arios Geräusche beim zur Seite Stoßen der Möbel übertönten. Und da wurde schon mit einem bekannten Geräusch aus der Kehle des Monsters der Erste angekündigt: „Bumm!"

Ario rannte mit seiner Schulter gegen den seltsamen Schrank, der noch vor dem Ausgang stand; sein Arm schmerzte, als wäre ein Bus dagegen gefahren, aber das Möbelstück bewegte sich erschreckend wenig zur Seite.

Eine Chance hatte er noch, es war ein Millimeter, bis das Monster das Holz würde durchschlagen haben, dann hätte es freie Sicht. Die verschleimten Stimmbänder der Bestie grollten, dann kam der Schlag und die Axt hatte das Holz durchbrochen. Die Klinge war sichtbar in den Raum eingedrungen und das dunkle Silber suchte nach mehr. Mit einem Knall kippte zeitgleich der Schrank um, den Ario förmlich angesprungen hatte. Der Weg zur Tür war frei, doch Ario hatte das Glück nicht auf seiner Seite: Loser Teppichboden schlug Falten und beim Öffnen der Tür verklemmte sich der Teppich darunter. Der Ausgang ließ sich nicht weit genug öffnen. Ein Spalt, der sich Ario darbot, war zum Durchhuschen zu klein. Er benutzte all seine Kraft, doch es half nichts, die Tür öffnete sich keinen Zentimeter mehr.

Mit bösen Vorahnungen sah sich Ario um. Jetzt musste die Gestalt gleich hinter ihm stehen! Den Rest der Bretter rauszureißen konnte mit der Axt nur ein Kinderspiel sein – doch nein! Die Axt war wieder im Holz stecken geblieben und das fremde Wesen zog verkrampft am Beil. Ario besann sich eine Sekunde und versuchte, seine hektische Panik unter Kontrolle zu bekommen. Er schloss die Tür wieder, bückte sich und begann die Falten zu glätten. Die Drehungen der Axt ließen das Holz brechen und die Geräusche der zersplitternden Strukturen wirkten nicht sehr beruhigend. Unter diesem Druck überhaupt eine lohnenswerte Bewegung koordinieren zu können, grenzte an ein Wunder. Drei große Falten schob Ario nacheinander mit den zitternden Händen von der Tür weg, dann stand er langsam auf, als hätte er alle Zeit der Welt und öffnete die Tür ohne Probleme.

Im selben Moment gelang es dem Wesen, das Beil aus der Wand zu ziehen und die toten Augen blickten düster in die Laube. Ario sah direkt hinein, dann hielt ihn nichts mehr und er rannte um sein Leben.

Ein schriller Schrei durchschnitt die eisige Luft. Das Monster setzte zur Verfolgung an. Trotz der unästhetischen Bewegungen erreichte es eine hohe Geschwindigkeit.

Arios Leben war noch nicht in Sicherheit, das Beil kreiste hinter ihm. Er sprang über die Gartenpforte und musste jetzt einen langen, dunklen Gang, der rechts und links mit hohen Hecken begrenzt war, hinter sich lassen, um zum Ausgangsportal zu gelangen. Ein langer Weg für einen Geschwächten. Hinter ihm stürzte das Monstrum durch die Pforte. Es hielt die Axt jetzt in beiden Händen und lief humpelnd, gebückt wie Quasimodo, hinter ihm her.

Jeder Schritt konnte hier über Leben und Sterben entscheiden. Ario rannte so schnell er konnte. Zwar gewann er einen Vorsprung, aber das Tor, auf das er sich zubewegte, war verschlossen und was noch schlimmer war: viel zu hoch, um darüber hinweg zu klettern.

Mindestens drei Meter maß der mit Stacheldraht gekrönte Eisenzaun, der die gespiegelte Schrebergartensiedlung umgab. In der wirklichen Welt das Natürlichste, was man sich vorstellen konnte, doch hier eine tödliche Falle.

Luftlos stöhnte Ario und griff mit seiner linken blutigen und der rechten Hand wie ein Gefangener an die Gitterstäbe. Ende. Der Gehetzte drehte er sich um.

Das Monster kam mit schwingender Axt und widerwärtigen, tierischen Lauten auf ihn zu. Gute vierzig Meter war es entfernt. Innerhalb von Sekunden strömten mehrere Liter Blut durch Arios rasendes Herz. Er wollte sich nicht aufgeben, würde kämpfen, aber vermutlich wäre schon der erste Schlag mit der Waffe, die das Wesen schwang, sein Tod. Er stand jetzt mit dem Rücken am verschlossenen Tor.

Ein schreckliches Keuchen, es war wohl Lachen, drang von der Gestalt zu ihm hinüber. Das Wesen wusste, dass es gewonnen hatte und wurde langsamer.

Ario presste sich rückwärts an die Eisenstangen. Plötzlich griffen ihn zwei Hände durch die Gitterstäbe. Er schrie auf und als wollte auch die Welt einmal aufschreien donnerte es laut am grabfinsteren Himmel.

Ario fuhr herum. Ein langer, buschiger, fast grauer Bart verbarg das Gesicht des Fremden, der ihm nun den Schlüssel entgegenstreckte.

„Hier ist der Schlüssel! Das Tor ist nur von innen zu öffnen, von außen ist es verrostet! Nimm!“, drängte der Fremde.

Ario reagierte sofort und griff zu. Jede Sekunde zählte jetzt.

Nun, wo das Monster die Änderung der Lage zu verstehen begann, fing es ruckartig wieder schneller zu humpeln an. Ario geriet in Panik, als er das bemerkte – ein Fehler: Der Schlüssel fiel aus seinen zittrigen Händen, ehe er ihn in das Schloss stecken konnte. Im Dunkel war er auf dem Kiesweg kaum zu sehen. Mit Todesangst tastete Ario nach der einzigen Hoffnung. Das Monstrum war noch zwanzig Meter entfernt und kam rasch näher. Jetzt, im letzten Moment, spürte Ario das Metall wieder an seinen Fingerspitzen.

„Schnell!“, sagte der Unbekannte auf der anderen Seite hektisch. Ario richtet sich flink auf und traf das Schloss beim ersten Versuch. Das Monster war nur wenige Meter entfernt.

„Es klemmt!“, schrie Ario verzweifelt und fuhrwerkte wie wild mit dem Schlüssel im Schloss herum.

„Du musst anders herum drehen!“, schrie der Alte zurück und er hatte recht. Ario hatte den Schlüssel die ganze Zeit rechts herum gedreht – sie waren ja in einer gespiegelten Umgebung, also musste er gegen alle geltenden Gesetze andersherum drehen. Da, endlich, mit einem metallenen Knacken drehte sich der Schlüssel endlich, das Tor ging auf, Ario sprang heraus und der Bärtige knallte es mit voller Wucht zu. Wie eine verstimmte Kirchenglocke hörte es sich an, als die Axt des Monsters mit Schwung gegen das Gitter geschleudert wurde. Wenige Augenblicke später streckte das ekelhafte Biest schon seine dürren Arme durch die Gitterstäbe, wie ein Gefangener, der um Brot bettelte.

Sönke Ario versuchte sich aufzurichten, doch seine Hüften schmerzten vor Anstrengung und zu allem Überfluss musste er sich übergeben.

Noch während das Monster schrill aufschrie und zu toben begann, half der alte Mann, der Arios Leben gerettet hatte, dem Geschwächten wieder auf die Beine.

„Los, weg hier, sie spüren deine Angst und finden dich!“, sagte der Mann, dann stützte er Sönke Ario und sie verließen diesen Ort des Grauens.

24

Prediger II

In einem vermoderten Keller, für den der unbekannte Mann, der Ario zur Hilfe geeilt war, einen Schlüssel hatte, fanden die Zwei Unterschlupf.

Ario war verstört und wollte noch immer nicht glauben, mit einer Person Kontakt zu haben, die ihm nichts tat.

„Du fragst nicht nach dem ‚Warum'", sagte der Bärtige, der sich gegenüber Ario an die kalte, weiße Wand in den finsteren Kellerraum gesetzt hatte, als würde er es als eine Selbstverständlichkeit erwarten.

Ario sah ihn nur mit großen Augen an. Der uneheliche Sohn vom Polizeichef Bottkopp, der immer so für das Satanische zu haben war, hatte nun die Nase voll von Untoten und Monstern, denn es gab sie wirklich. Er war in den letzten Tagen erheblich gealtert. Unter seinen Augen zeichneten sich dunkle Ringe ab. Seine Schulter brannte innerlich wie Feuer, während seine linke Hand nur kribbelte. Ario sah sich seine verletzten Handflächen an und erst jetzt wurde er sich seiner Wunden bewusst.

Beim Überwinden des Gartenzaunes hatte sich der Stacheldraht so tief in seine Hand hineingerissen, dass die Sehne des linken Zeigefingers verletzt und zahlreiche Nervenfasern durchtrennt waren. Der Zeigefinger war halb gefühlstaub – ein seltsames Gefühl; eben kein Gefühl, wie Ario feststellte. Man glaubte, den Finger eines Fremden zu berühren. Auch ließ sich der Zeigefinger nicht mehr beugen. Doch obwohl Ario Wunden davongetragen hatte, sein Leben war ihm geblieben – noch!

Er musste sich Klarheit verschaffen: „Ich fiel in meinen Spiegel. Was ist los? Geht die Welt unter? Ist das das Jüngste Gericht?“ Er sah den Fremden fragend an.

Der relativ alte Mann hatte seltsame Kleidungsstücke an, die kaum noch in das Jahr 1992 passten. Er rieb sich mit dem Handrücken an der knubbeligen, großporigen Nase und begann, mit einer beruhigenden Stimme Licht in das Dunkel zu bringen.

„Ich bin der letzte von vier Predigern, die einst auf dem Wege durch fremde Länder waren, um den Glauben unseres Gottes kundzutun.

In einer Nacht, es war im September, ein September mitten im 20. Jahrhundert, erreichten wir einen kleinen Gasthof, irgendwo hinter der jugoslawischen Grenze.

Uns war damals nicht bewusst, auf was wir durch Zufall gestoßen waren, aber es kostete Dreien von uns das Leben...“ Der Bärtige blickte auf den Boden und reiste gedanklich in die schreckliche Vergangenheit zurück. Vor seinen alten Augen lief alles noch einmal wie ein Film ab und er erzählte in die Finsternis hinein: „...wir stießen auf einen schwarzen Mann, der in seinem Gepäck eine Büste mit sich führte, die dem Teufel den Weg in unsere Welt öffnen konnte. Wir vier merkten, dass Unheil über unseren Köpfen schwebte und mussten allein um Gottes Gnaden willen einen Versuch unternehmen, den Eingang zur Hölle geschlossen zu halten.

Unser Instinkt führte uns an den Tisch des Schwarzen und wir versuchten, mit ihm in Kontakt zu treten... vergeblich.“ Er pausiert kurz und Ario erschien es, als wurden dem Bärtigen seine Fehler wieder bewusst. Dann fuhr er fort: „Das Übersinnliche ist ein Bereich mit vielen Türen und Fenstern und wenn man die Gabe hat, so wie wir damals, dann kann man das eine oder andere Fenster aufstoßen und hindurch sehen. Oder man öffnet eine Tür und erfährt Geheimnisse, von denen man nie zu träumen gewagt hätte. Damals sprachen wir pausenlos Psalmen und Gebete. So prüften wir, ob der schwarze Mann, der den Schlüssel zur Unterwelt mit sich trug, teuflischen Ursprungs war.

Bruder Markus war sich unsicher, denn Flammen in der Nähe des Schwarzen erloschen und die Ketten unserer Kreuze, die wir um die Hälse trugen, begannen plötzlich auf der Haut zu schmerzen.

Bruder Markus beschloss, den Boten des Todes zu überwältigen und sein Gepäck durch göttliche Kräfte zu exorzieren, doch alles endete in einem Desaster...“

Man konnte von draußen her Geräusche vernehmen und in Ario stieg wieder eine Unruhe auf. Er blickte sich nervös um.

„Hier finden sie uns nicht“, beruhigte ihn der Bärtige, „ich habe den Eingang zum Keller getarnt. Sie werden die Tür nicht finden. Ich habe sie verputzt, die sieht jetzt aus wie eine normale alte Wand. Eine Klinke gibt es auch nicht. Man bekommt sie nur mit dem Schlüssel und einem Haken auf, den ich immer mit mir führe.“

Er hielt einen Schlüssel und ein Eisenkreuz, dessen langes Ende zu einem Haken nach oben gebogen war, in der Hand und zeigte sie. Ario konnte es in der Dunkelheit zwar kaum erkennen, doch er fühlte sich nun etwas sicherer.

Der Prediger widmete sich wieder seiner wahren Geschichte, die wie ein Märchen klang.

„Des Nachts folgten wir dann dem Schwarzen auf sein Zimmer. Wir schlugen ihn nieder und als wir uns der Büste näherten, riss es Markus und mich von den Füßen. Wir stürzten in diese Hölle – es war ein Spiegel, der sich durch die Büste geöffnet hatte...“

Je weiter der Mann fortfuhr, umso unruhiger wurde er. In seiner Stimme lag kein Anflug von Hoffnung und Wärme. Die pure Trostlosigkeit klang heraus...

„Mit unserem Eintreten in diese Parallelwelt waren unsere Abbilder wiederum im Leben gelandet; auf Gottes Seite. Wir mussten mit ansehen, wie sie in der Realität unsere Brüder umbrachten. Bruder Johannes und Bruder Christian kämpften mit unseren Spiegelungen. Wir wollten zurück auf die richtige Seite, doch im Handgemenge drüben kippte plötzlich der Spiegel um, durch den wir gestürzt waren. Wir konnten zwar sehen, was weiter geschah, doch ein Zurück gab es nicht.

Mit Hilfe der Scherben, die er als Waffe benutzte, gelang es Johannes, die Monster zu töten, das sah ich aus dieser kalten Welt noch, doch Christian war schon im Jenseits und auch Johannes erlag Sekunden nach seinem Erfolg gegen die Monster seinen Verletzungen."

Ario begann langsam zu verstehen und hörte wie gebannt zu.

„Wir waren in dieser Welt gefangen, aber nicht allein. Die Wesen, die wie Bruder Johannes, Bruder Christian und der Schwarze aussahen und uns auf dieser Seite erwarteten, schlugen mit wilden Fausthieben auf uns ein..." Der Prediger drehte den Kopf zur Seite, als wenn er den Schlägen seiner Vergangenheit ausweichen wollte. Arios Puzzle fügte sich mehr und mehr zu einem Stück zusammen.

Der Erzähler mit der schrecklichen Vergangenheit stützte sich auf und rückte sich gerade an die Wand, an der er etwas heruntergerutscht war. Er holte tief Luft und berichtete weiter von den tragischen Erlebnissen, die sein normales Leben als Gläubigen abrupt beendet hatten.

„Ich zog ein spitzes Kruzifix, das mir ein Schmied auf meinen Wunsch hin im Kosovo gefertigt hatte, aus der Tasche und erstach die beiden Wesen, die mich und Bruder Markus zu Tode schlagen wollten. Der schwarze

Doppelgänger war aber unglaublich stark und schleuderte uns in die Scherben. Wir verletzten uns schwer und ich verlor viel Blut, was uns wahrscheinlich das Leben rettete. Aus meiner Halsschlagader pumpte das Blut wie Wasser und besprühte Markus von oben bis unten. Ich griff mir mit der Hand an die Wunde, presste darauf und stellte mich tot. Bruder Markus war ohnmächtig. Der Angreifer ließ von uns ab und verschwand aus dem gespiegelten Zimmer hinaus auf die Straße. Wir haben ihn später wiedergefunden aber... seit diesem Tage lebten Bruder Markus und ich ständig auf der Flucht vor den Doppelgängern der Menschheit auf dieser dunklen Seite." Er senkte die Stimme. Dann sah er Ario an und fügte emotionslos einen Satz hinzu, der Ario erschauern ließ: „Willkommen in der Hölle."

Ario begriff, was passiert war und er zweifelte daran, jemals wieder in sein Leben zurückkehren zu können. Wenn dieser Prediger über dreißig Jahre auf der Spiegelseite vor sich hinvegetiert hatte, dann gab es mit Sicherheit keinen Weg mehr nach drüben. Warum sollte ein Diener Gottes in dieser Hölle bleiben müssen, wenn es einen Weg hinaus gäbe?

„Es gibt aber einen, ich bin sicher!", sagte der Prediger unerwartet.

Ario konnte es nicht glauben. Nahm dieser Mensch gerade Bezug auf seine Gedanken oder war es nur Zufall? Gespannt lauschte er den weiteren Ausführungen und erfuhr was ihn später dazu bewegte, sich doch noch nicht aufzugeben.

Die Büste, so der Prediger, sei teuflischen Ursprungs und habe die Fähigkeit, die Nachbarwelten zu öffnen. Wenn ein Mensch in die Spiegelwelt eintrat, dann eröffnete er seinem Abbild den Weg in die Realität, wo es zu morden begann. Starb das Spiegelwesen in der Wirklichkeit, weil es von einem Menschen besiegt wurde, konnte der in der Spiegelwelt Befindliche nicht in sein Leben zurückkehren. Er wäre dort ja spiegelbildlos gewesen, weil man das seine vernichtet hatte und hätte dann ebenfalls elendig sterben müssen.

Ario versuchte, den komplizierten Inhalten zu folgen.

„So erging es später Bruder Markus. Es war ein Versuch und nicht einfach, denn wir mussten, ohne entdeckt zu werden, nach dem Abbild des Schwarzen suchen. Sein Spiegelwesen hatte hier, wo es hingehörte, natürlich das gegengleiche Ziel, das auch der Schwarze drüben fand. Im Falle einer Spiegelung musste das Wesen zur Stelle sein und als „Spiegelbild“ agieren, das war die Bestimmung des Monsters, das darauf hoffte, die Welten tauschen zu können. Das ist die Bestimmung von all diesen Wesen.“

Der Prediger schien es zu genießen nach vielen Jahren wieder mit einem echten Menschen sprechen zu können.

„Bruder Markus versuchte in sein altes Leben zurückzukehren, als der Schwarze mit seiner Büste eines Tages – ich glaube es waren an die sieben Jahre vergangen – einen Durchgang schaffte. Markus sprang in die Realität zurück, wo er augenblicklich vom Sonnenlicht pulverisiert wurde. Es sah aus, als hätte ihn ein riesiges Wesen mit hochprozentiger Säure übergossen." Der Prediger atmete schwer aus. „Es löste sich der einzige Mensch, dem ich vertraute, vor meinen Augen auf der anderen Seite des Spiegels auf! Es dauerte keine Minute. Er starb und bewahrte mich vor dem gleichen Schritt. Ich zog es vor zu leben und blieb hier."

Es wurde wieder still. Ario merkte, dass der Prediger am Ende der Geschichte war.

„Wie haben Sie hier überleben können?", fragte Ario den Gläubigen.

Eine Fliege summte durch die Nacht. Das Brummen erschien verdammt laut, denn alle anderen Geräusche von draußen fielen hier gedämpft ein. Der Prediger hielt die Handfläche unterbrechend in Arios Richtung, stand auf und lauschte dem fliegenden Insekt.

„Wie haben Sie es geschafft auf dieser Seite zu überleben?" Ario fragte erneut, doch der Prediger hob seinen Finger vor den Mund und signalisierte ihm, leise zu sein. Langsam, wie eine Katze, die sich einem Vogel nähert, schlich der Prediger auf die an der weißen Wand sitzende Fliege zu. Sie war nur ganz schwach zu erkennen, doch ihr schwarzer Körper verriet sie an der weißen Wand.

Der Bärtige näherte sich ihr vorsichtig. Verwundert beobachtete Ario das Treiben. Er versuchte einen Grund für das Verhalten des Predigers zu finden und glaubte, dieser wolle die Fliege fangen und essen. Essen? Nein, das war absurd.

Es hallte, als hätte jemand ein dickes Buch zugeschlagen, als die zittrige alte Hand des Predigers mit aller Kraft gegen die Wand schlug und der kleine Körper des Insektes durch die Wucht des druckstarken Aufpralles zwischen Hand und Wand zerquetscht wurde – die Fliege war tot, bevor sie etwas gemerkt hatte.

Der Prediger wischte die Hand an der seltsamen Kleidung ab und lieferte eine Erklärung: „Die kleinen Biester! Es sind keine Fliegen! Nichts, was auf dieser Seite existiert, weder Menschen, Tiere noch Pflanzen sind natürlichen Ursprungs. Die Fliege war das Abbild einer Fliege der Realität! Diese Viecher krabbeln des Nachts in deine Körperöffnungen – vornehmlich in die Nasenlöcher und legen in deinem Gehirn ihre Eier ab. Die Larven ernähren sich später von dem Hirn! Das machen sie auch bei den Spiegelwesen. Denn wenn in unserer Welt drüben jemand stirbt, entfernt sich sein Spiegelbild hier gänzlich von Spiegeldurchgängen und die Fliegen stürzen sich geradezu auf diese Gestalten. Ich habe es mehrfach beobachtet. Widerlich."

Ario schluckte: Selbst vor Insekten musste man sich vorsehen. Hier war offenbar jeder Organismus in tödlicher Mission unterwegs. Es ging um die absolute Macht.

„Ich verbringe nun über dreißig Jahre auf der Flucht. Mehrere Kämpfe habe ich bestanden, viele Teufel habe ich unschädlich gemacht. Aber meine Zeit läuft ab. Ich kann nicht zurück, weil mein Spiegelbild vernichtet wurde. Hier lebe ich versteckt, ernähre mich von ihnen... Einer reicht für circa zwei Monate, wenn man alles richtig macht!“, berichtete der Prediger.

„Was meinen Sie? Einer? Was meinen Sie damit?“ Ario ahnte es, wollte es aber nicht wahrhaben.

„Ja, so ist es! Ich lebe von den Spiegelbildern! Wenn drüben ein Mensch verschwindet, dann habe ich hier seine andere Seite getötet, um sie zu verspeisen. Das ist der Kampf ums Überleben. Fressen und gefressen werden!“

Abscheu stieg in Ario auf und der Ekel legte sich in seiner Kehle nieder, so dass diese sich merklich zuschnürte. Er rang nach Luft, um sich nicht erbrechen zu müssen.

„Diese Scheinmenschen sind recht nahrhaft. Ich sondiere die Organe: Leber, Nieren, Herz und Hirn. Das Hirn enthält viel Eiweiß. Wenn man es mit Salz einreibt wird es haltbarer. Das Fleisch schmeckt sehr süß. Aber ich weiß nicht, ob richtiges Menschenfleisch genauso schmecken würde und ich bezweifele auch, dass ich es essen würde. Die Wesen hier wollen mich unschädlich machen. Da ist es meine Natur, mich zu schützen und wenn es sich ergibt, den erlegten Gegner für die Selbsterhaltung zu nutzen...“

Ario hatte heute bereits Hunger verspürt, aber der war wie verflogen. Niemals würde er auch nur einen Bissen von jenem Fleisch nehmen, das der Prediger seit über dreißig Jahren aß. Zugegeben, es war sichtlich die einzige Möglichkeit zu überleben, man musste essen, aber... gut, eines gestand sich Ario ein: In dieser Welt der Dunkelheit, wo keine Früchte gedeihen konnten und nur seltsame Pflanzen Fuß gefasst hatten, war es naheliegend, zum Fleischfresser zu werden.

Ario wollte das Thema wechseln – weg vom Kannibalismus. Er wollte mehr über seine Möglichkeiten erfahren, die ihm einen Weg in sein altes Leben verschaffen könnten, auch unter dem Aspekt, dass er den Prediger auf dieser Seite hätte zurücklassen müssen.

„Wenn ich auf dieser Seite umkomme: Was wird dann aus meinem bösen gespiegelten Ich auf der anderen Seite? Es müsste doch auch umkommen, oder?"

Der Prediger überlegte kurz, dann gab er Auskunft: „Nein! Selbst wenn es dich hier erwischt, dein Leibgleicher wird auf der anderen Seite weiter morden. Er kann dadurch nicht unschädlich gemacht werden, er ist ja kein Lebewesen in unserem Sinne!"

„Welche Wege gibt es zurück?" Ario wollte es jetzt ganz genau wissen, er hatte die Nase gestrichen voll von dieser abscheulichen Welt.

„Es gibt mehrere kompliziertere Wege, obwohl ich mir nicht hundertprozentig sicher bin...", antwortete der Bartträger.

Ario wartete begierig auf Lösungen: „Und?"

„Wenn die Büste einen Spiegel berührt, ist der Durchgang von hier nach drüben geschaffen, sonst ist er nur zu durchqueren wenn es gelingt, zeitgleich dein zweites Ich in den Spiegel zu locken – ein Tausch – du verstehst?"

Ario nickte. Er versuchte sich alles einzuprägen, wie ein junger Mensch, der für einen Vokabeltest in der Schule lernt. Nur waren es hier keine Wörter zum Niederschreiben, sondern Überlebenstipps für die Zukunft.

„Mehr können Sie mir nicht sagen?", fragte Ario enttäuscht, als er merkte, dass der Prediger scheinbar am Ende seiner Ausführungen angelangt war.

„Mehr nicht!", gab dieser zu, „doch die Wege des Allmächtigen sind wunderbar – wenn er dich liebt, hast du eine Chance."

„Schwachsinn!", murmelte Ario. Er, der sein Leben lang mit dem Satanismus zu tun hatte, wollte es nicht wahrhaben, jetzt Nutzen daraus zu ziehen, von einem Gott – von dessen Existenz er nicht einmal überzeugt war – abhängig zu sein.

Während Ario überlegte, stand der Prediger auf. Draußen tobte ein starkes Gewitter. Die Atmosphäre hier schien unter wahnsinnigen Spannungen zu stehen, man kam sich fast vor wie auf einem anderen Planeten.

„Ich wäre so gern noch einmal auf der anderen Seite – im Sonnenschein. Hier herrscht das Chaos. Stürme, ja, Orkane, Gewitter, sogar mehrere Erdbeben habe ich schon erlebt – während in meiner Welt Freude und Behagen herrscht..." Der Prediger sprach leise, fast wie mit sich selbst. Dann reichte er Ario Wachsklumpen und Tücher.

„Das Wachs stecke in die Nasen und Ohrlöcher, das Tuch binde vor deinen Mund. Du solltest ein wenig schlafen. Wenn du wirklich zurück willst, dann brauchst du deine Kräfte."

Ario tat, was er ihm sagte. Er rollte das Wachs in seinen Händen, formte die Klumpen und steckte sie in Nase und Ohren. Das muffig riechende, dunkelblaue Stofftuch band er sich vor den Mund, durch den er noch atmen sollte.

Er kam sich vor wie ein an Asthma erkrankter, tauber Bankräuber, doch es war der sicherste Schutz vor dem gefährlichen Ungeziefer.

Er legte sich zurück auf den kalten Untergrund und versuchte, etwas zu dösen. Der Prediger stand über ihm und sah ihn lange an.

„Noch hast du eine Chance", sagte er leise zu Ario, der ihn durch die zugestöpselten Ohren nicht hören konnte. Ein wenig Neid stieg im alten Mann auf. Doch sein Leben musste hier zu Ende gehen. Arios Zukunft hingegen war noch offen...

25

Das Loch in Richtung Hölle

Lautes Klopfen an der Wohnungstür machte Lina wach. Auch Bosmed schreckte hoch. Beide waren im Schlafzimmer vereint eingeschlafen – sie in seinen Armen. Jetzt war die Gemütlichkeit vorbei. Herkel stand an der Tür.

„Es sind viele Dinge passiert, auf die ich mir keinen Reim machen kann!" Herkel sagte diesen Satz, als er die Wohnung betrat, ohne aufgefordert zu sein. Er blieb kurz stehen, als er glaubte Lina im Augenwinkel zu sehen, die sich Kleidung überstreifte. Sie kam aus dem Schlafzimmer.

„Störe ich?" Der leicht gereizte Unterton in Herkels Stimme war deutlich zu vernehmen.

„Nein. Was ist passiert?" Bosmed war bereits hellwach und schon zu hundert Prozent geistig im Beruf.

„Anwohner in der Nähe des Friedhofes haben angerufen. Dort sollen Vandalen geherrscht haben."

„Ja, so was gibt es. Was hat das mit unserem Fall zu tun?" Bosmed verstand die Zusammenhänge nicht recht.

„Die Nachtstreife wurde vorbei geschickt. Vandalen haben sie nicht gefunden, aber das Grab von Roma ist offen und die Leiche ist verschwunden!" Herkel wartete auf Bosmeds Reaktion, die der seinen glich, als er selbst es erfahren hatte.

„Nein!“ Bosmed war außer sich.

„Doch! Und noch etwas: Jauch hat angerufen, er glaubte eine Gestalt am Fenster von Arios Wohnung gesehen zu haben. Als er klingelte, öffnete jedoch niemand! Jetzt hat er seinen Posten verlassen und ich vermute, somit wird auch Ario die Chance zur Flucht genutzt haben!“ Herkel klang äußerst besorgt.

„Dieser Schweinehund hat die Tür nicht aufgemacht. Glaubst du, er hat Roma ausgebuddelt?“ Bosmed versuchte zu kombinieren, doch es schien ihm nicht gelingen zu wollen, einen Sinn in den Gegebenheiten zu finden.

Lina kam zu den beiden in den Flur.

„Keine Ahnung. Die Polizei ist vom Friedhof abgerückt, mehr als den Diebstahl der Leiche“ – Herkel malte Gänsefüßchen in die Luft – „konnten sie nicht feststellen. Die Spurensicherung hat mal wieder schlampig gearbeitet und angeblich nur Abdrücke von nackten Füßen neben dem Grab gefunden, aber wer gräbt eine Leiche barfuß aus?“ Auch Herkel verstand die Zusammenhänge nicht.

„Wir sollten uns das Grab ansehen. Vielleicht taucht Sönke noch einmal auf und beginnt mit einer Zeremonie“, schlug Lina vor.

„Gute Idee! Aber du bleibst hier. Ich und Herkel erledigen das!“ Bosmeds Satz klang wie ein Befehl. Sie widersprach nicht. Dazu hatte sie vor ihm zu viel Respekt. Außerdem hasste sie nichts mehr als Friedhöfe – besonders bei Nacht.

„Okay, ich behalte die Büste im Auge", sagte sie selbstsicher. Bosmed nahm seine Jacke und machte sich zusammen mit Herkel auf den Weg.

Die Dunkelheit draußen vorm Haus war angenehm im Vergleich zu dem, was jetzt auf dem Friedhof kommen würde.

Sie waren auf dem Weg zum Hauptfriedhof. Im Auto sprach keiner ein Wort. Nieselregen bedeckte schnell die Windschutzscheibe und der Scheibenwischer flog mit einem nervenden Quietschen über die Wasserspuren, die von der Straßenbeleuchtung, Reklametafeln und Ampeln bunt zu schimmern begannen.

Die Luft war frisch und als sie den Wagen verließen und vor den Toren des Hauptfriedhofes standen, nahm jeder für sich den Geruch von nasser Erde war. Sie warfen sich noch einen Blick zu, dann kletterten sie über das wieder abgeschlossene Eingangstor, dessen Anstrich über die vielen Jahre aufgrund der Witterung abgeblättert war. Herkel spürte rauen Rost an seinen Händen, als er das Eisen berührte.

So viele Leichen hatte man schon durch dieses Tor getragen; Tausende von Trauergästen, doch über das Tor war nur sehr selten jemand hineingekommen. Herkel und Bosmed landeten auf der anderen Seite und es kam ihnen vor, als hätten sie ein anderes Land betreten.

Efeu und andere Kletterpflanzen, die für Friedhöfe üblich waren, bedeckten die Mauern, die diese letzte Ruhestätte umgaben. Der Friedhof wirkte jetzt bei Dunkelheit völlig anders als am Tag und die beiden Männer konnten sich nur schwer vorstellen, schon einmal hier gewesen zu sein. Der Boden war aufgeweicht und man hörte das Aufkommen der herunterfallenden Tropfen in den Gebüschen. Die Baumkronen gaben dem Ort der Stille eine Decke, Himmel war kaum zu sehen.

„Weißt du noch, wo das Grab ist?“, fragte Herkel, denn jetzt bei Nacht sah alles gleich aus. Jeder Weg, jeder Busch und jede Hecke.

Bosmed sah sich um, seine kleine Taschenlampe schnitt die Schwärze in zwei Teile, die sich nach dem Schwenken der Lampe immer wieder zu einem sich schließenden Vorhang vereinigten. Er fühlte sich unwohl bei dem Gedanken, wie viele Leichen und Urnen ihn umgaben.

Ein Uhu gab seine Laute von sich und die zwei Suchenden begannen auf gut Glück querfeldein zu wandern.

„Ich weiß noch, aus welcher Perspektive man auf das Dach der Kapelle blicken konnte, als wir vor dem Grab standen!“, flüsterte Bosmed.

„Warum flüsterst du?“ Herkel ging ihm schleichend nach.

„Warum schleichst du?“, fragte Bosmed.

Äste und heruntergefallenes Laub knackten unter ihren Füßen. Es waren zwei erwachsene Männer und trotzdem hatten beide ein Gefühl im Inneren, das mit dem Wort „Angst“ gut beschrieben werden konnte.

Bereits nach fünfzehn Minuten, die den beiden aber wie Stunden vorkamen, hatten sie Meru Tarbo Romas Grab gefunden.

Obgleich es nur nieselte, war ihre Kleidung bis auf die Haut durchgeweicht.

Das Grab war tatsächlich offen. Die Polizei der Stadt hatte ein gelbes Band gespannt; zum einen, um den Bereich als „Sperrgebiet“ zu kennzeichnen, falls man in den Folgetagen noch Spuren finden würde oder Fotos geschossen werden müssten, zum anderen, um zu verhindern, dass Passanten oder Friedhofsbesucher in das Loch stürzten und sich etwas brachen.

„Das gibt es nicht“, sagte Herkel, als er den Schauplatz betrachtete. Es war für beide eindeutig, aber keiner sagte etwas, um nicht als Trottel dazustehen, falls die Vermutung nicht stimmen würde. Beide dachten dennoch das Gleiche: Das Grab war nicht nur von außen aufgebuddelt worden, nein, auch von innen – aus dem Grab selbst war Unterstützung beim Öffnen des Sargdeckels gekommen. Dieser war nämlich nur einen Spalt breit offen, so dass eine Person von außen die Leiche gar nicht hätte herausziehen können, von innen kam Hilfe – vom Leichnam selbst also.

Bosmed sah zum Dach der Kapelle auf, denn er glaubte etwas wahrgenommen zu haben. So war es auch. Durch die feuchten Äste der Bäume und das Blattwerk hindurch erkannte er zu seinem Entsetzen, dass in der Kapelle Licht brannte! Es schien zum Fenster hinaus und strahlte leicht zum leeren Grab hinüber.

Bosmed griff Herkel am Arm: „Siehst du das? Da brennt Licht!“

Herkel bestätigte dies, wäre jetzt aber lieber wieder verschwunden. Bosmed hingegen ging auf den Lichtkegel zu. Beim Schwenken der Taschenlampe begann deren Strahlkraft schwächer zu werden. Sie flackerte zweimal und erlosch dann. „Genau! Das auch noch!“ Bosmed klopfte mit der Taschenlampe in seine freie Hand, doch sie ließ sich nicht wieder aktivieren.

Im Dunkeln kamen sie der Kapelle näher. Mit jedem Schritt wurden die beiden Männer langsamer und gingen dichter beieinander. Die Tür der Kapelle stand weit offen. Zu sehen war niemand. Das einzige Lebewesen, das Bosmed erkennen konnte, war eine dicke, behaarte Spinne, die oben im Türrahmen saß und scheinbar mit dem Bau eines Netzes zum Fangen von Opfern beschäftigt war. Die Spinne war schwarz und verdammt groß. Bosmed lief ein Schauer über den Rücken. Er musste jetzt unter ihr hindurchgehen. Unwahrscheinlich zwar, dass sie gerade in dem Moment herunter kommen würde, aber leider nicht unmöglich.

Kein Geräusch drang aus der Friedhofskapelle. Bosmed wollte das Überraschungsmoment nutzen und machte einen schnellen großen Schritt über die hölzerne Schwelle, da umschloss ihn plötzlich Dunkelheit. Das Licht war ausgeschaltet worden!

Mit einem ihm selbst bisher unbekannten Laut machte er einen Satz zurück. Ekel bezüglich des achtbeinigen Spinnentieres packte ihn.

„Wer ist da?", rief er laut in die geöffnete Kapelle hinein, deren Mauern viele, viele Jahre standen. Seine Töne verhallten im Dunkel des, jetzt wie ein Loch wirkenden, Einganges.

„Ario ist mit Sicherheit drin und will uns Angst einjagen!", sagte Bosmed mit schlecht gespielter Selbstsicherheit zu Herkel. Damit wollte er sich selbst beruhigen. Denn wer oder was genau das Licht ausgemacht hatte, das konnte er nur vermuten.

„Na los, Freiwillige vor!", alberte Bosmed, doch es wollte ihm einfach nicht gelingen, einen gewissen Humor in dieser beängstigenden Szenerie zu versprühen.

„Komm schon...", versuchte es Bosmed erneut, „das Wort „Friedhof" hat schließlich etwas mit „Frieden" zu tun!"

Herkel musste jedoch leider widersprechen: „Irrtum! Ich wünschte es wäre so, aber das Wort „Friedhof" kommt vom Althochdeutschen „frithof", was so viel wie Vorhof vor einer Kirche bedeutet, erst später..." Herkel zuckte zusammen, in der dunklen Kapelle war etwas umgefallen, ein Brett oder ähnliches.

Sie sahen sich an. Männer! Sie waren Männer! Bosmed faste einen Entschluss:

„Ohne funktionierende Taschenlampe gehe ich keinen Schritt weiter... und das nicht nur wegen der Spinne!" Herkel nickte ihm zu und beide gingen langsam – aber schneller werdend – zurück in Richtung Tor.

Da hörten sie plötzlich Schritte hinter sich und blieben so ruckartig stehen, wie sie losgelaufen waren. Herkel versuchte angestrengt etwas in der Dunkelheit erkennen zu können und auch Bosmed sah sich um. Der Mond schien auf die jahrhundertealten Grabsteine so vieler Verstorbener. Mit Blattgold verzierte Kreuze blitzten im Restlicht auf, Engel sahen Herkel und Bosmed von den Eingängen der Grüfte heran und neben den stehenden Grabsteinen gab es auch noch kleine Grabtafeln mit Inschrift, die schräg auf dem Boden lagen. Wie sehr flache Betten erhoben sich diese Gräber in einer Reihe: Die viereckigen, liegenden Steine waren jeweils das Kopfende und die aufgeschütteten Sandhügel und Bepflanzungen bildeten die Bettdecken.

Ängstlich lauschten Bosmed und Herkel der Melodie der Nacht. Schritte waren wieder zu hören – ganz eindeutig, aber von wem? Jan Bosmed wollte flüchten, aber vor Angst blieb er wie angewurzelt zwischen zwei alten Bäumen regungslos hinter Herkel stehen – auch dieser bewegte sich nicht.

Jetzt waren die Geräusche von auftretenden Füßen wie eine Zeremonie des Schreckens immer lauter geworden, im nächsten Moment würden sie wissen, was dahinter steckte...

„Aaaaaahhhh!“ Herkels Schrei ließ schlafende Vögel aufschrecken, Bosmeds Herz drohte pochend zu explodieren. Vor beiden standen mit

Taschenlampen die Kollegen Peter Kuballa und Thomas Jauch.

„He he he!", Kuballa lachte auf, Jauch schaltete seine Taschenlampe an und leuchtete Herkel in die sich zusammenziehenden Pupillen.

„Unangenehme Arbeitsatmosphäre, was?" Kuballa lachte noch immer.

„Ihr Idioten, wollt ihr uns zu Tode erschrecken, was macht ihr verdammt noch mal hier?" Bosmed war jetzt wirklich sauer. Herkel versuchte sich noch zu sammeln, der Schreck steckte ihm in den Gliedern.

„Wird Zeit, dass ihr informiert werdet!", begann Jauch vor der Kulisse des Friedhofes mit seinen Ausführungen. „Arios Nachbar wurde tot in der Wohnung gefunden, in der Wohnung selbst herrscht Chaos, Ario ist verschwunden. Der Polizeichef war am Schauplatz, er wollte zu Ihnen, Bosmed, traf aber nur Frau Attrayant an..." Jauch wischte sich mit der rechten Hand die nassen Haare aus der Stirn.

„Wie kamt ihr dazu, in Arios Wohnung einzudringen?", fragte Bosmed.

„Der Vater von Arios ermordetem Nachbarn alarmierte uns, nachdem er seinen Sohn nicht angetroffen und Blutspuren im Treppenhaus gefunden hatte. Da dringender Tatverdacht bestand, öffneten wir Arios Wohnung gewaltsam."

„Und jetzt?", unterbrach Herkel seinen Kollegen Jauch.

„Wir vermuten, Ario ist durchgeknallt und will Lina Attrayant umbringen, deshalb ist Polizeichef

Bottkopp bei ihr geblieben, er wollte nicht mit auf den Friedhof. Da wir hier nix gefunden haben, sollten wir bei den beiden einmal vorbeischauen."

Bosmed blickte Herkel an und sie gingen alle vier Richtung Tor.

Bosmed ging am Ende der Truppe. Hinter ihm, im Gebüsch, starrten zwei zornige Augen auf die vier ungebetenen Gäste. Die dunkle, verregnete Nacht barg mehr Geheimnisse, als man vermutet hätte. Georg Herkel und Jan Bosmed waren ihnen nicht auf den Grund gegangen. Sie dachten, Kuballa und Jauch hätten ihr Lichtspiel in der Kapelle getrieben, genau das dachten die Kollegen auch von ihnen, doch da irrten alle gewaltig.

26

Böser Mond

„Schlafen Sie ein wenig. Die Herren wissen schon, was sie tun." Polizeichef Bottkopp wollte Lina unbedingt beruhigen. Er hatte sie dazu überredet, sich ins Bett zu legen und mit einer Decke zu wärmen.

„Sie brauchen Ihren Schlaf. Wenn die Herren kommen, werde ich mit ihnen den Sonderdienst zu Ihrer Bewachung besprechen und dann haben Sie hinsichtlich dieser Geschichte nichts mehr zu befürchten!"

Polizeistreifen durchkämmten bereits die Stadt auf der Suche nach Ario, aber sein in dieser Welt befindliches Spiegelbild war noch nicht aufgespürt worden.

Mit einem unwohlen Gefühl in den Eingeweiden ging Bottkopp, um dessen unehelichen Sohn es sich bei Ario handelte, durch Bosmeds Wohnung und machte sich Gedanken wie niemals zuvor in seinem Leben.

War Ario tatsächlich der Mörder des Rollstuhlfahrers und würde die Presse dies und die familiären Verwicklungen erfahren, wäre das Chaos perfekt. Bottkopp stand am Fenster und blickte hinauf zum Mond. Wie ein schmutziger, gelber Tropfen hing dieser am sternenlosen Himmel und beobachtete alles. Unnatürlich.

Bottkopp hatte die Tür zum Schlafzimmer, in dem Lina lag, angelehnt und den Dimmer des

Deckenfluters im unfertigen Wohnzimmer sachte nach unten gedreht. Das Licht, das die Glühbirne abgab, schien eine einschläfernde Wirkung zu haben, wobei die Uhrzeit – es war mittlerweile vier Uhr – auch eine beträchtliche Rolle spielte.

Aber nicht nur vom Mond schien eine unnatürliche Aktivität auszugehen. Hinter Bottkopp, der im Wohnzimmer am Fenster stand, entstanden auch Spannungen – Spannungen aus einer fremden Welt.

Der dicke Mann spürte ein Kribbeln und drehte sich langsam um. Kalte Luft schlug ihm entgegen und er traute seinen Augen kaum, als er die schreckliche Büste betrachtete. Er ging zwei Schritte vor und stand zwischen Büste und Spiegel. Seinen Rücken hatte er zum Spiegel gewandt, den Bosmed auf die andere Seite des Raumes gestellt hatte, um ihn Lina zu demonstrieren. Bottkopp zog die Augenbrauen fragend herunter und hob seine wulstige Hand vor den Mund. Ein Zeichen der Verwunderung und des Schrecks, denn er erkannte mit seinen Augen, dass die Büste aus dem Mund blutete.

Er trat näher, um das Phänomen, von dem er schon einmal bei Heiligenstatuen gelesen hatte, genauer zu betrachten. Hinter ihm im Spiegel gingen andere Dinge vor. Sein zweites Ich, das auch nur mit dem Rücken im Spiegel zu sehen war, drehte sich plötzlich um und die teuflischen, ganz schwarzen Augen dieses Wesens blickten starr in Bottkopps Richtung. Keine Pupillen, keine Iris, fast wie zwei Löcher im Schädel erschienen sie auf diese Entfernung.

Bottkopp wunderte sich über die blutende Büste so sehr, dass er nichts weiter um sich herum wahrnahm.

Er hatte alles vergessen: Lina, die nebenan schlief, seinen anscheinend flüchtenden Sohn und den bösen Mond. Jetzt, in dem Moment als sich ein relativ großer Schwall der blutartigen Flüssigkeit aus dem Maul des Holzkopfes ergoss, tauchte ein dicker, ekliger Holzwurm auf, der sich unerwartet schnell aus seinem Loch hinaus bewegte, in die rote Lache fiel und aus ihr herauszukriechen begann. Bottkopp war angewidert, er trat langsam drei Schritte zurück. Mit seinem Rücken kam er dem Spiegel sehr nahe und berührte ihn mit seinem altmodischen Jackett. Da packte ihn die Hand aus einer anderen Welt und er verspürte im nächsten Moment nur starken Druck auf den Ohren. Als er die Augen öffnete, war es dunkel um ihn. Er war drüben!

Das Donnern dröhnte dauerhaft durch den dunklen Keller, in dem Ario seit Stunden mit dem Prediger zugebracht hatte. Beide dösten und öffneten zeitgleich die Augen, als sie trotz der Wachsklumpen in den Gehörgängen das für Ario noch unbekannte Geräusch vernahmen.

„Was war das...?“, fragte Ario und entfernte die Pfropfen rasch.

Der Prediger hatte bereits begriffen, was passiert war. Er entzündete ein Streichholz, um für etwas mehr Licht zu sorgen.

„Es ist jemand auf diese Seite gekommen oder ein Wesen hat die dunkle Seite verlassen – vielleicht beides!“

Ario sprang auf: „Dann gibt es also einen Durchgang?“ Jetzt spürte er wieder, wie verbraucht seine Kräfte waren. Seine Beine und seine rechte Hand schmerzten. Er zitterte am ganzen Körper – Unterzuckerung. Wenn er nicht bald etwas zu essen und zu trinken bekam, würde er nichts mehr mit der Materie anfangen können, die seinen Körper darstellte.

„Der Durchgang muss hier ganz in der Nähe sein – vermutlich in dieser Stadt. Das Donnern war einfach zu laut!“, berichtete der Prediger, in dessen Fingern das Streichholz abbrannte, als handele es sich um Lebensminuten eines Menschen. Es erlosch und der Rauch drang in Arios Nasenlöcher.

„Kann man die Stelle finden, an der sich der Seitenwechsel vollzogen hat?“, fragte Ario in die Dunkelheit hinein.

„Ja, aber es ist gefährlich. Sehr gefährlich. Die Wesen dieser Welt haben ein Gespür dafür, wo es passierte – viel mehr als wir. Sie wollen auch ihre Chance nutzen, auf die andere Seite zu gelangen und werden sich auf den Weg machen. Wir müssen ihnen nur folgen und unentdeckt bleiben.“

Das „nur“ in diesem Satz schien fast Ironie auszustrahlen.

Ario konnte sich diese Möglichkeit aber keinesfalls entgehen lassen.

„Ich werde dich begleiten – auch wenn mein Spiegelbild bereits tot ist. Ich kann nicht die Seiten tauschen, auch wenn ich gerne würde, aber ich werde dir helfen...", sagte der Prediger und das Zischen eines zweiten Streichholzes war zu hören. Erneut erhellte ein orangefarbenes Licht den muffigen Keller.

Die versteckte Tür, die von außen wie eine Wand aussah, ließ sich von hier drinnen durch einen Griff leicht öffnen. Die Tarnung war perfekt, das musste Ario zugeben. Es knirschte beim Aufziehen der Tür, da der an ihr haftende Putz, den der Prediger aufgetragen hatte, um sie zu verbergen, auf dem Steinfußboden rieb.

Jetzt waren sie der Gefahr wieder ausgesetzt: Allein gestellt unter Hunderten, ja, Tausenden von Monstern, die nur ein Ziel hatten: töten.

Wie eine Geisterstadt erhoben sich die Gebäude der Umgebung. Es war keine Bewegung zu erkennen. Der unechte Mond thronte über ihnen. In einer oder zwei Stunden würde auf der Erde die Sonne aufgehen, aber nicht hier. Hier war die Finsternis der Tag, der Mond der Herrscher der Zeit.

Eine ewig andauernde Dunkelheit und eine nicht endende Epoche des Schattens zeichnete diese Welt aus.

Der Prediger hielt Ario die stinkende, seit Jahren nicht gewaschene Hand vor den Mund. Er hatte eine Vorahnung, dass gleich ein Teufelswesen auftauchen würde und so war es auch. Zwei seltsam humpelnde Gestalten schlichen getrennt voneinander auf der Straße entlang. Dass kein Auto unterwegs war wirkte, als hätte jemand ein Verbot ausgesprochen. Hier standen die Fahrzeuge verrostet auf ihren Parkplätzen, andere waren Wracks, die kaputt durch Unfälle mitten auf den Autostraßen standen. Die beiden verkrüppelten Untoten bewegten sich an den Fahrzeugen vorbei, als wüssten sie, dass hier keine Gefahr bestünde von einem Auto erfasst zu werden. Das Reich des Todes war eine Fußgängerzone...

Die Straßen rochen nach Kot, denn das Wasser des ständigen Regens lief nicht mehr ab. Arios Schuhe waren innerhalb einer halben Minute durchgeweicht.

Sie nutzten die naturgegebene Deckung in Form von blätterlosen, toten Bäumen, verwilderten, trotz des Regens knochentrockenen Hecken und Müllbergen voll aus, um den beiden fremden Wesen unbemerkt zu folgen.

„Verhalte dich wie einer von denen!“, sagte der Prediger plötzlich und eindringlich zu Ario. Im nächsten Augenblick wurde klar, warum: Sie befanden sich im Angesicht des Todes und der Hauch des Todes blies ihnen in den Nacken. Ein weiteres Wesen war dicht hinter ihnen aufgetaucht. Es war aus der Kanalisation gekommen, hatte also unter Wasser gehaust. Die Untoten benötigten offensichtlich auch keinen Sauerstoff.

Der Prediger und Ario gingen gebückt weiter und täuschten beide ein grobmotorisches Hinken vor. Die Täuschung schien zu funktionieren.

Das seelenlose Wesen hatte einen Vollbart, in dem sich Schlamm und Dreck verfangen hatten. Es humpelte schneller als die beiden und bewegte sich an ihnen vorbei.

Der Untote zog ein Geruch von Verwesung hinter sich her. Ario und sein Führer hatten noch einmal Glück gehabt.

Wie eine teuflische Probe ging es jetzt weiter und die Scheinwelt zehrte an ihren schwachen Nerven. In dem Moment, als Ario über einen Gullideckel ging, sprang dieser auf und eine graue Hand suchte nach Halt.

Ario stöhnte vor Schreck kurz auf, der Prediger stieß ihn hart mit dem Ellenbogen an, obgleich er sich ebenso erschrocken hatte. Die Untoten in der Umgebung blieben stehen und wandten sich suchend um. Jetzt hing alles vom Glück der beiden Menschen ab. Auch Ario und der Prediger drehten sich um und taten so, als suchten sie, wie ihre „Artgenossen", nach der Quelle des seltsamen Stöhnens, das so verdammt menschlich geklungen hatte. Wieder sprangen sie dem Tod von der Schippe. Nach ein paar Sekunden setzten sich die Wesen wieder in Bewegung. Ihrem Ziel, dem Durchgang zur anderen Seite, entgegen eifernd.

Überall gingen jetzt die Gullideckel auf und es wurden immer mehr verfaulte, zum Teil verstümmelte Wesen, die die Straßen bevölkerten. Eine der Kreaturen kletterte sogar aus einem

Baum. Arios Gedanken kreisten um eine mögliche Zukunft: Es gab über sechs Milliarden Menschen auf der Welt. Wenn jeder ein Spiegelbild auf dieser Seite hatte, dann war das die Armee der Finsternis, die jeden Krieg gewinnen würde. Eine Armee, in der Frauen und Kinder, Behinderte und Greise nur das Ziel verfolgten, ihre Originale unschädlich zu machen. Die stärkste Bedrohung, die man sich vorstellen konnte. Eine böse Kraft, die überall lauerte. In jeder Wohnung gab es einen Spiegel, es bedurfte also nur eines Schlüssels in Form der Büste. Eine Konfrontation käme einem Dritten Weltkrieg gleich, geschlagen mit banalen, steinzeitlichen Waffen. Der Dritte Weltkrieg und zugleich der erste Krieg der Welten. Das Aus für die Menschheit, wie Ario sie kannte...

In der echten Welt auf der anderen Seite war die Gefahr für Lina erheblich gestiegen. Polizeichef Bottkopp war in den Spiegel gesogen worden, sein anderes Ich befand sich in Bosmeds Wohnung und es bewegte sich langsam auf das Schlafzimmer zu.

Lina lag im Bett und schlief. Ihr Atem ging ruhig und gleichmäßig. Das symmetrische Gesicht mit den dunklen Brauen wirkte bildschön, fast wie gemalt. Eine kleine Nachttischlampe tauchte es in ein schwachwarmes Licht, so dass es nur schemenhaft zu erkennen war.

Der Untote war vor dem Bett angekommen. Er stand zwar noch ruhig, doch schwankte sein Körper leicht hin und her, als wäre er ein Opfer von Gleichgewichtsstörungen. Seine kalten Hände streckten sich langsam nach der schlafenden Lina aus.

Es waren zunächst wirklich nur seine Hände, die sich streckten, und nicht die Arme. Die kamen erst einen Moment später, denn der Körper war nicht unter den Lebenden und somit auch nicht der normalen menschlichen Koordination untergeordnet. Hier gab es nur Reaktionen und Impulse, die sich als Wirrwarr eines blutrünstigen Etwas darstellten.

Bottkopps aufgedunsenes, weißliches Gesicht hatte jetzt selbst etwas von dem mächtigen Mond, der draußen schien. Der Schädel schwebte wie ein Ballon vibrierend über dem Bett der unschuldigen Polizeibeamtin.

Bottkopps Mund öffnete sich und schleimiges Sekret floss über seine blutleeren Lippen auf die Bettdecke der schlafenden Lina.

Ahnungslos lag sie dort, von der wärmenden Hülle der Decke umgeben und ihr Ende war so nah, wie der sprichwörtliche Tod einer Eintagsfliege, die bereits 24 Stunden gelebt hatte.

Da donnerte es draußen so gewaltig, als hätte jemand eine blecherne Tonne in eine enge Gasse geworfen. Lina schreckte hoch. Im selben Moment erkannte sie Bottkopp über sich und rollte blitzschnell nach links. Das Monstrum fiel plump in die Kissen und seine Hände griffen würgend in den Stoff des Bettes. Lina stürzte auf der anderen Seite auf einen Bettvorleger und schrie, als sie erkannte, dass Bottkopp sich verändert hatte. Schnell war sie wieder auf den Beinen. Die Angst gab ihr Energie.

Nur mit Unterhose ohne BH rannte sie an ihrem Henker vorbei in Richtung Ausgang. Das leere Treppenhaus war ihr Ziel. Es war so dunkel.

Lediglich aus dem geöffneten Fahrstuhl drang Licht und dieses Licht lockte sie wie eine Fliege an. Ihre Lungen pumpten die Luft rein und raus, als sie in den Fahrstuhl sprang. Wild begann die junge Frau auf die vielen Knöpfe zu drücken, um die Tür zum Schließen zu bewegen.

Bottkopp – jetzt mit zerzaustem Haar und rollenden Augen – hatte den Weg aus dem Schlafzimmer gefunden und trat tollwütig auf die Tür zum Treppenhaus zu. Er hatte Lina im Lift entdeckt.

Linas Schrei erstickte im Ansatz und sie drückte jede Taste im Aufzug, die ihre Finger erspüren konnten. Da! Die Tür schloss sich endlich. Doch die Rettung war das nicht: In ihrer Hecktick drückte Lina weiter und erwischte zusätzlich den Knopf „Tür öffnen", was auch geschah. „Oh nein, nein!", rief sie verzweifelt, aber es war nichts zu machen. Die Tür glitt wieder zur Seite. Bottkopp steuerte traumatisch langsam auf den Fahrstuhl zu. Würde er es schaffen? Lina presste sich an die Fahrstuhlwand und erschauerte vor dem Wesen, das zwar äußerlich viel vom Polizeichef Bottkopp hatte, jedoch innerlich den Teufel in sich trug.

Ihre verschwitzten Finger hatten sich einen Knopf mit einer Ziffer darauf ausgewählt und sie bohrte diesen tief in die Schaltfläche. Diese verdammte Tür begann einfach nicht, sich zu schließen.

Die Schiebetür war so langsam, dass Linas Angst in Erwartung des baldigen Todes zur Qual ohne Grenzen wurde.

Sie konnte einen Schrei nicht zurückhalten. Der Durchzug der offenen Wohnungstür ließ erst ein Treppenhausfenster, dann die Wohnungstür selbst zuschlagen.

Bottkopp hatte noch zwei Meter zurückzulegen.

„Was ist das da oben für ein Lärm?“, brüllte die Stimme einer genervten Mieterin aus einer der unteren Etagen.

Bottkopps Abbild hielt inne. Wie ein dummes Tier wusste er nicht so recht, was gerade im Treppenhaus passierte. Aber er fixierte Lina schnell wieder mit seinen aufgerissenen Augen. Langsam, seiner Sache völlig sicher, setzte er den nächsten Schritt auf den Aufzug zu. Lina konnte nicht mehr denken. Alle Knöpfe der Etagen leuchteten: die Vierte, die Zweite, die Erste und der Keller. Da plötzlich passierte das Erhoffte: Endlich begann die Tür des Fahrstuhls sich wieder langsam zu schließen, um den niemals so bewusst wahrgenommen trägen Ablauf des Fahrstuhls freizugeben, die dritte Etage, in der sich Lina und das Monster befanden, zu verlassen und sie somit zu retten.

Bottkopp streckte die Arme nach der Tür aus und humpelte den letzten Schritt schneller, als er sein Opfer entrinnen sah. Lina wollte die Lifttür durch Nachschieben schneller schließen, sie sprang nach vorn und versuchte es. Die Gefahr, die sie mindern wollte, steigerte sich dadurch und machte diesen Fluchtversuch zu nichte. Mit ihrem nackten linken Knie war Lina in die Lichtschranke geraten und fassungslos musste sie spüren, dass sich das kalte Metall der Tür in die falsche Richtung bewegte, die Tür öffnete sich erneut.

Der Blick auf das verblüffte Monstrum wurde freigegeben. Es entblößte seine Zähne und es würde noch Sekunden dauern, bis Lina in der Luft zerrissen wurde. Sie musste jetzt sofort handeln. In so vielen Lehrgängen hatte sie Kampf- und Selbstverteidigungsabläufe geprobt, doch der Ernstfall war mit keiner dieser Übungen zu vergleichen. Mit ihren Händen hielt sich Lina rechts und links an den Haltegriffen im Fahrstuhl fest, schwang ihren Körper nach vorn und traf das Wesen mit beiden Füßen vor die Brust. Mit einem Ruck wurde der Angreifer rückwärts in das Treppenhaus geschleudert.

„Ruhe da oben! Verdammt noch mal!“, schrie es im Hausflur.

Lina zog sich in die hinterste Ecke des Fahrstuhls zurück. Bottkopp war schneller wieder auf den Beinen als erwartet.

Hinter dem Wesen schimmerte Bosmeds Wohnungstür. Lina rasten wilde Gedanken durch den Kopf, zuerst wollte sie an Bottkopp vorbei in die Wohnung rennen, doch sie erkannte die Aussichtslosigkeit, denn die Tür war zu, dann suchte sie im Dunkeln mit ihren weit aufgerissenen mandelbraunen Augen, die die Angst widerspiegelten, nach der Treppe, doch die

Dunkelheit hielt sie davor zurück aus dem Fahrstuhl zu rennen.

Bottkopp startete seinen zweiten Angriff. Erneut begann die Tür sich zu schließen. Linas letzte Chance? Sie bettelte innerlich, der Fahrstuhl solle sich endlich verschließen, doch wieder hatte sie Pech. Bottkopp klemmte seinen Körper in die noch vorhandene Öffnung. Er grunzte wie ein Tier. Im selben Moment reagierte wieder die Lichtschranke und machte dem fremden Wesen den Eingang abermals frei. Die Schreie hallten wie Sirenen im Hausflur. Lina wollte das Wesen nicht näher kommen lassen. Sie schlug wild um sich und ein Hagel aus Fausthieben traf das Gesicht des Monsters. Es umklammerte Lina und riss sie mit sich ins halbdunkle Treppenhaus. Es gelang ihr, sich aus den Klauen der Bestie zu befreien. Im Augenwinkel sah sie, wie der Fahrstuhl sich wieder zu schließen begann – ohne sie darin! Mit letzter Kraft stieß sie ihrem Gegner den Ellenbogen an den Schädel, rannte los und sprang über die Lichtschranke der sich schließenden Tür hinweg.

Das Wesen taumelte zurück und die Fußmatte vor Bosmeds Wohnung tat ihr übriges: Der gespiegelte Polizeichef flog mit Schwung nach hinten, als das Stück Kunstflies unter seinen Füßen nach vorne rutschte. Dumpf gaben die Wände das Geräusch des Aufschlagens zurück und es hallte im Treppenhaus nach.

Die Fahrstuhltür schloss sich zum dritten Mal. Lina wurde drinnen von Erleichterung gepackt, eine Träne rollte ihr über die Wange und sie hielt sich den Mund zu, um ihre Geräusche, die zwar Furcht aber auch Freude ausdrückten, zu mindern.

Langsam fuhr der Aufzug nach unten in die zweite Etage, einer von den vielen Knöpfen, den die flüchtende Frau in ihrer Todesangst gedrückt hatte.

Geräusche aus dem Treppenhaus ließen Lina hellhörig werden: Bottkopp hatte sich wieder aufgerichtet und schleppte seinen toten Körper die Treppe hinunter – folgte also dem abwärts fahrenden Fahrstuhl. Langsam kam der Lift mit Lina zum Stehen und begann sein Gähnen in der zweiten Etage. Sie blickte zuerst in Dunkelheit, sah dann am Treppenhausfenster den Mond und eine Sekunde später kam schon das Wesen um die Ecke, vor dem sie auf der Flucht war.

Das Schreien, das Lina jetzt von sich gab, klang schon leicht heiser. Die Tür schloss sich wieder und nun sah Lina Attrayant nur noch die greifenden Hände des Monsters, die hart gegen die Tür schlugen, um sich Einlass zu verschaffen. Es hörte sich an, als würde man mit einem Löffel in einem Topfboden kratzen, als die Fingernägel Bottkopps über die Metalltür fuhren.

Es ging weiter abwärts... Da war es erneut: Das Geräusch der Schritte, die über die Stufen abwärts schlurften und somit die Bestätigung, dass der Überlebenskampf noch immer geführt wurde. Das Monster kam ihr wieder hinterher. Es würde vermutlich schon in der ersten Etage warten, wenn sich der Lift öffnete. Lina weinte. Ihre Angst war so groß, wie es sich niemand vorstellen konnte. Warum konnte sie den Fahrstuhl nicht stoppen? Sie war dem Spiel der Technik ausgeliefert und jetzt würde sie vermutlich sterben. Keine Notbremse! Nichts! Die erste Etage!

Es summte unmerklich, das Neonlicht des Lifts flutete die Dunkelheit des Treppenhauses, der Schutz in Form der Tür schob sich beiseite und die Hölle war offen. Wieder dieses hässliche Gesicht am Treppenaufgang! Augenblicklich schoss ein Sprühregen aus Sekret aus Bottkopps Mund, als er einen wütenden Laut ausstieß. Dann begann er mit den Zähnen zu knirschen und zwar so stark, dass sie an allen möglichen Stellen abzusplittern begannen. Lina drückte ihren Körper gegen die Innenwand des zwei Quadratmeter großen Aufzugs. Jetzt war es aus! Er würde jetzt zu ihr kommen und die lange Qual beenden – vielleicht war es besser so. Sie hatte sich aufgegeben, schrie auch nicht mehr. Bottkopp streifte um die Ecke, den Tod als unsichtbaren Begleiter in sich, als der Ärmel seines Hemdes am kleinen Knauf des Treppengeländers hängen blieb. Er stutzte und blickte nach unten. Die Ablenkung dauerte zwar nur zwei, drei Sekunden, aber das rettete Lina. Letztmalig ging die Tür zu und der Lift machte sich langsam auf den Weg in den stockdunklen Keller...

Warum hatte sie nicht auch den Erdgeschossknopf gedrückt? Sie hätte dort nur zur Tür hinausrennen müssen. Ein unglücklicher Zufall – die Taste für das Erdgeschoss hatte sie in der Hektik ausgelassen.

Bottkopp hatte sich indes vom Geländer losgerissen. Sein Hemdärmel hing in Fetzen. Nun stürzte er durch seine ungeschickten Schritte eine Treppe hinunter, was ihn schneller machte als wenn er gegangen wäre.

Eine unmenschliche Wut, dass sein Opfer wieder entkommen war, flimmerte in seinen Augen. Er passierte die Eingangstür im Erdgeschoss und warf seinen Körper unkontrolliert gegen die Gott sei Dank verschlossene Kellertür. Er kam nicht durch.

Lina war in der Zwischenzeit ganz unten angekommen. Bevor sich der Fahrstuhl wieder schloss, wagte sie sich in den finsteren Keller hinein. Das Schlagen von Bottkopps Fäusten hallte in den Katakomben der alten Räume. Es roch nach Feuchtigkeit, wie man es aus Kellern kannte und die Luft war unangenehm kalt.

Die Dunkelheit nahm zu, als sich die Fahrstuhltür schloss und das Neonlicht verschwand. Der Aufzug fuhr wieder nach oben. Hatte Bottkopp oben den Knopf gedrückt? Wenn ja, würde er mit dem Lift nach unten kommen und sie töten.

Lina konnte sich den Wesenswandel des Polizeichefs nicht erklären.

Staub, Dreck und auch Sand spürte sie unter ihren nackten Füßen. Der schlecht verfugte Kellerboden war höchstens zehn Grad warm. Fenster gab es hier nicht. Kein Ausweg. Eine Sackgasse. Überall Dunkelheit. Man sah absolut nichts. Die Schläge an die Tür ließen einen

Augenblick nach und Lina horchte. Dann schrie ein Mann auf und eine Scheibe – vermutlich die der Eingangstür – zersplitterte klirrend. Schließlich fiel ein Schuss. In dem Wortwirrwar, das nun oben im Erdgeschoss ausbrach, erkannte sie Jan Bosmeds Stimme. Ihr Retter war eingetroffen.

27

Antonym des Himmels

Wie eine geplatzte Qualle sah der Kopf des vermeintlichen Polizeichefs aus.

Bosmed saß geschafft auf der Treppe, Herkel war mit seinen Gedanken schon bei der Obduktion und Kuballa sowie Jauch, die mit solchen Anblicken nicht gerade vertraut waren, konnten nicht fassen, was gerade passiert war.

Das Oberhaupt der Polizei hatte sich auf die ankommende Gruppe gestürzt und Jauch durch die Glastür geschmissen. Danach hatte er sich Herkel vornehmen wollen, aber Bosmed war schneller und die Patrone aus seiner Dienstwaffe war von ihm abgefeuert worden, um ihren Weg wie ein Ziegelstein durch eine Fensterscheibe, in diesem Fall durch den Schädel des Angreifers, zu fräsen.

Jauch hatte eine tiefe Schnittwunde im linken Oberarm. Kuballa leistete Erste Hilfe. Er band die Verletzung ab.

„Ich wollte Bottkopp an der Schulter treffen! Ich wollte ihn nicht töten!“, sagte Bosmed ruhig.

„Schon gut“, beruhigte Herkel, „es war Notwehr!“

Plötzlich hörten sie die Rufe aus dem Keller. Lina machte sich bemerkbar. Sie war gerettet. Doch das Grauen nahm seinen Lauf.

Auf der anderen Seite des Spiegels schlug sich der wirkliche Polizeichef mit Linas Spiegelbild herum. Sie war in seinen Augen zu einer Hexe mutiert und er versuchte sie zu beruhigen. Ihre Fingernägel gruben sich wie die Krallen einer verrückt gewordenen Katze unter die Haut des dicken Mannes. Er versuchte, die vermeintliche Lina zu bändigen, aber es blieb ihm nichts anderes übrig, als ihr mit dem Kolben seiner Handfeuerwaffe auf die Hauptschlagader des Halses zu schlagen. Linas Abbild sackte in sich zusammen.

Bottkopp hatte die Situation noch nicht durchblickt. Er dachte noch immer, er wäre in seinem Leben. Mit der Ausstrahlung eines Mannes, der die Umwelt im Griff hatte, ging er schnell auf das Telefon zu, doch da taten sich in ihm einige Fragen auf: Warum zum Teufel waren die Ziffern auf der Wählscheibe des Telefons in Spiegelschrift geschrieben? Und überhaupt, der Aufbau der Wohnung schien sich geändert zu haben. Verdutzt sah sich Bottkopp um.

Die Nacht roch nach Tod. Ario und der Prediger hatten sich derweil unter die Untoten gemischt. Inkognito versuchten sie, die Stelle des Durchgangs in die Wirklichkeit – Bosmeds Wohnung also – zu erreichen. Ein Schwarm seltsam kreischender Fledermäuse flog über die Dächer der Stadt hinweg und weißer Nebel stieg vom Boden der Straße auf. Die Geisterstadt war zwar tot, aber dennoch nicht unlebendig.

Die Spiegelwesen wussten genau, wo ihr Ziel war. Wie Wölfe, die Blut gerochen hatten, hinkten sie die Straßen entlang. Arios Angst war noch nicht gewichen, denn die Welt, die sich ihm offenbarte, war zur Höhle des Löwen geworden.

Er hingegen befand sich wie ein Gladiator in der Arena, das nächste angreifende Geschöpf erwartend. Er war einer der Gesuchten und es gab nur eine Person, die auf seiner Seite stand. Alle anderen Individuen kamen auf direktem Weg aus der Hölle und er durfte sich auf keinen Fall von ihnen ertappen lassen.

Der Nebel wurde stärker, als wolle er ein besonderes Ereignis mit diesem Schleier schmücken. War nun der Tag gekommen, an dem die Menschheit vom Übel heimgesucht wurde, den die Verfasser der Bibel als das Jüngste Gericht bezeichnet hatten?

Seitenstiche rumorten in Arios Eingeweiden. Er japste leise und hätte unter normalen Umständen nach einer Pause gefleht, aber auch der Prediger schien von den Strapazen völlig fertig zu sein und dieser Mann – obwohl er älter war als Ario – hielt nicht inne, sondern bewegte sich wie eine Maschine vorwärts. Zwar hatte diese Maschine leichte Defekte, aber sie funktionierte: ein Überlebensdrang steckte in ihr, wie Ario ihn noch niemals zuvor gesehen hatte.

Das Haus mit der seitenverkehrten Wohnung im dritten Stock sah von außen nicht anders aus, als alle anderen in dieser Stadt. Es musste sich tatsächlich um Eingebungen des Teufels handeln, die der Todesarmee die Richtung wiesen, denn zielstrebig wie Ameisen, die einen Kadaver gefunden hatten, bahnten sich die Gestalten ihren Weg.

„In dem Haus da vorn ist die Wohnung eines Arbeitskollegen von mir!“, flüsterte Ario, denn er erkannte das Haus, in dem Jan Bosmed wohnte.

„Wissen Sie, wo genau? Nur wenn wir vor den Wesen da sind, können wir den Eingang dicht machen!“, flüsterte der Prediger zurück und ballte seine Fäuste, was eigentlich nicht zu ihm passte. Aber gerade diese unübliche Geste machte Ario klar, dass es wohl die letzte Möglichkeit für ihn wäre, diese Seite des Grauens zu verlassen. Er nickte und überholte einige Körper, die sich etwas wirr auf der Hauptstraße bewegten. Das Signal des Durchgangs wirkte hier so stark auf sie, dass sie fast rasend wurden.

Aus dem Nebel am Straßenende kamen immer mehr Wesen. Man hätte mittlerweile schon fast Hundert in der näheren Umgebung von Bosmeds gespiegelter Wohnung zählen können.

Ario bewegte sich grobmotorisch, um nicht aufzufallen und der Prediger tat es ihm nach. Sie schwangen sich in einem unbeobachteten Moment um die Ecke.

Der Gang, der am Haus vorbei auf die Rückseite zur Eingangstür führte war so voller Nebelschwaden, dass die Sicht erheblich eingeschränkt wurde.

„Hier muss die Tür gleich sein!“, sprach Ario, doch als er sich umdrehte, konnte er den bärtigen Freund nicht ausmachen.

„He, Prediger, wo sind Sie...?“

Keine Antwort! Stille, nur die Schritte und tierischen Laute der Hauptstraße drangen in Arios Ohren.

Plötzlich sprang eine Gestalt aus der Nebelwand hervor und umschloss mit ihren rauen Händen Arios Hals. Eine Sekunde später wurde ihm die Luftzufuhr abgeschnitten. Die beiden Körper stürzten zu Boden und rollten auf den nassen Steinplatten von rechts nach links. Kurz bevor Ario das Bewusstsein verlor, entspannte sich der Griff um seinen Hals und der Angreifer blieb regungslos auf ihm liegen. Einen Moment später hatte der Prediger die Leiche der Leiche vom Körper Arios gerollt. Das gebogene Kreuz des Gläubigen steckte im Rücken des Toten.

„Nur gut, dass ihr nicht zum Schreien gekommen seid, sonst hätten wir die anderen Wesen zum Eingang gelockt! Sie versuchen gerade, an der Fassade nach oben zu klettern, das wird sie einen Augenblick aufhalten. Sie finden durch den Nebel den Eingang nicht.“

Der Prediger zog seine „Waffe“ mit einem Ruck aus dem Körper des Wesens und half Ario wieder auf die Beine.

Nun waren beide vor dem Haus angekommen, in dem sich in der Originalwelt kurz vorher Linas Flucht abgespielt hatte.

Die gläserne Treppenhaustür des Hauses war verschlossen. Die Scheibe hier auf dieser Seite heil, während sie, nachdem Jauch in der Realität durch diese hindurch gestürzt war, auf der anderen Seite in Scherben lag.

Ario wickelte sich die Jacke um den Arm und zersplitterte das Glas. Er sah im Augenwinkel den Gesichtsausdruck des Predigers, der mit der seltsamen Mimik seine Missbilligung dieser klirrenden Aktion zum Ausdruck brachte.

Wie Katzen schlichen sie ins Treppenhaus und weiter aufwärts, als sie unerwartet mit Polizeichef Bottkopp zusammenstießen. Ario wollte nichts riskieren. Er schlug mit geballten Fäusten auf den fülligen Mann ein, der versuchte sein Gesicht mit hochgerissenen Armen zu schützen.

„Stop! Aufhören!", rief der Prediger und hielt Ario zurück. „Ein Mensch!"

Bottkopp griff sich an die gebrochene Nase, Ario versuchte sich zu sammeln und den Anstieg von Adrenalin zu stoppen.

„Sind Sie wahnsinnig geworden!" Bottkopp erkannte Ario plötzlich: „Du!", rief er überrascht.

„Mein Vater! Was machst du hier...!" Ario war ebenso erstaunt. War alles vielleicht ein Hirngespinst, hervorgerufen durch unsaubere, gestreckte Drogen, die Ario so oft konsumiert hatte? Ließ die Wirkung nach und begann er jetzt wieder die Wirklichkeit zu erkennen? Schließlich stand sein leibhaftiger Vater vor ihm und er, was hatte er getan? Er hatte ihm die Nase gebrochen!

Es blieb keine Zeit für lange Erklärungen.

„Schnell!“ Der Prediger drängte. „Noch ist es nicht zu spät, ihr müsst zum Durchgang zurück und fliehen!“

Bottkopp hielt seine Nase und betrachtete den Prediger, dessen Körpergeruch unverkennbar nach vielen Jahren ohne Dusche diese abstoßende Note erlangt hatte.

Ario fasste klare Gedanken: Er musste sich retten. Was sein Vater tat, war ihm egal, auch der Prediger war nur Mittel zum Zweck und so bewegte er sich schnell am blutenden Mann vorbei.

Der Prediger schob den Polizeichef an. Dessen Worte „Was wird hier gespielt?“ blieben von Ario und dem Prediger ungehört. Sie stiegen Stufe für Stufe weiter nach oben. Unten im Treppenhaus wurde gemurmelt, deutlich, aber unverständlich, wie bei barbarischen Wilden, die eine fremde Sprache sprachen.

„Sie kommen!“ Die Augen des Predigers waren maximal aufgerissen, er schob mit seinen alten Händen, die wer weiß wie viele Gegner besiegt hatten. Bottkopp sowie sein Sohn Ario ließen sich nicht lange bitten, noch schneller vorwärts zu eilen.

Das Treppengeländer war eiskalt. Ario blieb mit der Innenfläche der Hand daran kleben, wie ein kleiner Junge, der im Winter am Laternenpfahl leckt.

Ein großer Fetzten Haut riss ihm aus der Hand und die Wunde begann sogleich zu bluten. Hier auf dieser Seite war alles möglich und es ging darum, so schnell wie nur irgend machbar auf die andere Seite in den menschlichen Lebensraum zurückzukehren.

Bottkopp, der sich bezüglich seines Mutes noch nie mit Ruhm bekleckert hatte, schleppte die überflüssigen Pfunde mit Mühe im Treppenhaus hinauf. Doch er hatte seinen Verstand, der zwar von Stress beherrscht war, noch nicht ganz abgeschaltet. Jetzt nahm er wahr, welches Ergebnis das gedankenlose, ängstliche, hektische Flüchten hatte:

„Halt! Halt! Die Wohnung von Bosmed ist in der dritten Etage!"

Ario und der Prediger sahen sich an, dann realisierten sie die Tragödie: Sie waren bereits bis in den fünften Stock geflüchtet.

Die Schreie nach Blut wurden lauter. Die mörderischen Nichtmenschen waren auf dem Weg zu ihnen.

„Los runter!", befahl der Prediger fast.

„Nein, dann laufen wir ihnen direkt in die Arme!" Ario hatte recht, aber es half nichts. Vielleicht hatten sie Glück und waren noch vor den humpelnden Horrorgestalten vor der Tür Bosmeds.

Eine Neonröhre flackerte auf. Fast wie ein Geistesblitz kam Ario nun eine Idee. Er griff seinem Vater an die Hose und dessen Waffe lag im nächsten Augenblick geübt in seiner Hand. Die beiden Männer dachten nun, Ario würde es per Pistole den in der Überzahl anrückenden Zombies zeigen wollen, doch dem war nicht so.

Als täte er nie etwas anderes, schob Sönke Ario seine Finger in den Schlitz der Aufzugtür und zog sie damit ein paar Zentimeter auf. Dann griff er mit der ganzen Hand in die Öffnung und zog die Schiebetür zur Seite. Der Abgrund tat sich auf. Der Lift parkte viele Etagen weiter unten. Mit einem Mülleiner, den er quer stellte und oben in die Öffnung klemmte, blockierte er die Tür.

„Rennt noch eine Etage höher und öffnet mir dort die Tür!", verlangte der ausgebildete, nicht immer loyale Polizist.

Bottkopp und dem Prediger, die den Feind bereits in der vierten Etage vermuteten, blieb keine Wahl. Sie rannten nach oben, obwohl sie nicht wussten, was Ario vorhatte.

Als das erste furchteinflößende Gesicht sich unten am Treppenabsatz zeigte und sein Opfer als Menschen identifizierte, stürzte es mit einem Kampfschrei nach vorn. Die anderen leichenblassen Wesen folgten ihm und es klang, als würde man eine Gruppe ausgehungerter Kannibalen auf einen zubereiteten Torso loslassen.

Ario schoss zweimal in die Menge und die wütenden Visagen zuckten betont zeitverzögert, als schalteten die Gehirne der Monster erheblich zu spät. Beide Kugeln trafen denselben Körper und dieser stürzte, wie von einem Stromschlag getroffen, nach hinten. Der Erlegte brachte seinerseits fünf der Angreifer zu Fall, die nun ungelenk die Treppenstufen hinunterstürzten.

Jetzt kam Arios Moment. Er dachte nicht lange nach und warf sich in den Fahrstuhlschacht, wo er im Dunkel verschwand.

...Kein Schrei, kein Aufschlag oder die Geräusche des Todes drangen aus dem senkrechten Tunnel. Weiterhin waren nur die Laute der gespenstischen, blutrünstigen Wesen zu hören, die das Treppenhaus mehr und mehr füllten.

Ario hing in den Kabeln und Eisendrähten, die die Kabine des Aufzuges normalerweise führten.

„Hier bin ich! Kommt doch!“, schrie er den Wesen entgegen. Sie wurden vom Rufen des Lebendigen nur noch wilder gemacht. Die Meute begann auf den geöffneten Fahrstuhlschacht zuzuströmen.

Während über Ario bereits Bottkopp und der Prediger die nächste Etage öffneten und in den schwarzen Schlund blickten, stürzten im fünften Stock bereits die ersten Teufelswesen aus Gier nach dem an den Kabeln hängenden Menschen in den Schacht. Ario erkannte über sich schwach die Öffnung. Zwei mit kurzärmeligen T-Shirts bekleidete Wesen rannten auf die offene Fahrstuhltür zu. Für eine Sekunde konnte man die spiegelverkehrten Aufdrucke auf ihren T-Shirts lesen. „Ich bin Hauke“ und „Ich bin Eike“, kurz vor dem Schacht kamen sie sich in die Quere, stolperten und fielen schon, bevor sie in den Abgrund stürzten. Es klatsche zweimal, als habe jemand große Buletten zu Boden fallen lassen.

„Das waren Hauke und Eike“, dachte Ario. Langsam, mit den letzten Kräften, arbeitete er sich empor zu seinen Verbündeten. Während er kletterte rief er mit Genugtuung immer wieder obszöne Worte in die Leere des Nichts, um noch mehr widerwärtige Gestalten in den Fahrstuhlschacht zu locken.

Unten auf dem Dach des Fahrstuhles, der im Keller stand, mussten mittlerweile an die zwanzig Opfer des Blutrausches liegen. Eine seltsame Befriedigung strömte durch Arios schwachen Körper. Noch einen Meter und er hätte die ausgestreckten Hände von Bottkopp und dem Gläubigen erreicht, doch da passierte das Unvorhergesehene: Der Prediger stützte sich mit der Hand an der Wand ab und streckte die freie in den Schacht. Versehentlich drückte er mit der Linken auf den Knopf mit der Aufschrift „KOMMT“. Der Lift setzte sich in Bewegung! Ario vernahm das erst nur als elektrisches Summen unter ihm, doch dann verstand er was nun geschah!

„Komm rauf, Junge! Der Fahrstuhl kommt!“, sein Stiefvater schrie förmlich. Der Prediger, der die Situation durchaus begriff, versetzte Bottkopp einen Stoß mit dem Ellenbogen in die Rippen. Menschliche Geräusche würden die Monster bis hier hinauf in die sechste Etage locken, das musste vermieden werden!

Der Aufzug passierte die zweite Etage, die dritte Etage, schließlich die vierte und dann in der fünften die geöffnete Tür, durch die noch immer Wesen strömten. Zwei hatten sich gerade nach vorne bewegt und während eines der Wesen unversehrt in den Lift gelangte, erfasste die Kabine den zweiten wabernden Körper nur halb, riss ihn mit und teilte ihn an der Oberkante der Wand wie eine Guillotine, die sich in die falsche Richtung bewegte. Der Mülleimer und die Leichenteile fielen zu Boden, die äußere Schiebetür schloss sich nicht. Nun kam die letzte Sekunde für Ario zu überleben. Er wagte den Sprung und wurde mit Präzision von Bottkopp und dem Bärtigen in Sicherheit gezogen. Der beleuchtete Aufzug erhob sich aus dem Dunkel.

Im Augenwinkel nahm der Prediger die vielen darauf liegenden Leichname wahr, die zuvor in den Schacht gestürzt waren. Der Lift hielt und der eine Untote, der in die Kabine gelangt war, stand vor ihnen. Er stieg über den vor ihm liegenden Oberkörper und betrat die sechste Etage. Das Monster kam wie aufgeputscht auf sie zu. Erneut schoss Ario. Das Wesen drehte sich wie ein Kreisel und brach zusammen. „Jetzt wissen sie Bescheid!“, fluchte der Prediger und sah durch das Treppengeländer nach unten. Die Wesen hatten den Schuss vernommen und marschierten wie eine alles vernichtende Walze die Treppenstufen zu den drei Menschen empor.

„Rein da“, schrie Ario und drängte seinen Vater in den Aufzug, in dem jetzt anderthalb Leichen lagen, „die letzte Möglichkeit!“

Sie handelten schnell. Als die ersten Kreaturen die sechste Etage erreicht hatten, konnten sie nur noch eine sich schließende Fahrstuhltür erkennen. Die Flüchtenden fuhren wieder abwärts. Ario hatte auf die drei gedrückt. Der Aufzug ruckte und das

Brechen von morschen Knochen löste bei Bottkopp eine Gänsehaut aus.

Die Vorstellung, über ihnen lägen zig Leichen, die von den riesigen Winden und Zahnrädern gerade zu einem Ragout verarbeitet wurden, behagte ihm ganz und gar nicht.

Die Kabine bewegte sich weiter. Das Blut der Toten begann durch die Verkleidung an der Decke zu tropfen.

Ario hob die Waffe, denn jetzt würden sie gleich an der vierten, offenen Etage vorbeifahren. Dort lauerten vermutlich noch die Bewohner der Schattenwelt auf ihre große Chance. So war es auch!

Die vierte Etage war nur drei, vier Sekunden zu erkennen, doch es rekelten sich Arme, deren Hände nach Beute schnappten.

Ario schoss diesmal nicht. Er war schlauer geworden, hätte die Waffe nur im Notfall benutzt. Kugeln sparen hieß es. Jetzt tat die Fahrt des Aufzuges ihr übriges, um die Flüchtenden vor den Bewohnern dieses Totenreiches zu bewahren. Mehr seltsames Blut spritzte in die Kabine, als der Lift die vielen Arme abschnitt und ein Geruch von Schwefel stieg empor. Bottkopp wandte sich ab. Der Prediger bekreuzigte sich nur.

Es war das Antonym des Himmels, wie es schlimmer nicht hätte sein können. Mit einem erlösenden „Ding" von der kleinen Glocke erreichte der Aufzug die dritte Etage.

Ario sah Funken vor seinen Augen hin und her wandern, sein Kreislauf begann sich bemerkbar zu machen.

Der Prediger versuchte die Lage abzuschätzen und nachdem er durch das Treppengeländer nach oben und unten geschaut hatte, erkannte er, dass sie dem Inferno für einen Moment entkommen waren.

„Ist es hier?", fragte er leise und machte mit seinem alten Kopf eine deutende Bewegung in Richtung Eingangstür von Bosmeds gespiegelter Wohnung.

Bottkopp kam aus dem Lift und nickte. Ario war zu schwach, aber sein Vater übernahm die Aufgabe des Rammbocks, ohne mit ihm ein Wort gewechselt zu haben. Nachdem der Polizeichef sich dreimal dagegen geworfen hatte, gab die ins Schloss gefallene Tür der Wohnung nach.

Die hexenartige Lina lag noch immer auf dem Boden. Ario widmete ihr keinen Blick. Ob nun echt oder Spiegelbild, das war ihm gleich, hier ging es ihm in erster Linie um sein eigenes Leben. Opfer musste man verschmerzen. Hauptsache man selbst schaffte es, das war seine Einstellung.

Es war der Prediger, der die Büste und den Spiegel entdeckte. Jetzt schien der große Schritt für die Menschheit in greifbare Nähe gerückt zu sein.

Die Monster hatten das Aufbrechen der Tür wohl vernommen, sie waren wieder auf ihren Spuren. Es zählte jede Millisekunde...

28

Ein Spiegel hat keinen Tod

Bosmed, Herkel und Lina hatten Kuballa dazu bewegt, Jauch mit seinem verletzten Arm in die Klinik zu fahren und Verstärkung anzufordern, da hörten sie in Bosmeds Wohnung laute Schreie und Stimmen.

„Wer ist oben?“, fragte Herkel.

„Niemand mehr, nur er war da“, Lina deutete dabei auf die Leiche Bottkopps.

Da die Geräusche etwas anderes aussagten, stürmten die drei nach oben.

Das Schreien kam ganz eindeutig aus Bosmeds Wohnung, jetzt schien dort auch Musik zu laufen.

Die Wohnungstür war verschlossen, was Bosmed durch einen kräftigen Fußtritt änderte. In der Wohnung war auf den ersten Blick alles okay... bis auf die Schreie aus dem Wohnzimmer.

Herkel drängte sich mutig nach vorn und schlich schließlich, gefolgt von Bosmed, durch die dunklen Räume, um den Quellen dieser Geräusche auf den Grund zu gehen. Offenbar waren die Sicherungen herausgesprungen, denn man konnte nichts erkennen, bis auf seltsame, flackernde Lichter, die aus dem Wohnzimmer kamen: Der Fernseher lief. Daher die Schreie. Ein Actionfilm oder ähnliches wurde gezeigt, der Protagonist hing an einem Seil unter einem fliegenden Zeppelin. Unrealistisch. Aber wieso funktionierte der Fernseher, während alles andere aus war?

Herkel spiegelte sich mit der neben ihm stehenden Büste im Bildschirm, daher. Und auch im Spiegel gegenüber zeigte sich die Büste.

Georg Herkel machte sein Zippo an. Ein eisernes, mit Benzin gefülltes Feuerzeug, dessen Flamme nach dem Entzünden solange brannte, bis man den Deckel wieder verschloss. Jetzt erst nahm er die Büste neben sich wahr.

Bosmed trat auf ihn zu und wollte sie vom Schrank heben, doch das gelang ihm nicht. Wurzelwerk hatte sich gebildet und die Büste war fest im Holz des Schrankes verwachsen. Als er die Tür des Möbels öffnete, konnten beide deutlich die Wucherungen erkennen. Bosmed sah Herkel an. Ihre Gesichter zeigten wieder einmal Erstaunen.

„Hier geht etwas nicht mit rechten Dingen zu!“ Das war das letzte, was Bosmed sagte, bevor die Welten ineinander überzufließen schienen: Polizeichef Bottkopp, dessen Spiegelbild unten erschossen im Hausflur lag, stürzte durch eine plötzlich wässrig erscheinende Scheibe des Spiegels in die Realität.

„Bosmed, helfen Sie...“, mehr bekam er nicht heraus, da ergoss sich ein Meer grüner Flüssigkeit aus seinem Hals.

Er stürzte nach vorn und sein Körper schien beim Aufprall nur noch aus Pudding zu bestehen, denn er zerplatzte wie eine reife Tomate, die jemand aus dem zwanzigsten Stock auf eine asphaltierte Straße geworfen hatte.

Lina schrie wie am Spieß. Herkel ging drei Schritte zurück und während er das Geschehene bereits in den ersten Sekunden zu verarbeiten begann, erblickte er drüben nicht nur sein ihn anstarrendes Abbild, sondern dahinter auch Ario und einen ihm fremden Mann: den Prediger. Hinter diesen Körpern im Spiegel tauchten wiederum fremde, bösartig wirkende Gestalten auf.

Wie auf einer Kinoleinwand erschienen im Spiegel verschwommene Bewegungen von wildfremden Personen, die in der Wirklichkeit gar nicht vor dem Spiegel standen.

Auf der anderen Seite herrschte Ratlosigkeit. Weder der Prediger noch Ario sahen sich durch das Glas. Sie erkannten lediglich Bosmed und Herkel und das, was von Bottkopp übrig war.

„Dein Spiegelbild ist nicht hier! Vielleicht ist es tot...!“, rief der Prediger und versuchte Ario zurückzuhalten. „Wenn es tot ist, stirbst du auch, wenn du rüber gehst.“ Seine Einwände nutzten nichts. Hinter ihnen hatte sich eine Scharr von faszinierten Monstern gebildet. Es waren mindestens sieben der widerwärtigen Schattenweltbewohner. Sie waren nicht mehr an Ario und dem Prediger interessiert. In erster Linie wollten sie in die andere Welt. Die ersten Zwei sprangen hindurch und auf der gegengleichen Seite donnerte es am Himmel so heftig, als wäre etwas gesprengt worden. Dampf stieg von der Oberfläche des Spiegels auf und man konnte spüren, dass er Wärme abstrahlte. Bosmed und Herkel wichen geschockt zurück, als die Kreaturen die Welten wechselten und auf sie zukamen.

Ario fasste seinen Entschluss, ob nun tot oder lebendig: er wollte auf die andere Seite. Das „Nein" des Gläubigen blieb ungehört und Ario durchschritt den Übergang ohne auch nur einen weiteren Moment zu zögern. Die Hitze beim Seitentausch war fast unerträglich – der Durchgang war überlastet und wurde mit jedem weiteren Körper, der ihn durchschritt, heißer. Drüben fiel Ario auf den Boden. Er lag bereits vor dem Aufprall auf den Teppich im Koma. Die Atome, aus denen er bestand, hielten dem Druck zweier gegengleicher Individuen, die nicht in dieselbe Welt gehörten, nicht stand. Sein Abbild befand sich ja ebenfalls hier auf dieser Seite – nur niemand wusste, wo.

Die zwei Wesen, die vor Ario hier angekommen waren, hatten mehr Glück – wahrscheinlich gab es ihre Originale nicht einmal mehr. Sie orientierten sich schnell und stürzten sich augenblicklich auf Bosmed, da dieser näher am Spiegel stand. Herkel wollte helfen, doch es traf ihn ein Schlag an den Kopf, dass er taumelnd in den Flur stolperte, wo er erst Sterne sah, bevor seine Lichter vorerst erloschen. Bosmed musste sich also allein gegen die ersten unerwünschten Besucher verteidigen.

Der Prediger beobachtete den Kampf auf Leben und Tod, obwohl neben ihm die wilden Bestien sprangen und unwirsch hin und her liefen, um den besten Moment abzupassen, in die Wirklichkeit zu springen. Der Durchgang war ihnen noch zu heiß. Es roch wie in einer Glasbläserei.

Der Gottesmann erkannte, dass Bosmed allein keine Chance gegen seine finsteren Gegner haben würde. Er nahm sein Kreuz und schritt mit übertriebener Ruhe auf den Durchgang zu, dessen Ränder nun zu flimmern begannen, als zerberste der Spiegel jeden Moment.

Von den sich bewegenden Körpern im schimmernden Objekt der Reflektion gingen Wellenbewegungen aus.

Lina, die nach Bottkopps Tod in den Flur zurückgewichen war, hatte das Zimmer noch nicht wieder betreten. Alles ging so schnell. Jetzt, als sie durch die Tür sah, was vor sich ging, lief sie vor Angst zwei Schritte rückwärts gegen die Flurwand. Sie rutschte langsam daran herunter und saß nun zusammengekauert vor Bosmed, der um sein Leben kämpfte.

Die Sekunden streckten sich zu Minuten, doch die Zeit war eingemauert und Lina stand unter Schock. Sie hätte gar nicht helfen können, selbst, wenn sie es gewollt hätte. Ario lag regungslos auf dem beigen Teppich.

Nun donnerte es wieder. Der Prediger unterschrieb sein Todesurteil: Er durchquerte den Spiegel und seine Haut verhielt sich wie die eines Brathähnchens im Backofen. Brandblasen bildeten sich innerhalb von Augenblicken. Der Bart qualmte und seine langen, ungewaschenen Haare kräuselten sich durch die Hitze. Doch er ging entschlossen voran. Er erschien in seiner Welt, obwohl sein Spiegelbild schon vor über vierzig Jahren vernichtet worden war.

Nun wollte er endlich dem Grauen ein Ende bereiten. Nur wenige Sekunden brauchte er hier in dieser für ihn lebensgefährlichen Atmosphäre, um seinen Plan, der die Rettung der Menschheit als Ziel hatte, auszuführen.

Mit der Kraft eines Überlebenskämpfers umschloss er die Büste mit seinen Armen und ließ sich sterbend zurückfallen direkt auf den wabernden Spiegel zu. Er riss die Büste mit sich! Das Wurzelwerk brach knackend aus dem Sperrholzbrett des Schrankes. Bosmed sah es, verstand aber das Vorhaben des totgeweihten Predigers nicht. Bosmed wollte sich nur von den Dingern befreien, die eindeutig keine menschlichen Eigenschaften an sich hatten und ihm nach dem Leben trachteten. Der Boden bebte beängstigend. Die Fenster im Wohnzimmer zersplitterten und die ganze Stadt war von einem Moment auf den anderen ohne Licht.

Der Prediger taumelte noch immer rückwärts, obwohl er schon wieder in der Spiegelwelt war. Seine Kleidung hatte Feuer gefangen. Die Dämonen konnten es nicht fassen und ihr teuflischer Tanz wurde abrupt unterbrochen. Rauch trat aus dem Spiegel. Bosmed wollte die Angreifer zurück in ihren Bereich schleudern, dem sie so gierig entsprungen waren, doch es gelang ihm nicht. Er steckte mehrere harte Schläge ein. Und eine Hand mit ungleichmäßig langen, teilweise abgebrochenen Filgernägeln kratzte ihn im Gesicht.

Auf der anderen Seite stürzten sich die Monster auf den Prediger. Obwohl er brannte, rissen sie Stücke aus seinem Körper, ein Wesen griff die Büste und wollte damit durch den Spiegel, doch der Eingang war verschlossen und es wurde zurückgeschleudert.

Die Monster, die Bosmed zusetzten, erkannten, was geschehen war und ließen sich von der schicksalhaften Wendung des Blattes ablenken. Der Polizist nutzte seine Chance und versetzte dem dickeren der beiden Wesen einen Tritt. Es fiel entsetzt zurück und stürzte direkt in den Spiegel. Doch auch hier gab es keinen Eingang mehr. Der Spiegel war ein Spiegel und mehr nicht.

Was nun geschah, nahm Jan Bosmed wie in Zeitlupe wahr: Das Bild ihm gegenüber erzitterte und Bosmed erkannte in seiner letzten Lebenssekunde, was ihn gleich töten würde. Der Spiegel zerbrach im oberen Bereich und klappte wie ein sich schließendes Buch nach hinten weg.

Die obere Hälfte glitt auf ihn und das letzte gegen ihn kämpfende Monstrum zu, wie ein geworfenes Beil, das mit ungeheurer Geschwindigkeit flog. Aber trotz dieser enormen Schnelligkeit konnte Bosmed noch folgenden, auf ihn unwirklich und seltsam wirkenden Gedankengang fassen: „Jetzt ist es aus." So war es!

Die scharfen Kanten fegten wie eine Sichel durch die weichen, aus Adern, Sehnen, Knorpeln, Knochen und Haut bestehenden Hälse von Bosmed und seinem letzten Gegner auf dieser Welt. Ohne dies zu kontrollieren, riss der Körper Bosmeds noch einmal die Hände empor, dann brachen die beiden Enthaupteten zusammen.

Ihre Köpfe fielen wie Regentropfen auf den Teppichboden und blieben genau so liegen, dass sich Bosmed und das Monster in die Augen hätten sehen können, wenn diese nicht schon ihr Lebenslicht verloren hätten.

In einem unnatürlichen Klirren zerbrach der Rest des Spiegels. Die geschockte Lina, der komatöse Sönke Ario und der ohnmächtige Herkel, der sich eine Rippe gebrochen hatte, die zum Teil in einem Lungenflügel steckte, blieben als einzige reelle Lebewesen auf dieser Seite zurück.

Die Spiegelscherben zeigten noch für einen kurzen Moment tausendfach das Massaker der Spiegelwesen, die den Körper des Predigers malträtierten und Knochen herausrissen, dann war plötzlich nur noch der Raum zu sehen, in dem sich Lina befand. Alle Spiegelscherben zeigten das Gleiche: Nur diesen verdammten Raum, in dem die beiden abgetrennten Köpfe lagen. Einer von ihnen, der des Mannes, in den sie sich vor so kurzer Zeit verliebt hatte.

Wie seltsam es wirkte. Der eine Spiegel, der sich als Tür entpuppt hatte, war in viele kleine Splitter zerfallen und sie alle waren jetzt ein eigener Spiegel für sich. Wie eine Zelle, die sich immer und immer wieder in sich teilte und so unzählige identische Nachfolger schaffte. Da wurde Lina klar, ein Spiegel hatte keinen Tod, er würde ewig andere Spiegel ergeben. Immer kleiner werdende, aber dennoch voll funktionsfähige kleine Spiegelchen... oder Eingänge zur Hölle.

29

Im Spital

Es strahlte so sehr, dass alles an seinem Körper schmerzte. War er jetzt im Himmel?

Die Neonröhren über seinen Augen waren Englisch. Es piepte. Ein regelmäßiges Geräusch, wie ein Wecker – er lebte also! Es war zwar kein Wecker, sondern ein EKG-Monitor, an den er angeschlossen war, doch egal, woher das Geräusch kam, es bedeutete, dass er lebte.

Das Krankenhaus hatte eine schneeweiße Decke. Die Vorhänge waren vor die sehr großen Fenster gezogen worden, doch das Sonnenlicht von draußen ließ es sich nicht nehmen, an den Rändern der Vorhänge in den Raum zu scheinen.

„Herr Herkel, können Sie mich hören?" Ein Mann im weißen Kittel, der auf den ersten Blick aussah wie ein Bäcker, beugte sich über das frischbezogene Bett, in dem der Gerichtsmediziner lag.

Herkel nickte geschwächt, aber er vermochte nicht zu antworten. Ein Schlauch lief in seinen Mund, die Maschine pumpte Luft in seine Lungen. Herkel versuchte, selbstständig zu atmen, doch er kam nicht gegen die Maschine an, die diese Tätigkeit für ihn übernommen hatte. Der Arzt merkte dies sofort.

„Wir kriegen das wieder hin! Wir werden jetzt versuchen, die Maschine abzustellen!", erklärte er und die braunen Augen des Mannes blickten zuversichtlich.

Herkel spürte, dass dieser Mann die Wahrheit sagte und das beruhigte ihn.

Nun begann der Mediziner, die Beatmungsmaschine langsam herunter zu fahren. Mit schnellen, ungeschickten Atemzügen versuchte Herkel seinen alten Rhythmus wiederzufinden. Es gelang ihm nur schwer.

Das erste Mal in seinem Leben dachte er bewusst über das Ein- und Ausatmen nach und erkannte, wie viel Mühe es kostete.

„Sie bleiben noch 24 Stunden unter Beobachtung, dann werden wir Sie auf eine andere Station verlegen", erklärte der Mediziner, während er mit dem kalten Stethoskop auf der Brust Herkels auf- und abfuhr. Eine Fliege landete auf dem weißen Kittel des Arztes, das war das letzte, was Herkel sah, denn er war noch so geschwächt, dass er kurz nach dieser einseitigen Bekanntschaft wieder einschlief.

Mit starken Rückenschmerzen öffnete er die Augen wieder. Der Arzt stand noch vor ihm. Seine Position hatte sich nicht verändert, auch die Fliege saß noch am Kittel.

„Na, gut geschlafen? Wir schieben Sie jetzt auf eine andere Station. Hier auf der Intensivstation haben Sie nichts mehr verloren", freute sich der Doktor.

Hatte er wirklich 24 Stunden geschlafen? Unmöglich, der Arzt und vor allem...die Fliege.

„Herr Herkel, Sie haben ein schweres Schädelhirntrauma, Knochenbrüche und ihre Lunge ist verletzt. Aber Sie sind über den Berg. Versuchen Sie ruhig zu bleiben, wir schieben jetzt los“, sagte der Arzt betont deutlich.

Georg Herkel versuchte sich zu konzentrieren, doch er konnte noch nicht sprechen.

Nun begannen zwei Pfleger, die Bremsen am Bett zu lösen und ihn damit durch die Tür zu schieben.

Herkel nahm die Umgebung viel stärker wahr, als er es zuvor in seinem Leben getan hatte. Der lange Korridor des Klinikums war mit Bildern eines unbekannten Malers geschmückt. Während sie auf den geräumigen Aufzug warteten, fixierte er die Ölmalereien...

Er sah einen Baum, dessen Äste ohne Blätter waren und einen schwarzen Jungen, der davor kniete. Dann, auf dem Bild daneben, eine blau gestrichene Hütte, vor der ein Stuhl stand. Auf diesem Stuhl saß ein dünner, ebenfalls schwarzer Mann. Herkels Herz begann zu rasen. Er erinnerte sich, glaubte Meru Tarbo Roma in der gezeichneten Person zu erkennen. Alles lief wie ein rasender Film vor seinen Augen ab: Leichenfund, Obduzieren, Chaos, Monstren, sterbende Menschen!

„Der Blutdruck steigt!“, sagte einer der Pfleger und der neben dem Bett stehende Arzt legte seine Hand auf Herkels Stirn. Er spürte den Schweiß.

„Blutdruck 180 zu 70!“, sagte jemand, während sich die Tür des Aufzuges öffnete.

„Beruhigen Sie sich, Herr Herkel, es ist alles in Ordnung!“ Der andere Pfleger versuchte sein bestes.

Das Piepen des EKG-Gerätes wurde fast zum anhaltenden Dauerton.

Jemand spritzte eine blutdrucksenkende Infusionsflüssigkeit in die Vene seines rechten Armes.

Der Arzt war zusehends nervös geworden, weil er mit einer solchen Befindlichkeitsänderung seitens Herkel nicht gerechnet hatte.

Nun kam Verstärkung von einer Dame ans Bett.

„Steigt immer noch“, sagte er einem Pfleger.

„Es müsste gleich wirken.“

„Ganz ruhig, Herr Herkel“, versuchte nun auch die Frau ihn zu beruhigen. Er hätte den Anweisungen auch liebend gern Folge geleistet, doch der Zwang, ruhig zu bleiben, machte ihn unruhig.

Das Ärzteteam arbeitete Hand in Hand. Herkel fühlte sich wirklich als Mittelpunkt des Geschehens. Bei allem, was die Menschen um ihn herum taten, waren sie doch ständig aufmerksam und hatten die Augen auf ihn gerichtet.

Das Medikament tat jetzt endlich seine Wirkung. Das Piepen nahm ab und wurde gleichmäßiger.

Der Doktor lobte ihn: „Na bitte, es geht doch.“

Herkel merkte, dass es nun besser wurde, doch seine Gedanken kreisten noch um die Geschehnisse der vergangenen Wochen.

Er zwang sich so ruhig wie möglich zu bleiben – und zu begreifen; das Geschehene zu verstehen. Es wollte ihm jedoch nicht gelingen und seine strapazierten Sinne nahmen Eindrücke war, die hier im Krankenhaus gar nicht präsent waren: Die Nase erfasste den Geruch der Friedhofserde, seine Ohren hörten die Geräusche von zufallenden Türen, die es gar nicht in diesem Gebäude gab und seine Zunge schmeckte blutige Spucke, obwohl nichts in seinem Mund auch nur annähernd verletzt war.

Die Reise der Sinne endete bei seinen letzten Wahrnehmungen, bevor er rückwärts auf den kalten Boden gestürzt war. Bosmeds Wohnung. Wo war Bosmed eigentlich? Wie ging es ihm? Herkel versuchte die letzten Momente vor seiner Ohnmacht im Gedächtnis zu rekonstruieren – so wie er es immer mit der Todesursache der zahlreichen Leichen getan hatte, die auf seinem sterilen Seziertisch gelandet waren.

Alte Männer, die tot auf der Straße gefunden worden waren, mit Leberzirrhose, Frauen, die von ihren Ehemännern erdrosselt wurden oder kleine Kinder, deren Nachbarn zu so unfassbaren schrecklichen Taten fähig gewesen waren und... Schwarze, die auf unnatürliche, fast unerklärliche Weise zu Tode gekommen waren und deren Herz ab und an wieder zu schlagen begann, wenn es in einem mit Alkohol gefüllten Glas aufbewahrt wurde – utopisch!

In einer anderen Etage wurde Herkel in ein sonnendurchflutetes Zimmer geschoben, das dem ersten sehr ähnelte. Der Arzt wechselte ein paar Sätze mit der Frau, dann verließen er und die

Pfleger, die das Bett geschoben hatten, den Raum, während die Frau zur Beobachtung blieb.

Vor Herkels geistigem Auge tauchten jetzt Bilder auf, die seine Augen vor der Ohnmacht gesehen hatten: Ein Spiegel, aus dem Wesen kamen. Eines, das Erste, war Polizeichef Bottkopp. Er fiel aufs Gesicht und... ja, tatsächlich, Herkel erinnerte sich ganz klar: Bottkopps Körper zersprang. Dann erinnerte er sich daran, Ario im Spiegel gesehen zu haben. Das Glas des Spiegels wirkte wie eine Projektion, denn Herkel hatte sich, Ario und viele Fremde darin gesehen. Dann waren einige durch den Spiegel gekommen!

Die Erinnerung machte Georg Herkel unglaublich nervös. Er lag in seinem weißen Bett und wandte sich von rechts nach links.

Die zu seiner Beobachtung abgestellte Person ging auf das Bett zu und begann zu sprechen. Herkel hörte jedoch nichts! Er sah, wie sich ihr Mund bewegte, dann hatte er wieder die Bilder jener Nacht vor Augen: Ario fiel vor seine Füße, ein Kampf zwischen anderen Wesen, Bosmed und ihm selbst entbrannte. Im Augenwinkel erblickte er in diesem Raum Lina, dann ein Schlag, Sterne und aus.

„Herr Herkel!“ Fast eine Ermahnung lag in dem Namen, den die Krankenschwester mit so viel Nachdruck sprach.

„Es ist alles in Ordnung! Ich bin okay“ Herkels Stimme klang rau, lange nicht benutzt.

„Zu spät. Ich habe schon geklingelt“, sagte die Schwester und man konnte ihr ansehen, dass sie erleichtert war.

Die Tür sprang auf, der Arzt kam herein.

„Alles wieder normal. Der Patient spricht jetzt wieder, Doktor.“

„Danke, Röschen.“ Der große, grauhaarige Mann, zu dem ein Oberlippenbart sicher sehr gut gepasst hätte, näherte sich mit einem angenehmen Lächeln dem Bett Herkels.

„Wie geht es Ihnen? Ich bin Chefarzt Dr. Metz.“

Die Schwester zog die Vorhänge auf.

„Chefarzt?“, fragte Herkel mit übertriebener Ironie. „Ich wusste gar nicht, dass ich über Nacht zum Privatpatienten geworden bin!“ Herkel versuchte, sich aufzurichten, aber es funktionierte einfach nicht.

„Ich fürchte, ich muss Sie enttäuschen, Sie sind weder Privatpatient, noch über eine Nacht hier. Es sind vielmehr drei Wochen!“ Der Arzt beobachtete Herkels Reaktion, dann sprach er weiter: „Ein paar Herren aus dem Kommissariat haben Fragen an Sie. Sie müssen mir sagen, wann Sie sich denen stellen wollen!“

Es schien wirklich dringend zu sein, denn normalerweise, so wusste Herkel, war das ein bisschen früh für solche Aktionen.

„Was ist mit Jan Bosmed und Lina Attrayant, sind sie hier?“ Schon als Herkel diese Frage stellte, hatte er ein ungutes Gefühl. Als der Doktor jetzt tief durchatmete, wusste er eigentlich schon Bescheid: Entweder waren beide tot oder nur eine

Person von beiden, aber es war mindestens ein Opfer dabei. Er sollte recht behalten.

Der Arzt wurde ernst: „Herr Herkel, das Leben ist nicht immer fair. Ihr Kollege Herr Bosmed hat den Einsatz leider nicht überlebt, Frau Attrayant ist jedoch über den Berg."

Mit der guten Nachricht am Schluss wollte Doktor Metz den Schock, der durch die Information über Bosmeds Tod hätte hervorgerufen werden können, etwas mildern. Herkel schloss die Augen. Blaue Punkte wanderten in seinem Geiste vor den Lidern. Er hatte kurz vor dem Schließen der Augen in die Sonne gesehen. Bosmed also tot...

„Ihr Kollege Sönke Ario ist ebenfalls am Leben, aber er liegt im Koma, hier in unserem Hospital." Der Doktor nahm die Patientenakte vom Bettende und blickte auf Herkels Werte.

„Tja", dachte Herkel, „das Leben geht weiter, auch ohne Bosmed, jetzt gilt es, das Beste daraus zu machen."

Er öffnete seine Augen wieder und als wären sie mit der Tür des Zimmers verbunden, öffnete sich auch diese ohne zuvor ein Klopfen hatte schallen lassen.

Die Augen der Frau wirkten so strahlend, dass sie die Sonne schlugen. Der Arzt, die am Fenster stehende Schwester und Herkel blickten in ein energievolles Lächeln von Lina. Sie sah glänzend wie immer aus und der Bademantel stand ihr ausgezeichnet.

„Frau Attrayant! Sie sollten eigentlich in ihrem Zimmer bleiben!“ Der Doktor konnte nicht wirklich böse sein.

„Oh, ich wusste nicht, dass Sie Visite machen!“ Röte stieg in ihrem Gesicht auf.

„Na gut, ich will nicht so sein und Herr Herkel genießt Ihre Anwesenheit sicher. Wenn etwas ist, klingeln Sie bitte.“ Der Arzt wandte sich an die Schwester „Röschen“ und bedeutete ihr, ihm zu folgen.

„Danke, Dr. Metz“ Lina freute sich und ging auf das Bett zu. Sie küsste Herkel auf die Wange, der erstmalig seit sehr langer Zeit wieder einen ihm vertrauten Körper nahe bei seinem spürte.

„Ich bin froh, dass es dir besser geht“, sagte Lina.

Herkel sagte erst nichts, dieser Wangenkuss hatte ihn doch verblüfft.

„Das Wetter ist so phantastisch und wir sind hier drinnen abgeschirmt“, beschwerte sich Lina.

Herkel wollte sich nicht über Banalitäten unterhalten. Die Nacht vor genau drei Wochen war es, die ihn interessierte.

„Lina, was ist da passiert?“, fragte er und sie wusste genau, was er meinte. Im Verlauf des Gesprächs stellte sich aber heraus, dass Lina kaum etwas wusste. Sie schien im Schock alle erlebten Momente verdrängt zu haben.

Es war sicher besser für sie, doch es half ihm nicht weiter.

„Ich frage mich, wie der Tod seine Finger nach mir ausgestreckt hätte, wenn das hier nicht passiert wäre“, sagte Herkel und wurde übellaunig.

Noch tiefer sank seine Stimmung, als er erfuhr, dass Lina, wenn alles glatt liefe, in zwei Tagen entlassen werden würde. Er selbst fühlte sich noch nicht sehr fit und vermutete frühestens in drei Wochen einen Fuß auf die Straße setzen zu können.

Lina erzählte, sie sei von der Polizei befragt worden, hätte aber kaum Auskunft geben können. Herkel selbst wolle, so gab er ihr an, morgen mit den Kollegen sprechen.

„Ich werde dich jeden Tag besuchen", versprach Lina, doch Herkel wollte und konnte das nicht ganz glauben. Schließlich hatte sie erst Ario und dann Bosmed geliebt, wieso sollte sie sich jetzt um ihn sorgen?

„Ich komme morgen Mittag wieder rein, versprochen. Ich will noch einmal nach Sönke sehen und ihm diesen Brief an sein Bett legen!" Sie hielt einen Umschlag hoch.

Herkel guckte fragend.

„Wenn Sönke wach wird, muss er ihn schon haben. Ich möchte nicht noch mal mit ihm sprechen müssen. Es ist der Schlussstrich unter allem, was gewesen ist!" Sie wirkte sehr entschieden und Herkel empfand eine gewisse Genugtuung.

„Vergiss mich nicht", sagte er zu Lina, als sie sich wieder zur Tür bewegte.

Sie drehte sich nochmals um, steckte den Briefumschlag in ihre Tasche des Morgenmantels und kam auf das Bett zu. Jetzt änderte sich wieder sein Leben. Lina beugte sich zu ihm hinunter und berührte zärtlich seine Lippen mit den ihren.

Er konnte den Kuss in diesem Moment einfach nicht erwidern. Was war das für eine Frau. Wie wankelmütig: Ario, Bosmed, jetzt er selbst! Wer war der nächste?

Sie drehte sich wieder zur Tür und ging, ohne ein Wort zu sagen.

„Frauen sind die undurchschaubarsten Wesen dieser Erde“, dachte er. Leise schloss sie die Tür hinter sich.

Herkel lag eine Weile mit offenen Augen da, dann vernahm er ein blubberndes Geräusch im WC, das sich im Nachbarraum befand. Es gluckste, als wenn Luftblasen in einem Rohr aufstiegen. Der Raum, in dem Herkel jetzt lag, wirkte bläulich, weil eine dunkle Wolke die Sonne verdeckte.

Herkel deckte sich ab. Er wollte sowieso seinen Körper überprüfen und beschloss, ins Bad zu gehen. Hausschuhe, die er noch nie zuvor gesehen hatte, standen vor seinem Bett. Es waren schwarze Puschen, in die es sich sehr leicht schlüpfen ließ. Seine reinen, weißen Socken verschwanden darin, als wären sie für ihn maßgeschneidert. Mit Mühe richtete er sich auf und blieb einen Augenblick auf der Stelle stehen. „Der menschliche Körper war doch etwas Eigenartiges“, dachte er. Wenn er mal aus der Bahn geworfen wurde, baute er so rasch ab wie ein Schneemann in der Sonne, lief er aber gut, fühlte man sich unsterblich.

Herkel schlurfte geschwächt über den Boden. Die Tür zur Toilette stand einen Spalt breit offen.

Das Blubbern und Plätschern von Wasser wurde lauter. Er streckte seine Hand nach der Tür aus. Seine Finger waren zitterig und schwach, die Fingernägel lang. Mit dem Ruck eines alten Mannes stieß er die Tür zum Bad auf und er erblickte mit Erstaunen: nichts!

Das Geräusch war verschwunden. Verwundert sah er in dem gefliesten Raum von einer Wand zur anderen. Alles sauber. Eine kleine Dusche befand sich zu seiner Rechten, eine Badewanne mit Lifter zu seiner Linken. Es war ein sehr komfortabler Raum, das musste man schon sagen.

Da das Geräusch nicht wieder zu hören war, ging Herkel, nachdem er sich erleichtert hatte (ausnahmsweise einmal nicht im Stehen) zurück zum Bett. Er ging langsam. Sein Kopf dröhnte. Das bisschen Bewegung hatte doch seine Auswirkungen.

Drei Uhr war es auf der Wanduhr, die neben dem Fenster hing. Er blieb vor seinem Bett stehen und musste zweimal hingucken, um sicher zu gehen: Das, was dort lag, hatte er schon gesehen, aber es sollte mit Sicherheit nicht in seine Hände fallen: es war der Brief von Lina an Sönke. Er musste ihr aus der Tasche gefallen sein, als sie ihm den Kuss aufgedrückt hatte. Welch Zufall. Für Ario bestimmt, jetzt in seinem Besitz. „Es schickt sich nicht, den Artikel 10 des Grundgesetzes zu brechen", dachte Herkel, legte den Umschlag auf seinen Nachttisch und bequemte sich wieder in das Bett, er war zu schlapp, um ihn Lina zu bringen. Sie würde schon kommen, um ihn zu holen. Im Badezimmer blubberte es wieder.

30

Countdown der Türen

Herkel wartete vergeblich. Das Abendbrot kam, Lina nicht. Die Schwester öffnete das Fenster, schloss es nach exakt dreißig Minuten wieder, zog dann die Vorhänge zu, wünschte eine gute Nacht und verschwand mit den Worten: „Die Nachtwache kommt ab 22 Uhr zweistündlich in die Zimmer zur Kontrolle, bis morgen, Herr Ario!"

Herkel zuckte innerlich zusammen. Ario? Wieso nannte sie ihn Ario? Es gab nur einen Grund: Sönke Ario lag nicht nur im Krankenhaus, sondern auch auf dieser Station! Vermutlich im Zimmer nebenan. Deshalb war sie in Gedanken noch bei seinem Namen. Welch ein Zufall.

Das Böse findet immer einen Weg. Während Herkel im Dämmerzustand im Krankenhaus lag, näherten sich im Wind der Nacht zwei Wesen der Klinik. Im Dunkeln wankten sie auf die Eingangstür zu, die sich beim Auslösen der Lichtschranke augenblicklich öffnete. Der Weg war frei und die Gestalten fanden allein durch ihre Instinkte die Route.

Von all dem konnte Georg Herkel nichts ahnen, seine Gedanken kreisten um etwas völlig anderes.

Der Brief, den Lina vergessen oder besser „verloren" hatte, lag auf seinem Nachtschrank und verlangte gerade danach, gelesen zu werden. Herkel blieb seiner Loyalität treu. Er öffnete ihn nicht.

Das furchtbare an der jetzt kommenden Nacht war der Sekundenschlaf, den Herkel hatte. Des in Träumen versunkenen Seins überdrüssig, wurde Herkel kurz nach jedem Einschlafen wieder wach. Er hatte die Lampe über seinem Bett brennen lassen. Es war jetzt Null Uhr. Die Nachtschwester hatte vermutlich den Termin um 22 Uhr versäumt. Niemand war bisher in seinem Zimmer gewesen, um nach ihm zu schauen.

Um zwanzig vor eins lag Herkel noch immer wach. Keine Schwester weit und breit. Dabei hatte die Spätschicht doch gesagt: „Ab 22.00 Uhr zweistündlich."

Herkel beschloss nicht zu dösen und auf die Dame zu warten, die den Kontrollgang hätte durchführen sollen. Um 2.20 Uhr überfiel ihn plötzlich eine gewisse Unruhe. Warum hatte die Schwester ihn vergessen?

Herkel lauschte auf jedes Geräusch und wartete.

Im Flur des Spitals trugen sich abscheuliche Dinge zu. Die zwei Gestalten gingen jetzt im Schwesternzimmer umher. Ihr Ziel war teuflisch.

Die Nachtschwester lag bereits in ihrer Blutlache neben einer zerbrochenen Teetasse deren ausgekippter Inhalt, Afternoon Tea von Whittard of Chelsea, sich mit dem Blut zu vermischen begann, und war schon längst im Himmel. Spuren von nackten skelettierten Füßen hatten das Blut im Raum verteilt. Die Henker suchten nach ihren Opfern: Der halb verweste Meru Tarbo Roma und das Spiegelbild Arios wanderten durch die Gänge des Krankenhauses. Sie hatten sich verbündet: Das Gesetz der Relation führte das Böse zum Bösen. Sie waren ihrer Eingebung bis ins Krankenhaus gefolgt, ohne entdeckt zu werden. Alles nur für den Tod...

Die Monstren waren so von ihrem Plan getrieben auch die letzten Wesen zu vernichten, die ihnen das Ziel genommen hatten, zwei gegengleiche Welten zu vereinen und mit dem Bösen zu überschwemmen, dass sie sich durch kein Hindernis hatten aufhalten lassen, besonders nicht durch lebendige.

Schon in der Nacht zuvor hatte das Killer-Duo gemordet. Peter Kuballa und Thomas Jauch hatten auf mysteriöse Weise ihr Leben ausgehaucht. Ihre Leichen waren bis auf die Skelette verschwunden, denn die Bestien hatten sie mit Haut und Haaren abgenagt. Eine Gruft auf dem Friedhof, wo der tote Roma und der gespiegelte Ario drei Wochen lang in muffiger Tiefe, abgeschnitten vom gehassten Sonnenlicht, gehaust hatten, barg jetzt die Skelette der ermordeten Beamten.

Als der Mond voller nicht hätte scheinen können, waren die Zwei aus der Tiefe geklettert und hatten den Friedhof verlassen.

Innerhalb von drei Stunden waren sie von ihrem inneren Kompass direkt vor die Tore eines großen Gebäudeblocks geführt worden. In nur wenigen Fenstern brannte zu diesem Zeitpunkt noch Licht und vor seiner Zeitung sitzend hatte ein älterer Mann nicht geahnt, dass die letzte Schlagzeile, die er je las, „Tod des Polizeichefs Bottkopp vermutlich auf Chemieunfall zurückzuführen" lautete. Sie waren zu ihm hereingekommen: Der Pförtner des Krankenhauses hatte noch drei Sekunden gelebt, nachdem er in die faulenden, augenlosen Höhlen von Merus Totenkopf gestarrt hatte. Der Ansatz seines Schreis war dadurch unterbrochen worden, dass Arios Abbild ihm mit einem Ruck von hinten das Genick gebrochen hatte.

Jetzt, durch Tod und Mord gestärkt, wollten sie die letzten drei Überlebenden vernichten: Herkel, Lina und das Original von Ario, der, weil sein Spiegelbild auf dieser Seite dahinvegetierte, im Dauerkoma lag.

Die menschenleeren Gänge des Krankenhauses hatten es den toten Killern einfach gemacht und weder Patienten noch Bedienstete waren ihnen über den Weg gelaufen. Nun, nach dem Mord im Schwesternzimmer, ging Ario mit ausgestreckten Armen an der Glasscheibe vorbei, die diesen Raum vom Flur abteilte.

Hinter ihm, auf einem Plan, der an der Wand hing, stand die Bettenverteilung: Zimmer Acht: Sönke Ario, Pflegestufe drei, Zimmer neun und zehn fremde Namen, jeweils Pflegestufe eins. Zimmer elf war leer und in der Zwölf lag Herkel, bei dem ebenfalls noch die Pflegestufe drei wie bei Ario stand, weil die Schwestern sie noch nicht in eine eins umgeändert hatten – daher hatte die Schwester, die zuletzt mit Herkel gesprochen hatte, auch die Namen verwechselt.

In Zimmer dreizehn bis 19 lagen wieder fremde Personen, ganz hinten am Ende des Ganges, in der Nummer zwanzig, schlief Lina Attrayant.

Die Monster hatten ihre Opfer alle auf einer Station, das spürten sie auch. Sie brauchten die Zimmertüren nur noch aufzustoßen und ihr Werk zu vollbringen.

Georg Herkel lag unruhig in seinem Bett, das Bettzeug war durchgeschwitzt.

Lina hatte den Brief noch immer nicht abgeholt. Die Nachtschwester schien zu schlafen und ihm war keine Erholung vergönnt, so schien es.

Lina lag auf seiner Station, das wusste er, doch ihm war die Zimmernummer nicht bekannt. Er zermarterte sich das Gehirn. Kam sie nicht, weil er ihren Kuss so seltsam gemieden hatte? Wollte sie, dass er den Brief las? Er wälzte sich unruhig hin und her.

Mit starken Kopfschmerzen stand er auf und ging zum Fenster. Draußen brannte eine einzelne Laterne und die Bäume waren bereits fast damit fertig, ihr Herbstlaub abzuwerfen. Wie knöcherne Hände ragten deren Äste in den wolkenlosen, dunklen Himmel. Sie schienen zu Herkels Fenster hinauf zu greifen, erreichten es aber wegen ihrer Starrheit und der festen Wurzeln einfach nicht und es sah aus, als wären sie gestreckt eingefroren.

Der Wind drückte sich wie ein um das Haus schleichender Geist an die Fassade und Herkels Fenster im Zimmer knackte unter dem Druck, den die bewegte Luft darauf ausübte.

Der Abschnitt des Krankenhauses, in dem die drei Kollegen lagen, beschrieb einen spitzen Winkel und Herkel konnte, wenn er nach links und auf die gegenüberliegende Seite desselben Gebäudes blickte, die Fenster der anderen Zimmer von Nummer eins bis Nummer zehn einsehen, die zu dem Gang gehörten, in dem er auch lag. Ein Architekt hatte sich hier wohl richtig ausgetobt.

Herkel schaute auf den anderen Gebäudeflügel. Durch das Fenster vom ersten Patientenzimmer drüben konnte er eine Veränderung wahrnehmen: Das trübe Nachtlicht des Flurs strömte schwach in Zimmer eins, als sich die Tür öffnete. Herkel stand noch immer an seinem Fenster und konnte von dort aus die Lichtveränderung deutlich erkennen. Er nahm auch die Bewegung wahr und versuchte, seine Augen angestrengt auf diesen Raum scharf zu stellen. Vielleicht war es ja das Zimmer von Lina?

Die Entfernung war einfach zu groß, um etwas detailliert zu erkennen. Herkel konnte lediglich sehen, wie eine Gestalt den Raum betrat und auf das Bett des Patienten zuwankte. Vermutlich die Nachtschwester.

„Jetzt ist sie wohl erwacht", schmunzelte Herkel, als er die Beobachtungen machte.

Noch während die nicht genau zu erkennende Person sich über das Bett im ersten Zimmer beugte, wurde Zimmer zwei geöffnet und eine andere Person, die Herkel ebenfalls nicht genau erkennen konnte, kam in diesen Raum.

Konnte es eine zweite Nachtschwester geben? Herkel erkannte nicht, in welcher ständig zunehmenden Gefahr er sich befand. Seine Gegner arbeiteten die Zimmer systematisch ab. Die Person aus dem ersten Zimmer ging wieder heraus. Aber die Tür... die Person ließ die Tür offen stehen... Herkel vermutete, dass sie gleich wieder mit Tee oder anderen Dingen zurückkehren und den Patienten damit versorgen würde. Die verdammt dünne Gestalt ging am offenen Raum mit der Aufschrift „2" vorbei. Die andere Person schloss sich ihr an. Herkel erkannte jetzt ganz klar, dass es sich bei der zweiten auf keinen Fall um eine Nachtschwester handeln konnte. Wohl eher um einen Nachtbruder, denn dieser ging eindeutig wie ein Mann. Was ihn stutzig machte: Sie trugen offensichtlich beide keine weißen Kittel und auch in diesem Raum war die Zimmertür offen stehen geblieben: Die dubiosen Nachtgestalten verschwanden hinter der Wand, die das Zimmer zum Flur hin abteilte. Sekunden später wurde die Tür des dritten Raumes aufgeworfen. Der Patient in „drei" schien noch nicht zu schlafen, denn der Fernseher flimmerte. Herkel beobachtete diesen vermeintlichen Kontrollgang mit Interesse, denn es war eine Abwechslung des Starrens an die öde, weiße Decke gewesen.

Die beiden Körper standen nebeneinander in der Tür des Raumes. Der Mensch im Bett richtete sich auf. Das bläuliche, schwache Licht des Flures ließ die Umrisse der zwei Personen wie Schatten erscheinen. Schwarze Silhouetten, die in der Tür standen.

Jetzt schaltete der Mann das Licht an seinem Bett an. Die Gestalten bewegten sich auf ihn zu. Was war nun? Herkel erblickte mit Überraschung, dass die Person aus dem Bett sprang und auf der anderen Seite stürzte. Er glaubte sogar, ganz leise einen Schrei vernommen zu haben. Schnell, aber seltsam ungeschickt, gingen die „Pfleger", wie Herkel jetzt vermutete, auf den vermeintlich geistesgestörten Herren zu, der sich in eine Ecke des Zimmers flüchtete, die der Gerichtsmediziner nicht einsehen konnte. Die Gardine des Raumes wurde ruckartig bewegt.

Der laufende Fernseher, vor dem sich die drei Gestalten bewegten, warf die verlängerten, flimmernden Schatten an die weiße Wand. Es sah wie ein Ringkampf aus. Die sich drehenden und rasch bewegenden Körper wurden zu einem, trennten sich wieder und so ging das fast fünfzehn Sekunden. Dann war das Spiel vorüber. Georg Herkel dachte an eine Beruhigungsspritze, denn der Herr schien jetzt nicht mehr den Aufstand zu proben. Die beiden anderen erschienen wieder vor dem Fenster und gingen auf die offen stehende Tür zu. Der Mann, der das Zimmer belegte, trat nicht wieder in Herkels Blickfeld.

Drei Türen standen nun offen, es öffnete sich Nummer vier.

„Noch acht Zimmer und die sind bei mir", dachte Herkel und überlegte sich, ob er einen Tee ordern sollte, wenn sie kämen. Dass sie den ersten

Zimmern nur den Tod und nicht den Tee brachten, war ihm gar nicht bewusst.

Als Zimmer vier nun geöffnet wurde, kannte Herkel den Ablauf fast auswendig, er wurde abgelenkt, denn zu seiner Rechten unten auf der Straße kam ein Mercedes vor die Schranke des Pförtnerhauses gefahren. Die Scheinwerfer warfen den Lichtkegel in die Gebüsche des Straßenendes. Jetzt würde der Pförtner jeden Moment die Schranke öffnen. Aber es passierte nichts! Der Wagen stand und stand und keiner ließ ihn herein. Der Fahrer wagte es jedoch nicht zu hupen, weil er Angst hatte, die schlafenden Patienten zu wecken. Er stieg aus, ging um den Wagen herum und öffnete die Tür des Pförtnerhäuschens. Der Motor des Autos lief noch immer. Herkel hörte ihn ganz leise durch die gut isolierten Scheiben seines Raumes.

Unten in der Kälte der Nacht ärgerte sich Dr. Kaufmann darüber, dass der Pförtner seinen Posten verlassen hatte.

„Willi?“, rief er in den dunklen Raum hinein. Doch niemand antworte ihm. Dann wurde es ihm zu bunt. Routiniert ging er auf den Schreibtisch des verschwundenen Pförtners zu, drückte den roten Knopf und öffnete sich damit die Schranke selbst. Er ging an einem Gebüsch vorbei zurück zum Fahrzeug und fuhr schnell durch die sich gerade schließende Einfahrt.

Dr. Kaufmann hatte Nachtdienst und war für Notfälle zuständig. Mit Leichen hatte er schon öfter zu tun gehabt, nie aber hatte er eine übersehen, die neben dem Pförtnerhäuschen im Gebüsch lag und Willi hieß.

Herkel blickte von der Abwechslung unten auf der Straße wieder zu der Fensterreihe nach links hinüber.

Zimmer fünf und sechs waren bereits offen, jetzt öffneten sie das siebte.

Aha! Jetzt konnte man endlich deutlicher erkennen, um wen es sich bei der nächtlichen Patrouille handelte. Herkel erstarrte!

Er traute seinen Augen nicht, musste zweimal hinsehen. Dann begriff er und die Angst war wieder gegenwärtig. Ein Toter und ein Monster der anderen Seite, sie beide betraten den Raum Nummer sieben und ruckelten an der schlafenden Person im Bett herum. Sie töteten sie! Herkel rannte vom Fenster weg zur Tür, dann wieder zum Bett.

„Nein!", stöhnte er ängstlich. Er wohnte in Zimmer zwölf, sie würden ihn hören, ganz sicher. Wie kam er hier heraus?

Lina!

„Oh mein Gott!", Herkel war außer sich. Wo lag sie? In welchem Raum? War sie schon tot? Er verzweifelte bei dem Gedanken daran. Sönke Ario kam ihm gar nicht in den Sinn. In seinem Kopf begann es zu pochen, die Aufregung bekam seinem schwachen Körper nicht gut. Wieder ging er, schnell und unruhig, ohne Ausweg zum Fenster, und er sah den Countdown der Türen: die Tür zu Zimmer acht wurde bereits aufgeworfen...

31

Artikel 10

Arios Abbild erlebte beim Anblick seines Originals einen unglaublichen Energieschub und auch der zum Teil skelettierte Körper Romas bebte förmlich.

Die Herz-Lungen-Maschine summte beruhigend, was die Kreaturen, die jetzt auf Sönke Ario zutaumelten, nur noch wilder machte.

Der Mensch lag friedlich in seinem Bett und sollte nun das nächste Opfer der mörderischen Gäste werden.

Es klackte, als würde ein Stepptänzer über den Boden huschen, als die Haut- und fleischlosen Füße des Zombies Roma zielstrebig vorwärts trippelten.

Hätte der im Bett liegende Ario riechen können, wäre ihm sofort der Geruch von verfaultem Steak aufgefallen.

Die offen liegenden Zähne Romas – Lippen und Zahnfleisch waren längst verwest – wurden von dunkelgrünen und bräunlichen Brocken aus Schleim und Schimmel im Kiefer Romas gehalten.

Arios Spiegelbild trat mit rollenden Augen an das Bett heran. Das war das erste Opfer, nach dem sie eigentlich gesucht hatten. Elf Menschen hatten schon ihr Leben lassen müssen, um den teuflischen Mördern ihren Weg freizumachen. Jetzt war es Ario, der seine letzte Reise von halbtot zu tot antreten sollte. Seine Richter machten es so brutal, wie es ohne Plan nur ablaufen konnte.

Die knackende Hand Merus legte sich um die Gurgel des komatösen Polizisten, dessen Vater schon im Jenseits war. Sein Spiegelbild riss mit seiner linken Hand - denn Ario war ja Rechtshänder, so musste das Spiegelbild gegenseitig strukturiert sein – die Schläuche aus Nase und Mund des Sterbenden. Spucke und die zuletzt sondierte Mahlzeit ergoss sich in einem Schwall über das Kopfkissen.

Arios zweites Ich riss die Schläuche mit einer solchen Wucht aus dem Körper, dass die Speise- und Luftröhre arge Verletzungen davontrug. Es gluckste in der Kehle des Opfers, als die am Ende ballonförmig zulaufende Magensonde mit einem unappetitlichen Geräusch aus dem Kopf gezogen wurde.

Roma wollte seinem Verbündeten in nichts nachstehen und das Chaos nahm seinen Lauf. Mit den sandigen Händen griff er wild um sich, er drehte seinen Totenschädel, bei dem die Haare beträchtlich gewachsen waren, zur Seite und ohne die Gegenstände wirklich zu erahnen, schmiss er alles vom Nachtschrank, was dort stand.

Meru Tarbo Roma sah, ohne zu sehen, er dachte, ohne zu denken. Die vielen Jahre mit der Büste hatten ihn zu dem gemacht, was er jetzt war.

Der Körper im Bett zuckte noch zweimal, dann waren die Killer ihrem Ziel einen Schritt näher gekommen. Ario, der echte Ario, war nun nicht mehr unter den Lebenden.

Vier Zimmer weiter rotierte Herkel. Seine Sinne schienen zu versagen, mehr noch, sie spielten verrückt: Jetzt, um drei Uhr morgens war der Geruch nach Parfüm, Rauch und Schweiß betäubend. Seine Nase nahm dies alles wahr, obwohl die verschiedenen Gerüche gar nicht präsent waren. Herkel wollte einfach keine Lösung aus dieser so prekären Lage einfallen.

Draußen dröhnte der Wind, als er um die spitzwinkelige Ecke des Krankenhausblocks sauste. Schon bald würden auch die geifernden Gestalten aus der anderen Welt diese Ecke passiert haben.

In Arios Zimmer war das Werk vollbracht und die beiden Täter bellten vor Erregung gleichzeitig auf; Stimmen hatten sie nicht: Romas Stimmbänder waren von Würmern zerfressen, die Stimmbänder aus dem Spiegelbild Arios waren niemals benutzt worden und daher verkümmert und unbrauchbar. Der Genuss des Sieges einen Menschen, der ausgewählt worden war, zu töten, brachte das innere Höllenfeuer der beiden Gestalten zum Auflodern. Sie gaben noch einige ekelerregende Geräusche von sich und gingen dann hinüber zum nächsten Raum: Zimmer neun.

Im Leben eines Gerichtsmediziners gibt es Augenblicke, in denen er einem sehr armen Mann gleicht. Es gibt Aufgaben, die ein derartiges Auftreten förmlich hervorrufen, Gelegenheiten, bei denen er Zuflucht zu einem schlechten Leben nimmt, um der Erinnerung an die Gefahr der

Mörder und an die Schatten des Todes zu entfliehen und Zeiten, in denen er – wie in diesem Fall – sich als Opfer auf dem Gebiet eines verfeindeten Wesens aufhält. Herkel hatte so viele Kinder seziert und immer wieder hatte er mit Erschrecken dem Tod gegenübergestanden, jetzt, wo er seinen eigenen kommen sah, konnte er es nicht fassen. Doch nur in diesem Moment versetzte er sich erstmalig in seinem Leben in die Rolle eines Opfers und eine Trauer erfasste seinen Körper, wie er sie noch nie beim Anblick eines ermordeten Menschen empfunden hatte. Anteilnahme und Selbstmitleid ergriffen ihn. Er konnte wohl nichts weiter tun, als hier in Zimmer zwölf zu warten.

Drei Türen entfernt schlug der Tod wieder zu. Die vier leblosen Hände, wie die Pranken zweier Ringer vorgestreckt, kam das tödliche Duo mit einem trockenen Rascheln auf das Bett zu, da Roma eine im Zimmer stehende, halb vertrocknete Blume in einer Vase gestreift hatte.

Zwei Menschen gab es noch, die es auszuschalten galt, Herkel, der dabei war mit sich selbst abzuschließen und Lina, die in ihrem Bett lag und schlief. Hier in diesem Zimmer lag zwar niemand von den beiden, doch die ältere Dame, die sich hierin befand, ereilte das gleiche Schicksal wie die anderen Patienten der Station K1.

Herkel saß auf einem in seinem Zimmer stehenden Tisch neben dem Fenster und hatte seinen noch immer schmerzenden Kopf vor Verzweiflung in den Händen vergraben. Was tun? Mit seinem Ende konnte er sich abfinden, aber tatenlos die Morde zu dulden, die sich zeitgleich abspielten, machte dem Gerichtsmediziner schwer zu schaffen.

Seine Gedanken waren plötzlich bei Lina und er hoffte, sie würde noch am Leben sein. Sicher war er sich keinesfalls, denn er wusste nicht, in welchem Zimmer sie lag. Er verfluchte sich. Dann kam ihm plötzlich ein Einfall: Herkel rannte wie wild zum Nachtschrank hinüber und betete, dass Gott ihm helfen würde. Er zog hastig die Schublade heraus, griff den Briefumschlag, der darin lag, und riss ihn ebenso hektisch auf, wie ein gerade eingeschultes Kind die Schultüte oder ein Geburtstagsgeschenk. Mit schnellen Handgriffen faltete er den Brief auseinander. Die Konsequenzen, gerade Artikel 10 des Grundgesetzes gebrochen zu haben, waren im Vergleich zu seinen momentanen Problemen so gering, dass er es noch tausende Mal hätte tun können. Seine vor Aufregung flackernden Augen lasen so schnell sie konnten:

Lieber Sönke,

Das Schicksal hat uns zweimal auseinandergerissen. Ich habe dich verlassen und du hast die Welt verlassen. Für wie lange du fern bleibst, weiß ich jetzt zu diesem Zeitpunkt, wo ich das hier für dich schreibe, noch nicht. Ich jedenfalls habe es für immer getan. Vielleicht liest du den Brief niemals, doch wenn du es tust, dann sei bitte nicht darauf aus, mich jemals wiederzufinden. Du bist derjenige gewesen, der mein Leben so komisch beeinflusst hat. Ich gebe dir keine Schuld an dem, was passiert ist, aber es ist das Beste für uns beide, wenn wir uns nie wieder sehen. Respektiere meine Entscheidung. Noch liege ich hier mit dir zusammen im Krankenhaus, nur zwölf Zimmer trennen uns voneinander. Wenn ich aus dem Hospital entlassen bin, werde ich mein Zimmer am Ende des Korridors mit Freude verlassen – und dann, mit Demut, auch diese Stadt. Suche nicht nach mir. Ich wünsche dir für die Zukunft mehr Glück, als du den Menschen gebracht hast, mit denen du bisher zu tun hattest.

10. September 1993
Lina

Herkels Anspannung nahm zu, seine Kopfschmerzen auch und sein rechter Arm wurde taub. Was noch? Er spürte seine rechte Gesichtshälfte nur noch schwach – Migräne. Eine Nachwirkung des Schädelhirntraumas. Er atmete schnell und Schwindel überkam ihn. Was hatte er gerade gelesen? Lina schrieb... ja, sie schrieb, sie läge zwölf Zimmer von Ario entfernt! Herkel selbst lag doch in der zwölf, das hieß, sie musste weiter unten auf dem Flur ihren Raum haben – im günstigsten Fall nebenan, aber auf keinen Fall vor der Zwölf, denn sie schrieb: „...mein Zimmer am Ende des Korridors“ – sie musste also eine höhere Zimmernummer haben als er selbst! Herkel warf noch einen Blick aus dem Fenster.

Die nackte Frau, die mit dem Gesicht nach unten neben dem Nachtschränkchen lag, hätte am Leben sein können. Da die Zimmertür aber offen war, konnte sich Herkel an fünf Fingern ausrechnen, in welcher Verfassung sie war: tot.

Der letzte Raum, den Herkel einsehen konnte – der zehnte – wurde soeben geöffnet. Er konnte nichts für den Menschen tun, musste sein eigenes Leben retten und was ihm sehr wichtig war: vor allem das von Lina!

Mit weißen Boxershorts bekleidet suchte er wie wild nach einem Ausweg. Nur noch ein Raum trennte ihn von den mörderischen Monstern. Was war zu tun? Wie konnte er entkommen und unbemerkt zu Lina gelangen?

Die elfte Tür wurde aufgeworfen. Herkel hörte einen Schrei aus dem Nachbarraum.

Jetzt kam ihm die vielleicht rettende Idee. Er reagierte so schnell, wie es sein Körper zuließ. Vor seiner Tür wartete bereits der Tod in Gestalt zweier widerwärtiger, dämonenartiger Wesen, die mit Schwung, als würden sie ahnen, dass der große Fang hinter dieser Tür schlief, die Klinke herunterdrückten und geifernd hineinstürzten. Der Raum war leer, Herkel verschwunden.

Eine grünlich schimmernde, dicke Fliege summte an den Untoten vorbei in den leeren Raum hinein. Sie hatte den Verwesungsgeruch von Meru Tarbo Roma aufgespürt und wollte von ihm naschen. Die Monster hielten inne. Arios Abbild blickt hasserfüllt in die Leere. Sein Komplize stand schwankend neben ihm, da er ohne Fleisch auf den Ballen das Gleichgewicht nur schwer halten konnte. Er wackelte wie eine Flamme auf einer

Kerze im Gegenlicht, das aus dem Korridor hereinfiel, und tat so, als würde er ebenfalls sehen. In Wirklichkeit erspürte er die Umgebung nur mit seinem Inneren. Ein aufgeregter Tausendfüßler kam aus dem Loch gekrochen, das einst Romas Nase war. Das Insekt verlor den Halt und stürzte, sich wie wild windend, auf den Fußboden. Dort angekommen schwang es seinen schlangenförmigen Körper auf die richtige Seite und verschwand in Richtung Bad.

Dieses kleine Wesen war auf einer besseren Spur als sein Wirt! Herkel hatte sich den Eingang zum Badezimmer zunutze gemacht.

Jeder Wohnraum hatte rechts ein Badezimmer mit zwei Türen, links einen Toilettenraum, ebenfalls mit zwei Türen. Jeder Raum – außer Zimmer eins und 21 – waren also mit beiden Nachbarräumen verbunden. Herkels Toilette hatte eine Tür, die auf der anderen Seite in Zimmer 11 führte, sein Badezimmer eine Tür, durch die er in Raum 13 flüchten konnte. Das hatte er auch getan. Leise, wie ein entkommener Verbrecher, war er jetzt bereits dabei, die Tür des Zimmers zu verbarrikadieren, das die Unglückszahl 13 trug. Herkel war nicht abergläubisch.

Das Schnarchen eines Mannes erschreckte ihn. Die Person in diesem Raum schlief also tief und fest. Herkel trat an die sich mit jedem Schnarchgeräusch hebende Bettdecke heran und weckte den alten Mann. Herkels Flucht durch den Raum des Patienten war dessen einzige Überlebenschance. Doch dies einem aus dem

Schlaf herausgerissenen, verwirrten älteren Herren klarzumachen, gestaltete sich als äußerst schwierig: „Egal was geschieht, machen Sie auf keinen Fall die Tür auf, bis die Polizei hier ist! Auf dem Flur ist ein Mörder, er hat Schlimmes angerichtet... vertrauen Sie mir!"

Der weißhaarige Mann nickte nur und sein schneller werdender Atem verriet Herkel, dass dieser Patient verstanden hatte.

Herkel schob das Bett mit dem darin sitzenden Mann vor den Eingang, zuvor hatte er die Tür mit dem eingebauten Drehknauf verriegelt. Den Toilettendurchgang hatte er ebenfalls mit dem Knauf verschlossen.

Nebenan, in Herkels Zimmer, lauschte das Böse. Es ahnte, dass etwas nicht mit rechten Dingen zuging. Plötzlich entwickelte sich Hektik in den Bewegungen der Wesen. Sie verließen den Raum über den Korridor ohne weiter zu suchen und begannen jetzt, an der verschlossenen Tür von Zimmer 13 zu rütteln.

Herkel war bereits durch die Verbindungstüren in Nummer 14 angelangt und auch dort tat er, was er schon einmal geprobt hatte.

Die fremden Menschen mit dieser Situation zu konfrontieren erwies sich als lästige und immer schwerer werdende Aufgabe. Sie hielt ihn auf und er hatte weiß Gott nicht sehr viel Zeit!

„Was, ein Mörder?! So rufen Sie doch die Polizei!", schrie die Frau, der man aufgrund ihres starken Zigarettenkonsums beide Beine abgenommen hatte. Mit dem Bewusstsein ans Bett gefesselt zu sein, während ein „Mörder" über den Flur schlich, schwemmte Hysterie in der Frau hoch.

„Die Polizei soll kommen, rufen Sie an!", schrie sie. Herkel deutete ihr mit dem Zeigefinger vor seinem Mund und einem gereizten Gesichtsausdruck an, sofort still zu sein. Er tat, was er tun konnte. Das Bett jedenfalls wollte er nicht vor die Tür schieben, das hätte die Frau nicht mitgemacht und hätte er sie auf den Boden gelegt, wäre sie vermutlich noch unruhiger geworden.

„Rufen Sie die Polizei!", schrie sie erneut und warf in ihrer Hektik das weiße Telefon vom Nachtschrank.

„Das ist ein Haustelefon, wenn Sie nach draußen telefonieren wollen, dann müssen Sie das mit der Nachtschwester absprechen, aber damit bringen Sie sie und sich in Gefahr!", versuchte Herkel zu erklären. Er konnte sich denken, dass die Schwester im Stationszimmer schon tot war, aber das behielt er für sich und eilte weiter in Zimmer 15.

Das Schema, mit dem Herkel vorging, blieb gleich. Der junge Mann, mit dem er in diesem Raum zu tun hatte, war allerdings nicht so kooperativ, wie es sich Herkel gewünscht hatte.

„Sie phantasieren ja, Mann!", sagte der vollbärtige Fremde wütend. Er war hellwach, hatte vermutlich noch nicht geschlafen und als er sich im Bett aufrichtete, erkannte Herkel, wie groß er wirklich war.

Das weiße Laken fiel dem Patienten vom Oberkörper und eine lange Narbe wurde sichtbar, die senkrecht zwischen den Brustwarzen verlief und kein Ende zu nehmen schien. Herkel erinnerte dieses Bild an Roma, der ebenfalls diese Prozedur – jedoch als Leiche – über sich hatte ergehen lassen müssen, als Herkel ihn seziert hatte. Vermutlich war der Patient am Herzen operiert worden.

Bypass oder Herztransplantation vermutete der Gerichtsmediziner, doch das war im Moment egal.

„Sie haben zwei Möglichkeiten: Entweder, Sie glauben mir und wir machen jetzt dicht hier oder Sie werden diese Nacht nicht überleben!" Herkel musste direkt sein, die Uhr lief gegen ihn.

Der junge Mann stand auf und Herkel wollte ihn gerade bitten, das Bett mit vor die Tür zu schieben und die Bremse zu betätigen, damit es nicht einfach weggerollt werden konnte, wenn die Tür aufgebrochen wurde, aber da traf ihn schon ein harter Kinnhaken. Herkel ging rücklings zu Boden. Der Mann trat mit dem nackten Fuß zu. Zum Glück war er durch seine OP noch geschwächt. Herkel rang nach Luft und krümmte sich. Der Angreifer hatte von ihm abgelassen, doch tat er jetzt etwas viel Gefährlicheres, als Herkel zu schlagen: Er ging auf die Zimmertür zu und wollte sie öffnen!

Herkel robbte schnell zu den Füßen seines Gegners und versuchte ihn aufzuhalten, doch er fühlte sich nicht sehr wohl und der Schmerz brannte wie ein heißes Eisen in ihm.

„Nein!“, schrie er und seine Stimme klang so gedrückt, als hielte ihm jemand den Mund zu. Die Lunge war von dem Treffer mit dem Fuß so angespannt, dass das normale Atmen unmöglich schien.

Der Patient ließ sich von seinem Vorhaben, auf den Flur zu gehen und nach dem Rechten zu sehen, nicht abbringen. Er vermutete, Herkel sei geistesgestört und so spielte der Mann mit dem Gedanken, die Nachtschwester zu alarmieren.

Ein weiterer Tritt traf Herkel. Jetzt war alles aus. Zumindest für diesen Mann. Herkel hing an seinem Leben und kämpfte gegen den Druck auf der Brust an. Mit letzter Kraft richtete er sich auf und warf seinen luftlosen Körper mit einem Hechtsprung in das Badezimmer. Er zog sich am Türgriff hoch und bevor er die Tür ganz geschlossen hatte, sah er durch den Spalt, wie der junge Mann den Ausgang öffnete und vor Schreck wie erstarrt stehen blieb.

Eine Sekunde später hatten die scharfen, schmutzigen Fingernägel seines Gegenübers die frische Narbe wieder auseinandergerissen.

Herkel schloss die Tür ab und rannte durch die Verbindung zum Badezimmer des Nachbarraumes.

Der Schrei der Frau war ohrenbetäubend, denn sie fühlte nicht nur Angst, sondern sich auch in ihrer Intimsphäre verletzt. Herkel blieb wie angewurzelt stehen. Als er merkte, was los war, war es schon zu spät: Die Dame saß auf der Toilette, den rosa Schlafrock nach oben gerafft, eine Rolle Toilettenpapier in der linken, die

Hausklingel in der rechten Hand. Herkel konnte sie nicht mehr aufhalten.

In ihrer Panik hatte sie bereits den Klingelknopf betätigt. Auf dem Flur musste es jetzt also schon schellen. Er rannte an der frustrierten Frau vorbei. Schon als er auf der anderen Seite ihres Zimmers im Duschraum verschwunden war, hörte er erneut das Schreien... aber nur kurz.

Er verschloss die Tür, denn seine Gegner waren schon da. Sie hatten das rote Blinklicht über dem Raum der Frau gesehen und waren schnell herbeigeeilt, um den Alarmgeber zu eliminieren. Das Blut der Frau vermischte sich mit dem Urin, den sie soeben noch in die Toilette abgegeben hatte – beides hatte die gleiche Temperatur und beides würde jetzt für immer abkühlen – wie sie.

Der Mann in Zimmer 17 schlief so fest, dass es Georg Herkel nicht gelang, ihn zu wecken. Er verbarrikadierte den Raum und machte sich weiter auf die Suche nach Lina.

Zu Herkels Pech war die Verbindungstür, die die 17 mit der 18 verband, von innen verschlossen. Er lauschte und stellte fest, dass nebenan ein Fernseher lief – jemand war hoffentlich noch wach. Herkel begann eindringlich zu klopfen. Nichts. Er klopfte lauter, versuchte aber die Monster nicht auf ihn aufmerksam zu machen, denn das hätte seinen Plan zunichte gemacht.

„Wer ist da?“, fragte eine Männerstimme und der Ton des TV-Gerätes wurde leiser gestellt.

Herkel log: „Hier ist Dr. Metz. Machen Sie auf, ein Notfall! Wir brauchen die Ivac-Pumpe aus ihrem Raum – schnell!“

Binnen der nächsten zehn Sekunden wurde die Tür von einem Mann mit birnenförmigem Körper geöffnet. Herkel plapperte seinen Text runter: Mörder, abschließen und niemals öffnen. Es war erstaunlich, wie unterschiedlich verschiedene Menschen auf die gleiche Situation reagierten. Der Herr um die 40 tat, was Herkel befahl. Es ging weiter – jetzt konnte Lina nicht mehr weit entfernt liegen. Herkel wusste zwar nicht, in welchem Zimmer er war, aber es musste gleich das Letzte erreicht sein.

In flagranti ertappte er ein Pärchen in der 19. Das Fenster stand offen und eine junge Frau hatte sich unter die Bettdecke eines erheblich älteren Mannes gekuschelt und bewegte ihre Hüften in gleichmäßigen Rhythmen. Das Bettlicht war eingeschaltet und beide schienen geblendet zu sein, als sie nach oben blickten. Herkel ging um das Bett, während er mit der linken Hand schon sicherheitshalber die Tür verschloss.

„Wie sind Sie hier hereingekommen?“, fragte Herkel, der vom kühlen Wind getroffen wurde, welcher durch das geöffnete Fenster in den Raum drang.

Sie zog sich die Decke bis zum Hals.

„Bitte, ich weiß es war falsch, aber...“ Sie versuchte, Erklärungen zu finden, glaubte womöglich, Herkel gehöre zum Krankenhauspersonal.

„Es ist mir egal! Ich will nur wissen, wie Sie hier reingekommen sind! Über den Notausgang im Treppenhaus?“ Sein Ton klang streng, denn da wo man rein kam, kam man auch wieder raus!

„Nein...über... über die Feuerleiter... !“ Die Frau glaubte, nun beträchtlichen Ärger zu bekommen, umso mehr verwunderte sie das Verhalten des Fremden.

Herkel stützte seine Hände auf die Fensterbank. Tatsächlich! Die letzen vier Räume dieser Etage hatten Feuerleitern und Balkone. Ein wirklich luxuriöses Krankenhaus, in das man ihn dort verfrachtet hatte.

„Verrammeln Sie die Tür, sonst wird man Sie töten! Auf dem Flur ist ein Mörder unterwegs, ich hole Hilfe!“, schrie Herkel und ging auf die Balkontür zu. Verschlossen. Diese Tür konnte nur von einem Bediensteten des Krankenhauses geöffnet werden. Mit dieser Maßnahme wollte das Krankenhaus verhindern, das sich jemand umbrachte oder im Schlaf auf dem Balkon herumlief – das war auch der Grund dafür, warum die nächtliche Besucherin in Zimmer 19 durch das Fenster eingestiegen war. Herkel wählte denselben Weg und sprang durch das Fenster auf den Balkon. Von dort war es ein Leichtes, auf den jeweiligen Nachbarbalkon hinüberzuspringen. Ein normaler Mensch in einer normalen Situation hätte sich natürlich nicht zu diesem Entschluss durchgerungen, aber für Herkel – obwohl er niemals besonders mutig war – war es jetzt naheliegend.

Durch das Fenster der anderen Zimmer konnte er schwach erkennen, ob es sich um Lina handelte oder nicht. Die Person, die in Zimmer 20 unter der Bettdecke lag, konnte niemals die Frau gewesen sein, nach der er suchte, es sei denn, sie hätte in ein paar Stunden 70 Kilo zugenommen. Es war ein fetter Kerl, dessen Brustkorb sich beim Atmen hob wie der eines Dinosauriers.

Herkel sprang zum letzten Balkon hinüber und erkannte sofort, dass er am Ziel war... aber noch lange nicht in Sicherheit!

32

Der letzte Donnerball

Das Fenster zu Linas Zimmer war von innen verschlossen. Er klopfte leise, aber so, dass man es drinnen hören musste. Erschrocken richtete sie sich auf und er glaubte, einen BH zu erkennen, dessen Spitze auf die Firma Passionata schließen ließ. Sie erkannte erst nicht, um wen es sich handelte, doch als sich ihre Augen nach dem Schlaf wieder an das Sehen gewöhnt hatten, stand sie langsam auf, streifte sich einen hauseigenen Morgenmantel über und kam auf die Scheibe zu. Am liebsten hätte Herkel gerufen: „Beeil dich!" Doch er versuchte ruhig zu bleiben. Als sie öffnete, reagierte er sofort.

„Stell keine Fragen! Jemand ist hinter uns her, wir müssen weg hier!" Er zog am Frotteeärmel des Mantels und bewegte sie dazu, wortlos aus dem Fenster heraus auf den Balkon zu steigen. Die nebenstehende Tür war, wie auch in Zimmer 19, verschlossen. Die Feuerleiter verlief direkt am Geländer des Balkons. Wenigstens etwas Gutes.

Schnell war Lina klar, was Herkel von ihr wollte, sie stieg nach unten und er folgte ihr.

Schreie einer tiefen Stimme – unter Umständen aus Zimmer 20 – drangen zu ihnen hinunter. Herkel ließ Lina ein Stück vorklettern. Er sah immer abwechselnd nach unten und nach oben.

Linas nackte Füße griffen fast wie ihre Hände um die Sprossen der kalten Leiter. Sie machte das geschickt. Noch wenige Meter und sie hatten den Boden erreicht. Herkel musste zugeben, dass barfüßige Frauen ungemein erotisch auf ihn wirkten. Mit einem kleinen Sprung von der drittletzten Sprosse, hatte sie nun den Boden erreicht. Das Gras des Vorgartens war feucht.

Kalter Tau benetzte die Halme und reizte die Nerven ihrer nackten Füße, als sie ihn berührten. Lina fror und ihre Brustwarzen stellten sich wie die Kanonen eines Kriegsschiffes auf. Auch das nahm Herkel trotz der Panik wahr, denn beim Herunterspringen von den letzten Sprossen, hatte sich ihr Morgenmantel geöffnet und sekundenweise, je nachdem, wie der frostige Wind wehte, konnte Herkel ihre Unterwäsche sehen. Die Brustwarzen hatten sich deutlich darunter abgezeichnet.

Als stürzte ein Komet auf die Erde schlug plötzlich der Bewohner von Zimmer 20 neben ihnen auf. Lina schrie.

Der übergewichtige Mann war von seinen Mördern aus dem Fenster geschleudert worden. Jetzt lag der fette Körper hier unten und es sah aus, als würde er einfallen, denn unzählige Knochen im inneren dieses Menschen waren gebrochen.

Herkel sah nach oben, sein Blick traf sich mit dem eines der grausamen Verfolger. Ein roter Funke glomm in der Pupille von Arios Doppelgänger auf und der Kopf des fremden Wesens zog sich blitzartig wieder ins Zimmer zurück. Man hatte sie entdeckt.

„Los, los, sie kommen!“ Herkel drängte Lina zum Wegrennen. Er selbst hatte kaum einen Überblick über das Gelände, zumal er ohnmächtig eingeliefert worden war und nur den Blick aus dem Fenster kannte. Jetzt lag es an Lina, den besten Fluchtweg zu finden. Sie war auch schon unterwegs. Die harte Hecke kratzte ihre Beine blutig, als sie quer hindurch hechtete. Herkel folgte ihr.

„Zum Pförtner!“, rief sie ihm zu.

Er hielt das nicht für schlau: „Nein, da müssen wir am Haupteingang vorbei und laufen ihnen direkt in die Finger!“

Herkel hatte recht. So rannten sie genau in die entgegengesetzte Richtung. Die Straße war nass und es dauerte nicht lange, da hatte sich Lina Attrayant auch schon einen spitzen kleinen Stein in den Fuß getreten. Sie stöhnte leise auf und begann sofort langsamer zu werden und zu humpeln.

„Verkneif dir den Schmerz! Wir müssen weg hier!“ Er hatte Recht, für dieses kleine Wehwehchen war nun wirklich keine Zeit.

Indessen folgten die Monster instinktiv der Energie, die Ihre Opfer ausstrahlten. Die Wesen waren bereits in der unteren Etage des Krankenhauses angekommen.

Dort trafen sie auf einen pensionierten Eisenbahner, der zum wiederholten Male wegen seiner Alkoholabhängigkeit im Krankenhaus war und dessen exzessiver Alkoholgenuss tatsächlich einige Hirnzellen verschont hatte. Dieser Mann schlich aufgrund nerviger Schlafstörungen leicht bekleidet in den Gängen des Krankenhauses umher und suchte einen Kaffeeautomaten, den es hier nicht gab.

Es war sein letzter Gang. Die Weiche für eine Fahrt in den Tod sprang um, die Schienen seines Lebens führten nun geradewegs in sein Verderben, denn schon standen die beiden Wesen vor ihm.

„Was ich noch sagen wollte, schönes Wetter heute. Tasse Kaffee...“, setzte er verwirrt an, als plötzlich Romas knöcherne Hand mit voller Wucht in den Unterleib des fassungslosen Patienten stieß.

Ohne Schrei spielte sich alles ab. Zuerst ergoss sich ein Schwall von Urin über die Knorpel und Knochen der toten Hand - dann wurde es rot und weiß. Der Mann sackte ohnmächtig zusammen, wie eine aufgeblasene Puppe, aus der man die Luft herausließ. Durch das Becken hatte Roma in den Unterbauch gegriffen und die Bauchschlagader zerfetzt. Der Tod kam in wenigen Sekunden.

Mit dem Tritt eines Elefanten bohrte sich nun der spitze, vom Fleisch freigelegte Fußknöchel des toten Afrikaners in den Kehlkopf des am Boden liegenden Opfers.

Nun nahmen Roma und Ario wieder die Jagd auf Lina und Herkel auf. Das blutige Werk sollte noch in dieser Nacht vollendet werden. Dann wäre Vergeltung geübt worden und das Böse würde wieder an Kraft gewinnen, um irgendwo auf dieser Erde eine neue Schwachstelle zu finden, um den Planeten zu erobern.

Das Katz-und-Maus-Spiel war in vollem Gang – jetzt fragte sich nur, wer den längeren Atem hatte.

„Hier entlang!“, keuchte Lina und ihr Körper bewegte sich mit schnellen, kleinen Schritten um die Ecke eines etwas älter wirkenden roten Backsteingebäudes, in dem sich die Hauptküche des Klinikums befand. Herkel war noch immer dicht hinter ihr und als auch er um die Ecke des Hauses bog, erschrak er! Mit quietschenden Reifen bremste ein weißer kleiner Lieferwagen, der die Essensladung für das bald kommende Frühstück an die unterschiedlichen Abteilungen des Krankenhauses zu liefern hatte. Zentimeter mehr und Lina wäre überrollt worden. Ihre Hände pressten sich gegen die steile Windschutzscheibe. Das Gefährt war im letzten Moment zum Stehen gekommen.

Mit weit aufgerissenen Augen blickte der Fahrer durch das beschlagene Fenster. Noch ehe er sich klarmachen konnte, welchem Drama er durch seine schnelle Bremsreaktion entkommen war, hatte Herkel auch schon die Tür aufgerissen und ihn aus dem Wagen geschleudert.

„Ich habe Sie nicht...“, rief der Mann noch, bevor er auf dem Asphalt aufschlug, sich aber nicht ernsthaft verletzte. „Ich habe Sie nicht gesehen!“, hatte er sagen wollen, weil er vermutete, Herkel hätte ihn aus Wut aus dem Gefährt gerissen, da die hübsche junge Dame fast überfahren worden wäre.

Lina sprang auf der Beifahrerseite in den Wagen, dessen Heizung auf Hochtouren lief und die feuchte Luft im Inneren des nach Essen duftenden Automobils erhitzte.

Herkel trat das Gaspedal gefühllos durch. Die Reifen griffen zunächst nicht und drehten aufjaulend durch. Dann schlingerte der Wagen und setzte sich schließlich in Bewegung.

Sie fuhren wieder in die Richtung, aus der sie gekommen waren, denn sie wollten das Gelände verlassen.

Herkel ließ den Scheibenwischer surren, machte dann die Scheinwerfer an und blinkte – alles völlig überflüssig, doch mit hektischen, automatisierten Griffen hatte er alle nur denkbaren technischen Spielereien in Betrieb genommen.

„Da vorn!", kreischte Lina und nahm eine Hand vor den Mund, als sie circa hundert Meter vor ihnen ein Skelett und ihren vermeintlichen Ex-Freund am Straßenrand stehen sah. Ihr Zeigefinger der linken Hand zeigte Herkel das Horrorbild auf dem Gehsteig. Georg Herkel fasste einen Entschluss.

Der Wagen sprang wie ein gedopter Ziegenbock, als die Reifen in einem zu unglücklich gewählten Winkel gegen den Bordstein rammten. Herkel hatte nicht genau gegengelenkt und die Räder der rechten Seite rutschten eine Sekunde wie die eines Zuges auf einer Schiene am Bordstein entlang.

Dann, mit Aufheulen des Motors, da er Vollgas gegeben hatte und die in der Luft befindlichen Reifen sich schneller drehten, machte das weiße Gefährt einen Schuss nach vorn. Lina und er wurden durch den Schlag erst nach hinten und dann nach vorn geworfen. Der Kleinbus war nun nicht mehr unter Kontrolle. Das Letzte, was Herkel sah, waren die schwarzen leeren Augenhöhlen von Meru. Das Skelett wurde erfasst und durch den Aufprall in tausend Stücke zerfetzt. Arios Abbild daneben drehte sich wie ein Brummkreisel und fiel, von einer Seite des Kotflügels getroffen, zu Boden. Der Wagen durchbrach eine Hecke und schlug mit der Front gegen eine dickstämmige Tanne, die auf der dahinterliegenden Rasenfläche wuchs.

Herkel schlug hart auf das Lenkrad auf; es hupte, die Windschutzscheibe zersplitterte und das Glas ergoss sich wie ein Schwall Diamanten in das Gras, das diesen Bereich hinter der Hecke bedeckte. Linas Körper wurde wie der eines Dummys gegen das Armaturenbrett geworfen.

Es fiepte in Herkels Ohren. Er richtete sich schnell wieder auf, sah kurz Sterne und die weiße Watte begann sich von seinem Auge zu schälen. Es wirkte, als würde Milch am Rand eines durchsichtigen Glases herunterlaufen, seine Sicht wurde klarer.

Lina blieb regungslos liegen, wie sie war – aber sie atmete! Er fasste Hoffnung und rüttelte an ihr. Das Geräusch in seinen Ohren nahm ab und er versuchte die Tür zu öffnen. Keine Chance. Sie war total verklemmt, er kam nicht heraus.

Der Geruch des Essens wurde stärker: etwas mit Zwiebel oder Knoblauch war dabei. Hinten in dem Wagen mussten sämtliche Lebensmittel durcheinander geworfen worden sein.

Herkel rüttelte erneut an Lina, doch sie regte sich nicht.

„Lina, komm zu dir, es ist vorbei!"

Sie stöhnte.

„Lina, mein Schatz, wir haben es überstanden!" Herkel wollte sich das selbst noch einmal klarmachen, es glich einem Wunder.

Seine linke Hand schmerzte und nun sah er, dass er stark blutete. Mit der rechten Hand begann er Druck gegen den Griff der Fahrertür auszuüben, während er drückte, redete er weiter auf Lina ein: „Wir müssen hier raus, Lina, komm zu dir!"

Direkt vor der nicht mehr vorhandenen Frontscheibe stand mittig die Tanne, um die sich die flache Haube des Kleinbusses gewickelt hatte. Sie stand gerade als wäre nichts passiert.

Herkel drückte mit aller Kraft gegen die Tür – nichts. Er würde wohl durch das kaputte Fenster vor ihm klettern müssen.

Zu seinem Erschrecken roch Herkel plötzlich nicht nur Essen, sondern erkannte auch den markanten Geruch von...ja, es war Benzin – und zwar sehr intensiv! Hektik kam in ihm auf: „Lina...!"

Herkel wurde der Satz abgeschnitten! Eine Hand griff von vorn oben durch die zerstörte Frontscheibe und drückte mit ungeheurer Kraft seine Kehle zu. Das beklemmende Gefühl, weder Atmen noch Schlucken zu können gepaart mit einem nicht zu definierenden Würgereiz, ließ Herkels Augen hervorquellen wie die eines Frosches. Ario hatte den Aufprall mit dem Auto überlebt oder, besser gesagt, war noch tot und weilte unter den Lebenden. Jetzt kam seine Rache.

Herkels Hände griffen nach Arios Arm, konnten aber nur eine minimale Lockerung erreichen. Da er gegen die Kraft Arios nichts ausrichten konnte, versuchte er sich dem Würgegriff zu entziehen und schob seinen ganzen Körper weiter zur Seite. Er zwang sich nach links, wo mit einem Ruck endlich die Fahrertür aufsprang und er nach draußen vor das Auto fiel. Arios Hand fuchtelte in der Luft herum, konnte aber nichts erreichen. Herkel krabbelte auf allen Vieren neben dem Auto im Gras.

Ario wandte seinen leblosen Körper links an der Tanne vorbei, um durch die Windschutzscheibe erst ins Innere des Wagens, dann durch die offene Tür zu Herkel zu gelangen. Dieser jedoch reagierte sofort und drückte die verbogene Tür mit einer solchen Kraft zu, dass nun der dort eingeklemmte Arm von Ario eine tiefe Wunde im Fleisch zu zeigen begann. Plötzlich überkam Herkel das Gefühl, als würde er von Salzsäure übergossen werden! Sein Körper – besonders die rechte Seite – wurde wahnsinnig heiß und ehe er einen weiteren Wimpernschlag vollziehen konnte war ihm klar, dass er brannte. Er sprang auf, dann warf er sich wieder ins feuchte Gras und rollte sich, um diese höllischen Schmerzen abzustellen, und kümmerte sich gar nicht mehr um seinen Angreifer. Im Nu war er fast 15 Meter vom Wagen entfernt, als mit trommelfellzerreißendem Knallen das Fahrzeug in einem Donnerball verschwand. Trümmer flogen durch die Luft, etwas traf Herkel, erst eine Druckwelle und kurz darauf noch etwas anderes, mitten im Gesicht, es war wohl Butter. Und so schnell alles gekommen war, kehrte auch wieder Stille ein. Lediglich ein leichtes Piepen blieb in Herkels Ohren zurück. Es war ihm zwar gelungen, die Flammen an seinem Körper zu löschen, doch jetzt blickte er geschwächt und voller Trauer in die lodernden Flammen, die aus dem Kleinbus empor stoben. Jetzt war Lina doch wieder bei Bosmed... und Ario...

Ohnmächtig brach Herkel zusammen.

33

Thrilllusion

Traum oder Illusion...? Illusion und Traum.

Verbrennungen dritten Grades, alle Mittelhandknochen der linken Hand gebrochen. Nervlich stark angeschlagen und allein auf dieser Welt – allein mit der Geschichte des Grauens. Es war ein Thriller der Realität, wobei es ihm wie ein schrecklicher Traum vorkam. Horror wie aus Illusionen, die sich dennoch in der Realität abgespielt hatten.

Pünktlich um sechs Uhr ging die Sonne mit einem letzten gelblichen Aufglühen hinter den dunkelgrauen Bergen unter.

Die Polizei hatte Herkel auf freien Fuß gesetzt, er musste sich dennoch jederzeit zur Verfügung halten. Fußspuren und Fingerabdrücke belegten, dass definitiv nicht Herkel der Mörder im Krankenhaus war. Georg Herkel war in einer anderen Klinik untergebracht worden und man hatte ihn medizinisch versorgt. An seinem Bett stand nun ein Mann, der permanent Fragen stellte und ihn löcherte, doch Herkel, der genau wusste, was geschehen war, behauptete, er könne sich an nichts erinnern.

„Die Fingerabdrücke glichen auch nicht denen von Sönke Ario...“, berichtete Herr Kassenbeck, der zur Untersuchung des Falles aus einer anderen Stadt extra hierher gereist war. Er machte eine kurze Sprechpause, als wolle er die richtigen

Worte finden. Dann fuhr er fort und glaubte sich selbst nicht, was er da sagte: „...jedoch beunruhigt uns die Tatsache, dass die Abdrücke genau gegengleich zu denen Arios waren, als hätte man sie gespiegelt abgedruckt.“

Der stämmige Mann wartete auf eine Reaktion und schob die Haut an seinem Kinn mit Zeigefinger und Daumen der rechten Hand immer wieder zusammen, sodass sich Falten auftürmten.

„Das ergibt bestimmt einen Sinn, Herr Kassenbeck, glauben Sie mir!“, sagte Herkel, sprach aber das, was er eigentlich dachte, nicht aus: „Der Tod selbst kann sterben – aber er will alles und jeden mitnehmen.“

Herkel fühlte Unbehagen, als ihm bewusst wurde, dass er wieder im Krankenhaus lag. Er sah nach rechts, wo ein komplett bandagierter Leidensgenosse im Nachbarbett lag.

Die Tür ging auf und eine schöne Schwester trat ein.

„Bin gleich wieder weg“, sagte sie zur Entschuldigung. Kassenbeck machte ihr Platz und ging an das andere Ende des Zimmers zum Fenster.

Die Schwester hing einen neuen Tropf auf und ruckelte an Herkels Zugang herum, den man ihn in eine Vene am Handrücken gelegt hatte.

„Was ist mit meinem Bettnachbarn passiert, der scheint ja völlig abwesend zu sein. Hat sich weder bewegt, noch ein Wort gesagt“, flüsterte Herkel ihr zu und deutete dabei mit dem Kopf auf den Mann neben ihm, bei dem nicht einmal die Augen von Bandagen verschont waren.

Die Schwester flüsterte zurück: „Der Herr sprach bisher kein Wort. Man hat ihn am gleichen Tag eingeliefert wie Sie. Bisher ist er nicht mal identifiziert. Wir wissen nur, dass er schwerste Verbrennungen bei einem Chemieunfall in einer Fabrik erlitten hat. Die Chemiker haben keine Ahnung, wer das ist – logo, bei den Verbrennungen... einmal bitte den Arm anheben. Furchtbar. In der Fabrik war gestern Abend ein Feuer ausgebrochen und beim Löschen hatte man den armen Kerl entdeckt."

Herkel zuckte, als ihm die Schwester den Arm auf das Bett zurücklegte. Sein ganzer Körper schmerzte wie bei einem starken Muskelkater.

„Ein Wunder, dass er noch am Leben ist!", sagte die Schwester. „Das Feuer in der Chemiefabrik war wohl schnell unter Kontrolle, aber der Mann hat wirklich Pech gehabt. Bei den starken Verletzungen ist es ein Wunder, dass sein Kreislauf so stabil ist und man ihn von der Intensivstation hierher verlegt hat. Ihre Wehwehchen", betonte sie, „sind lächerlich dagegen!" Aber der Fremde hatte offensichtlich einen extremen Überlebenswillen...

Sie drückte einen Knopf auf der elektrischen Pumpe am Infusionsständer und ging wieder. Herkel bedauerte das. Sie war ihm als Gesprächspartnerin lieber als Kassenbeck. Der ließ auch nicht auf sich warten und marschierte quer durchs Zimmer wieder auf Herkels Bett zu.

„Ihre Kollegen sind bislang verschwunden... keine Spur – sind Sie sicher, dass sie nichts mit den Morden zu tun haben – sie gehören auf jeden Fall zu den Verdächtigen!" Kassenbeck spielte auf Jauch und Kuballa an. Doch auch Herkel konnte sich nicht erklären, wo die beiden waren. Er wollte es aber nicht wagen, an etwas Schlimmes zu denken.

„Wie dem auch sei, Herr Herkel, ich wünsche Ihnen gute Besserung und falls Sie sich doch noch an etwas erinnern können..." Der Beamte streckte seine Hand aus und legte Herkel eine Visitenkarte auf den hässlichen Krankenhausnachttisch.

Kassenbeck verabschiedete sich und ließ Herkel und den Bandagierten in dem quadratischen Krankenzimmer zurück. Er nahm ein Taxi zum Bahnhof und dachte lange über den Fall nach.

Am Zielort stieg er aus dem Wagen, nahm seine Aktentasche und ging durch die Dunkelheit auf die Lichter des Bahnsteigs zu.

Kassenbeck saß als einziger Reisender an diesem Gleis und wartete auf die Ankunft seines Zuges.

Die Vögel hatten sich auf Ästen der Bäume gegenüber dem kleinen Bahnhof niedergelassen und nur nachtaktive Tiere waren jetzt noch unterwegs: Igel, Fledermäuse und andere seltsame Wesen...

In Herkels Krankenzimmer hing keine Uhr. Zeit war für Kranke offensichtlich nicht wichtig. Sie hatten keine Termine und mussten sich nicht an

Verabredungen halten. Nur die Menschen mit festem Terminplan brauchten eine Uhr.

An der Wand rechts im Zimmer waren ein Seifenspender und eine Desinfektionslösung über einem Waschbecken angebracht. Gegenüber Herkel hing ein Bild, das er betrachtete, um sich Ablenkung zu verschaffen. Das Ölgemälde zeigte einen Vogel.

„Der schönste Vogel Jamaikas oder, wie manche sagen, der Welt ist der Fahnenschwanz oder Doktorkolibri – sehr passend hier im Krankenhaus“, dachte Herkel und war in Gedanken versunken, als sich der mumifiziert wirkende Kopf seines Bettnachbarn langsam, wie der einer Puppe hakig zu ihm umdrehte. Herkel merkte von all dem nichts. Das Leben, das er hatte, war seiner Meinung nach gesichert und auch wenn er durch den Verlust Linas niedergeschlagener Stimmung war, genoss er es, atmen zu können. Doch das Leben, so schrieb Erich Kästner einst, sei immer lebensgefährlich – so war es auch. Viel Risiko in diesem Geschäft... im Geschäft des am Leben bleibens.

Herkel dachte weiter über dies und jenes nach. Er spürte nicht, was sich nebenan tat.

„Wenn schon heiraten, dann eine Krankenschwester – das war schon immer meine Meinung!“, sagte er leise zu sich selbst und als er sich zu seinem Nachbarn umdrehte, um zu sehen ob dieser etwas gehört und reagiert hatte, da erschrak er fürchterlich! Das Unheil kam um 0.00 Uhr in Bandagen in der Gestalt eines Brandopfers, das Herkel zuletzt im explodierenden Kleinbus auf dem Krankenhausgelände gesehen hatte: Sönke Arios Abbild.

Herkel hätte es ahnen müssen. Seine Arme fuchtelten wild nach einem brauchbaren Gegenstand, als Ario Sekunden später an seinem Bett stand um mit seinen Händen Herkels Kehle zuzudrücken.

Sollte der Dämon es doch schaffen? Herkel war schockiert. War das das Ende?

Das Wesen hatte zwei Meter Spannweite und maß von seiner Schädeldecke bis zu den Füßen 1,90 m.

Aus Herkels Sicht war Ario doppelt so groß. Durch die Verbände roch Herkel verbranntes Fleisch. Es war keine Hilfe in Sicht und er würgte nach Luft. Tränen flossen aus seinen Augen. Im letzten Moment gelang es Herkel mit seinen Fingern nach den Gesichtsbandagen des Angreifers zu schnappen, diese ließen sich vom Schädel ziehen und gaben den Blick auf ein entstelltes Etwas frei, bei dem die Ärzte im Normalfall hätten aufgeben müssen. Der Druck, der auf Herkels Kehle lastete, wurde zunehmend stärker.

Dem Monster tropfte Wundflüssigkeit aus den zerfetzten Gesichtsüberresten und die Tropfen trafen Herkel. Einer fiel sogar in seinen Mund, doch der Gerichtsmediziner war der Ohnmacht nahe und nahm es kaum wahr. Jetzt wendete sich kurzfristig das Blatt: Ario blieb mit den Beinbandagen an dem Höhenversteller des Bettes hängen und er ließ kurz mit dem Druck auf die Kehle seines Opfers nach.

Herkel rollte sich geistesabwesend nach links, entglitt den Händen des Angreifers und fiel aus dem Bett auf seine verletzte Hand. Er versuchte wieder klar im Kopf zu werden. Das Wesen zerrte derweil an den Bandagen, die sich wie eine Schlinge um den Hebel gelegt hatten.

Herkel bemerkte dies nach zehn ewigen Sekunden, in denen er würgte. Es war einer der Tage, an denen er den Eindruck hatte, das ganze Leben habe sich gegen ihn verschworen – der Tod wollte übernehmen.

Herkel war auf der Flucht; auf der Flucht vor dem Dämon, dem eigenen Ableben, einer Reihe unerquicklicher Schmerzen...

Die Klinke der Tür war in verlockender Nähe. Herkel fühlte sich so, als überfiele ihn ein Asthmaanfall. Er wollte tief Luft holen, musste aber immer wieder würgen und husten. Seine Kehle rasselte noch durch den Druck, den sie eben hatte erfahren müssen.

Er schaffte es, die Klinke zu greifen und auf die Beine zu kommen. Die mumifizierte Gestalt kam aus der Verwicklung frei und stürzte vorwärts, ihrem Opfer hinterher.

Auf dem Krankenhausflur war Ruhe. Die zuständige Nachtschwester befand sich bei ihrer Kollegin in der dritten Etage, um gemeinsam mit ihr den tödlichen Genüssen einiger HB Filterzigaretten zu frönen. Vielleicht war das auch ihre Rettung, doch Herkel half es noch lange nicht.

Auf dem Flur stand ein Servierwagen, auf dessen oberer Ablage mehrere Flaschen Wasser, Orangen- und Apfelsaft standen.

Die Enden des schmalen Ganges wurden auf der einen Seite mit einem Regal, auf der anderen Seite mit einem vom Boden bis zur Decke reichenden Fenster abgeschlossen. Patienten und Besucher hatten schon oft den Panoramablick genossen, der sich durch die Scheibe auf das Gelände der Klinik bot.

Herkel war die Umgebung fremd. Keine Treppe in Sicht, sie musste sich hinter irgendeiner der Türen befinden.

In seinem Genick spürte er schon wieder Ario, der bittere Atem traf ihn. Augenblicke später war er auch schon wieder in der Gewalt der Bestie. Als wollte er Ungeziefer von sich abschütteln, begann Herkel sich zu drehen. Die zwei Körper verloren die Balance und Ario stürzte rücklings auf den Servierwagen.

Er schlug mit dem Rücken auf die Flaschen und Gläser auf, deren Scherben sich durch seine Verbandsreste in die unnatürliche Haut bohrten. Herkel fing sich wieder – war es jetzt vorbei? Nein, das Klirren war kaum verstummt, da begann sich das Wesen wieder zu rekeln. Zuerst den Kopf, dann die Arme. Noch immer lag der Berg toten Fleisches auf dem Servierwagen.

Die Beine berührten zwar den Boden, bewegten sich aber nicht. Es knackte, als durch die Bewegung des Höllenwesens noch Splitter zerdrückt wurden. Es würde nur noch Sekunden dauern, dann wäre die Bestie wieder ganz bei der Sache und Herkels Chancen gleich Null. Stinkendes Blut oder zumindest eine Flüssigkeit, die dem gleichkam, begann vom Wagen zu tropfen. Ein Gemisch aus Arios Innereien und den Säften. Herkel nahm die letzte Gelegenheit wahr, sein Leben zu retten.

Er griff auf die Knie seines Peinigers und begann den größten Druck darauf auszuüben, den seine Verfassung zuließ. Langsam, aber bestimmt setzte sich der Servierwagen in Bewegung. Arios Kopf richtete sich auf. Herkel presste mehr, die Geschwindigkeit nahm zu. Das Fenster war zehn Meter entfernt.

Arios Arme streckten sich aus; er versuchte Herkel zu erwischen, doch dieser ließ sich nicht zurückschrecken, sollte ihn das Biest doch mit in die Tiefe reißen, Hauptsache es war ein für allemal aus dieser Welt geschafft. Gläser und Scherben fielen vom Wagen, der mit hoher Geschwindigkeit von Herkel über den blanken Fußboden geschoben wurde.

Mit einem Ruck richtete sich Ario auf, der Wagen war jetzt im Begriff zu kippen, doch der Moment war zu spät. Die Scheibe des Fensters platzte wie ein zu praller Ballon. Herkel griff nach dem Vorhang und ließ zeitgleich den Wagen los. Das Monster stieß einen schrillen Schrei aus, während es an Beschleunigung zunahm, als es aus dem vierten Stockwerk dem Erdboden entgegenstürzte. Mit einem krachenden Geräusch traf der Servierwagen auf den Spitzen eines alten Eisenzaunes auf, der diesen Komplex umgab.

Die Wucht des Aufpralls trieb die rostigen Spitzen durch den Wagen und den darauf befindlichen Körper. Grüner Schleim spritzte aus Arios verzerrtem Mund und die böse Energie entzog sich dem Körper. Die Hülle blieb zurück und blutete aus. Schwarze Krähen, die in einem Baum gegenüber saßen, wurden aufgeschreckt und flogen davon.

Mit letzter Kraft zog sich der Gerichtsmediziner am Vorhang hängend in den Krankenhausgang zurück. Er hatte diesen Kampf gewonnen.

34

Zurück zu den Wurzeln

Es war das Ende eines strahlenden Februartages.

Afrika, der schwarze Kontinent, aus dem die Menschheit einst hervorgegangen sein sollte, präsentierte sich in all seiner Pracht.

Die blonde Frau, die neben ihrem Freund kniete, neigte sich vor und küsste ihm sittsam auf die rechte Wange.

Es war ein Urlaub, der vielversprechend begonnen hatte und das Ende noch nicht erahnen ließ.

„Komm noch mal mit nach draußen!", bat sie ihn und er folgte ihr aus dem geräumigen Campingzelt, in dem sich außer einem Wasserkocher, frischer Kleidung und zweier Schlafsäcke nur noch ein Handfunkgerät befand. Sie gingen hinaus in die Steppe, deren Boden im Licht der untergehenden Sonne zu glühen begann.

„Butuga holt uns morgen sehr früh mit dem Jeep ab, wir sollten heute nicht mehr so lange wach bleiben wie gestern."

Die blonde Frau winkte zwei anderen Personen, die ihr Zelt einen Kilometer weiter aufgeschlagen hatten. Alle waren mit diesem Abenteuerurlaub zufrieden. Man winkte zurück.

„Du hast recht, aber ich will noch ein bisschen den Sonnenuntergang genießen!", stöhnte sie melancholisch und er blickte ihr nach, als sie sich vom Zelt entfernte und in voller Entfaltung ihrer Weiblichkeit auf den Sonnenball zu schlenderte, der weit entfernt auf dem Horizont zu liegen schien.

Der rotbraune Sand war noch von der Hitze des Tages aufgeladen und die Wärme, die er jetzt abgab, prickelte auf ihren braunen, glattrasierten Beinen.

Sie ging entspannt in die entgegengesetzte Richtung der beiden Zelte, die im Umkreis von vielleicht 20 Kilometern die einzigen waren.

Ninah kniff die Augen zu. Nicht die untergehende Sonne, sondern der Sand, der durch einen plötzlichen Windschlag aufgewirbelt wurde, trieb sie dazu und ihre Stirn legte sich in Falten. Wie eine wischende Hand über ein staubiges Brett fegte der Wind über die Landschaft. Da sah sie ihn plötzlich!

Die schwarze Silhouette eines kleinen Baumes ragte wie ein Gnom aus dem eigentlich toten Boden. Ninahs Augen stellten sich scharf und die Umrisse wurden deutlich.

Sie beschloss, noch bis dorthin zu gehen und dann wieder den Weg in Richtung Zelt einzuschlagen – 20 Minuten würde das ganz bestimmt in Anspruch nehmen.

„Bleib nicht so lange draußen! Hier ist es von einer Sekunde auf die andere stockfinster“, rief ihr ihr Freund Brad hinterher und ging zurück in das vom Wind flackernde Zelt.

Das andere Pärchen umarmte sich und beschloss ebenfalls, in sein Zelt zurückzukehren.

Ninah ging weiter. Die Sonne hatte sich zur Hälfte versteckt und die Schatten wurden länger. Die Frau kam den spitzen Ästen immer näher und mit jedem Schritt, den sie die Distanz zwischen sich und dem starren Baum hatte geringer werden lassen, sank die Sonne weiter, als wollte sie ihr orangefarbenes Gesicht hinter der Krümmung der Erde verbergen.

Ninah stand fünfhundert Meter vom knöchernen Baum entfernt, der seine Äste wie drohende Spitzen in alle Himmelsrichtungen streckte.

Die Landschaft war völlig flach. Ninahs sonst so warme Augen veränderten sich, als sie wie gebannt auf dieses von der Natur so seltsam geschaffene Etwas schaute. Die jetzt eiskalten Augen mit den fast schwarzen Pupillen waren das einzig Ruhige an ihr.

Wer hatte im Alter von nur 25 Jahren schon ein Leben in solcher Idylle erlebt, in der sich ein Mensch umgeben von Prärie so seltsam für einen unwichtigen, alten, gar hässlichen Baum interessieren konnte?

Wann hatte sie schon einmal dieses seltsame Gefühl in sich gespürt?

– Ja, es fiel ihr ein: Sie stand vor vielen Jahren mit ihrem Opa an einem von Algen dunkelgrün gefärbten, recht kleinen See. Dort hatten sie immer geangelt. Und sie waren immer von einem heimlichen Beobachter verfolgt worden. Ninahs Kater – schon lange nicht mehr am Leben – hatte damals die Angewohnheit, sie und ihren Opa auf

Schritt und Tritt zu verfolgen. Die Fahrräder der zwei Naturliebhaber waren an eine Trauerweide gelehnt worden, die in Seenähe stand... Ja, jetzt war Ninah alles wieder gegenwärtig – jetzt, wo sie hier tausende Kilometer entfernt von diesem Ort, in Afrika mit einer nicht annähernd vergleichbaren Atmosphäre stand – das Gefühl war identisch.

Sie ging in sich: Opa hatte damals einen Fisch geangelt – empfand diesen aber als zu klein und warf ihn, als er ihn vom spitzen, silbrigen Angelhaken gelöst hatte, dem staubigen Kater vor die Tatzen. Damals hatte Ninah zum ersten Mal etwas gesehen, dass sie als grausam empfand: Der Fisch lag so in den Katertatzen, dass dieser ihn vom Schwanz angefangen auffraß. Das vorgeschobene Maul des Fisches schnappte verzweifelt nach Wasser. Die Schmerzen mussten schrecklich gewesen sein. Er wurde bei lebendigem Leibe aufgefressen.

Ninah sah damals geschockt zu und als sich das Auge des fast zur Hälfte gefressenen Fisches plötzlich begann, rot zu färben und sich langsam in der flachen Augenhöhle bewegte, da hielt sie es nicht mehr aus.

Aus Ekel und Angst ergriff sie ihr Rad und raste davon. Später sprach sie mit ihrem Opa kein Wort über diesen Vorfall und beide gingen auch nie wieder zum Angeln – er hatte es nicht begriffen.

Wie seltsam, dass Ninah gerade jetzt die Erinnerung packte und das so viele Jahre nicht gegenwärtige Gefühl überhand gewinnen konnte.

Sie blickte den Baum an. Er wirkte seltsam bedrohlich. Jetzt, wo sie vor ihm stand, erkannte sie die Besonderheiten: Er wuchs nicht aus dem Boden, sondern aus den Überresten eines Baumstumpfes, der einst zu einem anderen Baum gehört haben musste. Mit seinen zwei Metern überragte er die blonde Frau nur um 30 cm. Die dürren Äste waren blätterlos, dafür dornenübersät. Sie betrachtete das eigenartige Gewächs. Ihre Nackenhaare stellten sich auf. Sie fröstelte und drehte sich um, um wieder zu Brad ins Zelt zurückzukehren, doch da lachte hinter ihr ein Kind! Erschrocken drehte sich Ninah zurück zum Baum, doch eindeutig konnte sie erkennen, dass niemand da war. Der Wind vielleicht. Manchmal, so wusste sie, machte der Wind hier draußen seltsame Geräusche. Die Sonne hatte ihren Schatten noch einmal auf doppelte Länge anwachsen lassen. Und auch der des Baumes war gewachsen. Sie musste sich beeilen, um noch rechtzeitig zurück ins Zelt zu kommen, denn gleich war die Sonne untergegangen.

Brad lag im Zelt und neben ihm brannte eine kleine Lampe, die ihm ein wenig Licht spendete, um die Buchstaben des Buches zu erkennen, das er mit voller Hingebung studierte. In dem Titel tauchte das Wort „Appetit“ auf. An seine Frau dachte er nicht.

Das Funkgerät zerriss mit seinem schrillen Laut die Einöde des ausklingenden Tages. Butuga, der Führer und Organisator dieser Safari, der für das

Wohl der Gäste zu sorgen hatte, vergewisserte sich noch einmal ob alles in Ordnung sei, bevor er sich nach dem Durchgeben der morgendlichen Abfahrtszeiten von Brad verabschiedete. Mit einem Knacken war die Verbindung unterbrochen.

Vieles im Leben ist ein Geheimnis und wird von allein nicht preisgegeben.

Noch Sekunden und es würde dunkel sein.

Ninah stand noch immer vor dem Baum, der sie so unerwartet fesselte. Sie erkannte im letzten Licht an der Spitze eines Astes etwas, das wie eine Kastanie aussah. Der Baum konnte aber unmöglich zu dieser Gattung der Bäume gehören – nicht hier in Afrika. Leise knackte das Gewächs, als sie nach der Frucht griff und sie vom Ast abrupfte. Wie eine unebene Murmel rollte der schwarzbraune Samen des Baumes auf der zierlichen Handfläche der Frau. Das seltsame Gefühl verschwand augenblicklich. Ninah drehte sich um und ging zurück zum Zelt.

Der Reißverschluss zischte und Brad schreckte hoch, als sie sich Eintritt in den Unterschlupf verschaffte.

„Na, Schatzi, was Nettes gefunden?“, fragte er und legte sich so entspannt zurück, wie es dieses Quartier zuließ.

„Schau mal!“ Sie öffnete Ihre Hand und zeigte Brad die vogeleigroße Frucht.

„Toll!“, er hatte nichts übrig für das Sammeln von unwichtigen Dingen und ließ sie die Ironie spüren.

„Mal schauen, ob daraus zu Hause was wächst...“

Das Licht wurde gelöscht und die Balance zwischen Gut und Böse erhielt einen derben Ruck.

35

Endzeitstimmung

Georg Herkel war am Ende seiner selbst. Nur durch dieses Ereignis, das ihm die inneren Augen für die Zukunft geöffnet hatte.

In jener Nacht, als die kalten Regenschauer die Wetterseite des Hauses, auf der sich auch sein Schlafzimmerfenster befand, trafen, war er aufgestanden, um sich bei einer Tasse Tee die Nerven zu beruhigen und seine Blase zu entleeren, bevor er zum zigsten Mal wieder den Versuch starten würde zu schlafen.

Es war der 15. Februar 1994. Der Schnee, der vor Tagen gefallen war, hatte sich in Matsch verwandelt. Matsch, der zu allen Seiten spritzte, wenn Autos darüber fuhren.

Herkel hatte nur in seinem kleinen Flur Licht brennen und er gab sich alle Mühe, keine lauten Geräusche zu machen, um nicht wieder mit seiner Vermieterin aneinanderzugeraten. Die Schlafstörungen waren auch ihr schon zur Last geworden. Herkel versuchte zu verhindern, sie durch sein Nichtschlafen zu wecken.

Das Wasser im Kocher begann zu brodeln und der Beutel des Tees befand sich schon in der Tasse, als Herkel sich an den Küchentisch setzte, den Kopf schieflegte und leicht zu dösen begann...

Er ging und ging und ging. Die Beine schmerzten. Das war vielleicht ein Traum, aber er wusste nicht, wie er sich wecken sollte. Das

Brodeln des Wasserkochers wurde zu einem Rauschen der Bäume. Schnee fiel von ihren Ästen und landete vor ihm.

Jetzt spürte er die Kälte an den Füßen – kam sie vom Schnee oder lag es nur daran, dass er barfuß am Küchentisch saß und auf sein Teewasser wartete?

War er er selbst oder eine der vielen Personen, die er damals, als er noch praktizierender Pathologe war, aufgeschnitten hatte?

Herkel blieb stehen. Das Gehen, das er träumte, während er saß und schlief, strengte ihn zu sehr an. Ein Mann kam auf ihn zu und zog seinen schwarzen Schal fest, der das Gesicht zu einem Geheimnis werden ließ. Nur die Augen waren zu erkennen. Sie starrten. Plötzlich sprach er zu Herkel.

„Ich sage dir, wer ich bin!", begann die heisere Stimme des Fremden und beide Männer standen voreinander.

Herkel träumte, dass es so war und der Vermummte wusste, dass er selbst eine Illusion Herkels war. Dann sagte der Fremde das Wort „Tod!" und riss sich Schal und Umhang vom Leib... das Knallen des Knopfes vom Wasserkocher, der die Flüssigkeit zum Sieden gebracht hatte, ließ Herkel mit rasenden Herzschlägen aufschrecken.

Was für ein schrecklicher Traum, dachte Herkel, doch das dachte er nur für einen Moment, denn als er genauer hinsah, erkannte er, dass auf dem Laminat-Fußboden in seiner Küche Schnee lag. Es dauerte keine dreißig Sekunden, bis die flache weiße Frostschicht geschmolzen war, aber Herkel reichte dies als Zeichen. Er war außer sich.

Er hatte zwar die Wesen aufgehalten, die Finsternis auf diesem Planeten verbreiten wollten, aber es war keine sichere Garantie dafür, dass niemals wieder ein ähnlicher Vorfall durch mysteriöse Wanderer zwischen den Welten die Menschheit erschüttern konnte. Herkel ließ seine Tasse stehen und ging durch die Küche, um sich die Packung der vom Arzt für ihn verschriebenen Antidepressiva aus dem Badezimmerschränkchen zu holen. Seine nassen Füße patschten im Wasser des geschmolzenen Schnees.

Wie die Zunge eines Verdurstenden saugten die Abtreter im Bad die Feuchtigkeit von den Füßen Herkels. Der Spiegelschrank war mit drei in unterschiedlichen Winkeln angeordneten Spiegeltüren und zwei Halogenlampen ausgestattet.

Herkel sah sich dreimal. Frontal das Gesicht von vorn, wenn er seine Augen nach links bewegte, seine linke Kopfseite und rechts die rechte Hälfte seines Gesichtes – wobei die Pupillen jedoch ständig zum jeweiligen Spiegel gerichtet waren, in dem er sich betrachtete.

Ein Griff: die linke Tür öffnen und die Tabletten entnehmen. Es war so einfach, doch er bremste sich. Er fühlte sich beobachtet, ausspioniert durch sich selbst und das gleich von mehreren Ichs!

Der Schein trügt nicht, die Spiegelbilder begannen zu sprechen:

Alle drei Münder redeten auf ihn ein, ohne sich zu öffnen. Herkel wusste immer von welchem Ich es kam. Er schloss es aus, verrückt zu sein. Das Sprechen dreier identischer Stimmen wurde zu einem Wortfetzenwirrwarr. Er konnte nichts verstehen, es klang wie das Gemurmel in einer Bahnhofshalle. Wäre er verrückt, dann würden seine Freunde, Kollegen und die Frau, die er geliebt hatte, noch leben. Seine Spiegelbilder sprachen verständlicher: „Das Böse findet einen Weg!“, „Die Zeit läuft ab!“, „Die Welten verschmelzen bald!“

Herkel hielt sich die Ohren mit beiden Händen zu. Seine Spiegelungen taten es zeitgleich nach.

„Wir kennen deine Gedanken, deshalb haben wir es auf dich abgesehen!“, „Du glaubst nicht, wie viele es gibt, die Du sind!“, „Die Zeit läuft ab!“

Herkel dröhnte der Schädel. Er erkannte das Problem. Die ständig vorhandene Parallelwelt war nicht zu löschen und die Wesen darin wollten ohne Rücksicht auf Verluste auf diese Seite gelangen.

„Wir wissen, was du weißt“, „Und was du getan hast!“, „Unsere Zeit kommt!“

Herkel konnte es nicht glauben. War das Böse doch so stark, wie es vorgab zu sein?

„Was wollt ihr von mir?“, schrie er den Spiegel an und ein Tropfen seiner Spucke landete auf der mittleren Spiegelscheibe, wo er sofort zischend verdunstete, als handele es sich um eine heiße Herdplatte.

„Dich! Wir wollen dort sein, wo du bist!“, „Wir sind Du!“, „Deine Zeit läuft ab!“

Herkel konnte sich diese tödlich geballte Ladung an böser Energie nicht erklären. Wie sollte er diese Mächte bekämpfen, wenn sie er selbst waren?

„Die Zeit für den Wechsel ist gekommen... schon bald!", „Wir bekommen neue Kraft!", „Dann..."

Im Hintergrund seines Gesichtes im Spiegel tauchte keinesfalls sein gespiegeltes Badezimmer auf: Nein! Es war die Steppe Afrikas, die er sah, und eine junge Frau, die mit einem Trekking-Rucksack am Ufer eines Sees entlang ging.

Hinter ihr gingen weitere Personen und Herkel spürte jetzt, dass das Unheil wieder von vorn beginnen würde und er selbst damit verbunden war, weil er so arg gegen die Hölle gekämpft hatte.

Er drehte sich um und rannte aus dem Bad. Im Flur passierte er einen weiteren Spiegel, in dem er sich kurz sah, und sein Spiegelbild riss im Moment des Vorbeirennens den Kopf herum und schrie ihm etwas Afrikanisches zu, das Herkel nicht verstand. Sein Entschluss stand fest. Wenn er das Böse besiegen wollte und seiner eigenen Seele Frieden geben konnte, dann nur durch einen Schritt.

Die Tür zum Dachboden stand offen.

Muffig schlug ihm der Geruch von nassem, morschem Holz entgegen. Er betrat barfuß den Wäscheboden und öffnete mit seinen zittrigen Händen die Luke, die nach draußen auf das Dach führte. Er stellte eine mit verschiedenen Einkerbungen am Fenster festgemachte, platte Metallstange so auf, dass der Durchgang offen stehen blieb.

Sein Körper passte gerade so durch die schmale Öffnung des quadratischen Fensters.

Herkel hatte vor, zur Kante des Daches zu gehen und sich hinunterzustürzen – soweit kam es jedoch nicht.

Die bemoosten Ziegel waren so rutschig, dass weder Füße noch Hände Halt fassten.

„Kein Zurück!", sein Gedanke blitzte in ihm auf. Herkels Körper ratterte und bebte, als er über die Ziegel und dann über die Kante der Dachrinne rutschte und dann eine enorme Beschleunigung erfuhr... doch!

Im Moment des Todes zieht das ganze Leben an einem vorbei. Was jetzt geschah weckte die Sehnsucht des Lebens in ihm.

Erste Schritte, als er sich in der Wohnung seiner Eltern befand. Weihnachten, Geschenke. Sogar die Oma war zu Besuch! Verliebt. Das erste Mal verliebt. Ein Hund, der überfahren wurde, gleich auf der Kreuzung vor seinen Augen.

Erste Klasse in der Schule! Oma plötzlich tot, Mutter weint nach dem Anruf. Dann die Hand an der Glasscherbe aufgeschnitten – Mutter bindet die Wunde ab. Urlaub auf Sylt, der Strand voller Menschen. Das Auto, mit dem er vorfährt. Stolz, der ihn überkommt. Schulabschluss. Studium der Gerichtsmedizin.

Harri Tekmann, bester Freund, Verabschiedung am Bahnhof. Erste eigene Wohnung. Überwindung bei der Arbeit mit toten Menschen. Mutter stirbt. Beerdigung, weinen. Arbeit, immer nur Arbeit. Bücher und das Lernen. Diagnose Herzfehler.

Depressionen. Arbeit. Leichen obduzieren. Große Erfolge. Leitende Stelle. Kollegin Lina Attrayant. Erste schwarze Leiche – Meru Tarbo Roma, Schwarzes Loch, Einschnitt. Horrorszenario, dann ein brennender Schmerz, grelles Licht. Georg Herkel hörte auf zu existieren.

Die Vermieterin wurde durch den Aufprall geweckt...

Nun war die letzte lebendige Person, die mit Meru Tarbo Romas düsterer Geschichte in Verbindung gestanden hatte, nicht mehr unter den Lebenden. Die Verbindung zwischen Unterwelt und Lichtreich wurde auseinandergerückt.

In Afrika spürte das eine Frau ganz besonders, doch sie konnte dieses Gefühl nicht einordnen.

„Was hast du?“, schrie Brad und hielt seine Liebe verkrampft mit beiden starken Händen an den Schultern fest.

„Ich will hier weg!“, schrie sie zurück und große, glasig wirkende Tränen liefen über ihr angstverzerrtes Gesicht.

Sie fuchtelte wild mit den Armen, um aus dem Schlafsack zu entkommen.

„Beruhige dich, du hast nur schlecht geträumt!“, stieß Brad leicht zornig und noch verwirrt hervor, da er selbst durch ihren plötzlichen Angstausbruch geweckt worden war.

„Nein! Ich will hier auf der Stelle weg! Bitte ruf Butuga!“, sagte sie ernst.

Ohne ersichtlichen Grund war aus Ninah, die sich sonst durch nichts hatte aus der Ruhe bringen lassen, ein psychisches Wrack geworden. Noch weitere zwanzig Minuten versuchte Brad sie zu beruhigen, dann drückte er die Rufknöpfe der Handfunke und gab den Code QRZ durch, um jeglichen Hörer auf sich aufmerksam zu machen.

Ninah stand im Zelt auf und zog sich Kleidung über, wobei sie dies so hektisch tat, dass ein Oberteil am Ärmel einriss. Sie stopfte noch, während Brad auf einen Gesprächspartner hoffte, sämtliche Wäsche, die sie greifen konnte, in den Sack aus Sympatex-Stoff. Sie wollte nur weg.

Als Butuga mit dem Jeep eintraf, ging die Sonne bereits wieder auf und das unverheiratete Paar wartete bereits.

Brad sah geschafft aus und machte sich Sorgen um seine Freundin.

Sie dagegen war mit ihren Gedanken ganz bei der Rückreise und eines war sie sich sicher: niemals wieder an diesen Ort zurückzukehren.

Dass sie in dieser Nacht von einem Mann geträumt hatte, der vom Tod geträumt hatte und sich schließlich das Leben nahm, verriet sie niemals.

Am Ort, wo einst ihr Zelt gestanden hatte, war nur noch ein Abdruck und neben einer Feuerstelle lag die kastanienähnliche Frucht des eigenartigen Baumes.

Kurz nach der Abreise der Touristen wurde die Steppe von einem unfassbaren Gewitter heimgesucht. Es regnete wie aus Eimern. Der Boden wurde zu Schlamm und spülte alle Spuren der Menschen, die noch bis vor wenigen Stunden hier waren, weg. Die Frucht des Todes sog die Flüssigkeit auf und mit einem Windstoß ergoss sich ein Schwall von Schlamm über sie. Eingebettet und feucht knapp unter der Erdoberfläche begann es in der teuflischen Frucht zu pulsieren...

35

Du!

Ganz egal wo und ganz egal wann. Auch wenn die Welt noch so positiv erscheint, irgendwo wächst ein Baum, der die Verdammnis bereithält. Er wartet nur auf Verbündete, die ohne ihr eigenes Wissen zu Helfern der Hölle werden. Wenn sie erst infiziert sind, dann wird der Kampf auf ein Neues entbrennen und schmerzliche Verluste mit sich bringen.

Die Welt bietet zwar Zuflucht zu anderen Orten, doch weglaufen kann man nicht.

Was kann dazu treiben zu morden; andere oder sich selbst? Warum ist es so schwierig, die Psyche von Serienkillern und potentiellen Selbstmördern zu durchschauen und wieso werden so viele Verbrechen nicht aufgeklärt?

Spielerisch gelingt es dir, die Seiten umzuschlagen und du meinst, mit jedem Umblättern kommst du dem Geheimnis näher.

Die Lösung und das wirkliche Problem könnten überall sein – bereits ganz in deiner Nähe.

Wenn die nächste Nacht ihr undurchsichtiges Tuch über den Ort wirft, an dem du Dich befindest, solltest du dich umsehen im Raum, ob wirklich alles so ist, wie es scheint. Dein Fenster, das die Sicht nach draußen freigibt, zeigt auch dich, wenn du genau hinsiehst. Ganz in der Nähe ist auch ein anderer Spiegel, der nur darauf wartet, sich dir zu zeigen.

Wenn du ihm gegenüberstehst, und du tust es ganz sicher und sehr, sehr bald, dann achte genau auf dich. Bist du es? Zwinkerst du dir selbst zu oder reagierst du auf das, was man von dir in diesem Moment erwartet?

Wenn sich dein Auge für den Lidschlag den Bruchteil einer Sekunde schließt, schließt sich das Auge deines Spiegelbildes auch? Gehe dichter heran. Spüre deinen Hauch, der vom Spiegelglas reflektiert wird... oder ist es nicht dein Hauch?

Der Spiegel beschlägt nicht nur auf deiner Seite. Schau dir noch einmal in die Augen und werde dir klar darüber, dass jeder wissen kann, was du gerade denkst.

Du lächelst dich an und entdeckst möglicherweise sogar eine Hinterlist in deiner Mimik. Ist es eine Hinterlist, die du hineininterpretierst, oder kommt sie gar nicht von dir? Wartet dein gespiegelter Blick auf etwas, was du tun sollst, oder erscheint es dir nur so?

Wenn du allein bist, dann wird dies alles ganz anders auf dich wirken. Wenn es Nacht ist, dann noch stärker.

Ist man feige, wenn man bewusst nicht in den Spiegel sieht, weil man zuvor extrem darauf geachtet hat, was das Spiegelbild tut, wenn man es anstarrt? Es wird zurückgestarrt haben. Aber was macht es, wenn man ihm den Rücken zuwendet. Vielleicht tut es gerade dann etwas Eigenständiges.

Vielleicht wendet sich das Bild Bruchteile von Sekunden später ab und dann nicht emotionslos wie du selbst, sondern möglicherweise mit einer finsteren Miene.

Wenn die Zeit gekommen ist, wird sich zeigen, welche Macht jeder Einzelne von uns über sich selbst hat. Wenn er begreift, dass er sich jeher nur hier auf dieser Seite wahrgenommen hat. Wenn der nächste Beruhigungstee zur Zerreißprobe wird, wirst du dich an diese Zeilen erinnern. Du wirst nicht einfach trinken. Schau in die Tasse, wenn du sie zum Mund gehoben und abgekippt hast. Du siehst deine Nase, deine Augen, einen Teil deines Gesichtes, das dich aus der Tasse heraus anschaut. Ist es das Deine? Es ist nicht alles so, wie es auf den ersten Blick scheint. Sieh dich um...

Der Autor

Dan Braun – die meisten Leser erreichte Braun unter einem anderen Namen. Mit der deutschen Ausgabe von „Büste“ will der geheimnisvolle Autor nun eine neue Richtung einschlagen.

Der in den 70er Jahren des letzten Jahrtausends geborene Braun zählt seit über zehn Jahren zu den Spezialisten auf seinem Gebiet.

Sein neustes Buch konzentriert die Spannung durch eine unvorhersehbare Kombination aus Nervenkitzel, verstörender Direktheit und Überraschung.

Die bisherigen Bücher des Autors waren in mehreren Ländern erfolgreich und Braun wird auch weiterhin Lesestoff liefern, der unterschiedlichste Genre bereichert.

Vor seiner Tätigkeit als Schriftsteller war Dan Braun durch seine Kompetenz auf verschiedenen Gebieten als Vermittler von Bildung tätig. Ebenso arbeitete der Autor unter seinem echten Namen mehrfach fürs Fernsehen.

18438081R00227

Printed in Poland
by Amazon Fulfillment
Poland Sp. z o.o., Wrocław